Kraft · Alles Tarnung · Roman

MARO

Sie müssen Dinge wissen, die die anderen nicht wissen. Erst das, was niemand von Ihnen weiß, erlaubt Ihnen, sich selbst zu kennen.

Don DeLillo, *Point Omega*

Ich ging ins Haus, zu den weißen Papieren, dem Glauben und dem Zweifel, zu Kosmos und Chaos, um den Versuch zu machen, das Leben zu ordnen, das einmal gewesen war und in der Rekonstruktion erneut Gestalt annimmt, wenn auch nicht die seines, so doch eines Lebens, und wenn es kein Leben ist, dann vielleicht eine Erzählung, eine mehr oder minder angenehme Unterhaltung über die Lächerlichkeiten, die insgesamt den Namen der Liebe tragen.

Göran Tunström, *Der Mondtrinker*

Den Freunden

I.

Nach dem heftigen Platzregen dampfen die roten Pflastersteine unter der Sommersonne wie in einem türkischen Bad. Die Erlöserkirche schickt ihr sanftes Mittagsläuten herüber, als Robert die Straße hinunterfährt, die nach dem früheren Direktor der *Hofbräu*, Willy Lessing, benannt ist. Vorerst denkt Robert nur daran, wo er inmitten von anwohnerlizenzierten Sonderflächen einen Parkplatz finden kann. Seine Hoffnung, direkt vor dem zum Altenheim umfunktionierten Zenetti-Haus eine Lücke zu finden, zerschlägt sich angesichts zweier Lastwagen, die Gerüstteile anliefern. Die vier Arbeiter scheint nichts zur Eile zu treiben; gelassen lehnen sie an einem der Autos, rauchen und trinken ein erstes Frühstücksbier. Ein paar Meter weiter redet ein bunter Schürzenkittel lautstark und wild gestikulierend auf ein altes Hutzelweibchen ein, das sich mühsam an einem schwarzen Rollator mit Einkaufstasche festhält. Drei Schulkinder kicken eine Coladose im Zickzack über das Pflaster und schießen der alten Dame fast die Füße weg. Robert erinnert sich, wie in dem lange leer stehenden Gebäude die alten, gusseisernen Maschinen der Elektrofirma Zenetti lagerten, seltsame, in ihrer feinen Mechanik fast surreale Gebilde aus metallenen Armen und Greifern, die nach vorbeieilenden Passanten zu spähen schienen, um in einem günstigen Augenblick mit Krakenfingern zuzupacken und die Ahnungslosen in die Welt der Automaten zu entführen.

»Wäre vielleicht das kleinere Übel«, entfährt es Robert. Bei seinem letzten Besuch waren noch grüne Plastikcontainer mit der Aufschrift »Inkontinenz« vor dem Heim auf dem Gehweg aufgereiht, so als würden sie demonstrieren, alles Scheiße hier. Überhaupt fällt der schmucklose Zweckbau aus der Reihe der großbürgerlichen Quartiere heraus, die rechts und links die Einbahnstraße säumen. Die roten und sandgrauen Wohnhäuser mit ihren klassizistischen Linien und rechten Winkeln, die wie vieles in der Stadt den Krieg unbeschadet überstanden haben, wirken in ihrer behäbigen Solidität wie ein Versprechen aus einer vergangenen Zeit, die Robert nach einigem Nachdenken trotzdem nicht gerne erlebt hätte. Das humanistische Gymnasium tritt aus der Gebäudelinie kokett zurück und leistet sich einen kleinen Vorplatz, als könne es nur mit Schwung erobert werden. Und im entfernten Teil der Straße überragt der mächtige Turm des Justizgebäudes am Wilhelmsplatz das vor ihm liegende Viertel wie ein fürsorglicher Vater, der bis in den letzten Winkel schaut, ob alles seine Ordnung hat. Auch wenn die Allee aus Kastanien, die früher beide Seiten der Straße mit ihren zackigen Kronen belebt hatte, heute nur noch aus ein paar knorrigen Veteranen besteht, besitzt die Straße immer noch jenen leisen Charme, den Robert an der alten Stadt so schätzt.

Während er weiterhin auf eine Parklücke wartet, glaubt er, durch das schräg einfallende Sonnenlicht in seiner Sicht behindert, hinter einem der großen Fenster des Heims einen Mann zu erkennen, vielmehr nur den Ansatz seines Oberkörpers und einen Kopf im Profil, kahl und knochig wie ein Totenschädel, unbeweglich, starr. Es ist hinter dem Fenster zu dunkel, als dass Robert Genaueres sehen könnte; der Mann sitzt wohl in einem der am Fenster stehenden Sessel, niemand scheint in seiner Nähe. Auf der Fensterbank stehen kleine Blumentöpfe und Figuren, ein bleiches Stillleben, keine Bewegung im Raum, Robert möchte am liebsten die Luft anhalten.

Robert zwickt die Augen zusammen. Der Mann hinter dem Fenster scheint sich leicht zu bewegen. Sein haarloser Hinterkopf ruckelt zur Seite, ein dünner Hals wird sichtbar, dann schiebt sich langsam der Körper aus dem Korbsessel in die Höhe. Es scheint, als drehe sich der Mann, dessen Wangen eingefallen sind und aus dessen Nase ein Schlauch hängt, allmählich zum Fenster hin, als bemühe er sich mit letzter Kraft, Kontakt zu einer Außenwelt herzustellen, von der er nur noch vermutet, dass es sie gibt. Was ist sie ihm wert, diese Anstrengung? Vielleicht glaubt er, seinen Körper ein weiteres, ein letztes Mal überwinden zu können. Hat er Roberts Blick im Rücken gespürt, so wie man sich plötzlich umdreht, obwohl man den anderen nicht hat kommen hören. Robert glaubt zu spüren, dass sich der Mann wegen ihm abmüht. Er kennt ihn nicht. Er hat ihn noch nie gesehen. Eine bleierne Verschämtheit breitet sich in ihm aus. Die er sonst nur erfährt, wenn er Bettlern begegnet, die ihm in die Augen sehen wollen und die Hand hinhalten. Und er kein Geld dabei hat. Oder eine innere Sperre verspürt, etwas zu geben. Eigentlich unbegreiflich. Und doch passiert es ihm immer wieder. Dabei ist er nicht geizig, nicht mitleidslos. Trotzdem geht er vorbei. An solchen Tagen ist er sich selbst fremd. Wie in diesem Augenblick. Er beobachtet, wie der Mann kämpft. Kämpft um diesen möglichen Lichtblick. Make my day. Ist es das? Robert zögert, weiß nicht, wohin er schauen soll. Er ist nervös, seine Hände verkrampfen am Lenkrad.

Plötzlich ein lautes Hupen, es reißt ihn hoch. Ein riesiger Stadtbus sitzt ihm auf der Pelle, kommt um Spiegelbreite nicht vorbei, will ihn wegscheuchen. Robert startet hektisch den Motor, würgt ab. Erneutes Hupen, schon etwas unfreundlicher. Robert bringt endlich den Wagen in Gang und hat Glück, dass im gleichen Moment ein weißer Lieferwagen aus der Einfahrt vor dem Heim rückwärts rausstößt und wegfährt. Mit einem kleinen Schlenker zur Fahrbahnmitte, der dem wie ein riesiges Insekt nervös drängelnden Bus erneut den Weg versperrt, setzt Robert seinen Wagen in den richtigen Winkel zum Hofeingang und verlässt langsam die Straße.

Auf dem schmalen Weg zum hinteren Trakt des Heims, in dem die Pflegestation untergebracht ist, kann er einen der drei vorhandenen Parkplätze belegen. Er klemmt die Aktentasche mit den Seminarunterlagen unter den Arm, nimmt die Ledertasche und den Schuhbeutel und betritt die Eingangshalle. Unwillkürlich sieht er sich nach dem Mann um, den er kurz vorher am Fenster bemerkt hat. Doch der Stuhl ist leer. Der Mann ist verschwunden, auch sonst hält sich hier niemand mehr auf. Es ist Mittagszeit, wahrscheinlich sind alle in den Speisesaal gegangen. Das hier ist ein fremder Planet, alles riecht streng, irgendwie ölig. So dass man nichts anlangen möchte. Robert fährt mit dem Lift in den zweiten Stock. Ein Plakat informiert über Mensch-ärgere-Dich-nicht-Spielen mit Gaby heute um vierzehn Uhr, danach Betreuung am Bett.

Vielleicht später, denkt sich Robert und schließt die Tür zur Wohnung seines Stiefvaters auf. Der ist auf einer Kreuzfahrt unterwegs, mit tausend anderen lustigen Rentnern irgendwo in der Karibik. Er hatte Robert angeboten, in seiner Abwesenheit bei ihm zu nächtigen, was dieser dankend angenommen hat. Der Lehrauftrag ist so gering dotiert, dass er gerade die Reise- und Verpflegungskosten abdeckt; für ein Hotel hätte Robert drauflegen müssen.

Schnell verstaut er seine Sachen, um noch rechtzeitig ins Sekretariat der Fakultät zu kommen. Sie sei am Freitag immer nur bis vierzehn Uhr im Büro, hat ihn Frau Hoffmann wissen lassen. Wenn er am Montag wie vereinbart mit der Veranstaltung beginnen wolle, solle er sich den Schlüssel zum Seminarraum und die aktuelle Anmeldeliste vorher bei ihr abholen.

Robert springt auf die Straße und hastet Richtung Fußgängerzone. Er will die Augen offenhalten, vielleicht läuft ihm Little ja zufällig über den Weg. Denn abgesehen davon, dass er in den nächsten Tagen über »Formen der Literaturvermittlung« referieren wird, will er endlich Klarheit darüber, ob Little noch lebt. Aber ob er ihn überhaupt wiedererkennen würde? Seit Jahren versucht er ihn aufzuspüren. Bislang ohne Erfolg. Er hat keine aktuelle Adresse von ihm, Littles Eltern leben schon lange nicht mehr. Irgendwo gibt es eine ältere Schwester, aber vermutlich hat sie geheiratet und einen neuen Namen angenommen.

Während Robert die Straße hinunterläuft, schiebt sich ihre letzte Begegnung wie ein alter Farbfilm vor seine Augen. *Spezial-Keller,* vor vielleicht zehn Jahren, zufällig waren er und sein Freund Woodl auf Little gestoßen. Sie hatten schon ein paar Bier getrunken, als Robert auf dem Weg zur Toilette an einem Tisch vorbeikam, an dem ein einzelner Mann saß. Dunkles, etwas schütteres Haar, ein bartloses, gut konturiertes Gesicht, schwarzes Muscle-Shirt, ein silbernes Kettchen mit einem Kreuz, am rechten Oberarm eine Tätowierung, japanische Schriftzeichen, mehrere Silberringe an den Fingern. Mit seiner engen Jeans und den schwarzen, spitz zulaufenden Schuhen sah Little aus wie ein Relikt aus den frühen sechziger Jahren. Ein Restposten der Revolution.

Ewald Müller, wie Little mit richtigem Namen heißt, hasste alles, was nach Anpassung aussah. Das ging damit los, dass sein Vater Erich hieß, eine Elisabeth heiratete und seine Kinder Edith und Ewald nannte. Mit diesem Fimmel und anderen Ordnungsprinzipien brachte er seinen Sohn um den Verstand. Ewald verschrieb sich dem Widerstand. Robert dachte daran, wie sich Little schon als Kleinkind mit dem Hausmeister ihres Wohnblocks angelegt hatte, weil dieser es gewagt hatte, ihre in tagelanger, mühevoller Kleinarbeit entstandenen Monumente im Sandkasten nass zu besprengen und mit einem Rechen dem Erdboden gleichzumachen. Wenn Little das Wort »Faschist« schon damals geläufig gewesen wäre, er hätte es dem Hausmeister gewiss nicht vorenthalten.

In der ersten Klasse setzte ihn der Volksschullehrer, ein hagerer, alter Mann, der stets Anzug, Krawatte und Einstecktuch trug, bereits am Tag der Einschulung in die vorderste Reihe, soweit war ihm sein Ruf schon vorausgeeilt. Und Little tat alles, um diesem Ruf auch weiterhin gerecht zu werden. Kein Streich, an dem er nicht beteiligt war, keine Ungerechtigkeit, die er nicht sofort mit unglaublicher Energie verfolgt hätte.

Littles Schulkarriere verlief holprig und kurvenreich; endgültig zu Fall brachte ihn seine Beharrlichkeit, als er trotz mehrfacher Aufforderung seine »Atomkraft? – Nein danke«-Plakette mit dem freundlichen Sonnenlogo nicht ablegen wollte. Und ihm das Direktorat mit dem Verweis von der Schule drohte. Ewald, den schon damals alle nur Little riefen, weil er nicht sonderlich groß war und Little Joe aus der Fernsehserie *Bonanza* entfernt ähnlich sah, kam der Relegation zuvor und verließ freiwillig die Schule. Robert hatte diese konsequente Haltung damals bewundert, er hätte sich diesen Schritt nicht getraut. Aber das passte exakt zu Little, der keine Kompromisse kannte.

Damals hatte er, der Vielleser, ihm, der noch immer irgendwo zwischen Karl May, Hans Dominik und Hermann Hesse herumirrte, eine rote Taschenbuchausgabe von Albert Camus' Roman *Die Pest* zum fünfzehnten Geburtstag geschenkt. Hatte Robert in Texten wie *Der Steppenwolf,* den er lange nicht verstand, und *Narziss und Goldmund* Lebensentwürfe gefunden, die ihm zu radikal und fremd erschienen, berührte ihn die tätige Menschlichkeit des Bernard Rieux, der mit Sätzen wie »Ich werde mich bis in den Tod hinein weigern, die Schöpfung zu lieben, in der Kinder gemartert werden« Roberts zunehmende Verstörtheit der Welt gegenüber reflektiert und in einfache, verständliche Sätze hämmert. Wie viele seiner Freunde kämpfte Robert in diesen Jahren mit dem Widerspruch zwischen christlicher Lehre und kirchlicher Wirklichkeit, zwischen dem Glauben an Sinn, Vernunft und Schönheit der Schöpfung und dem ihr innewohnenden Bösen, was eine Versöhnung mit ihr unmöglich zu machen schien.

Manchmal war es zum Verzweifeln; er drehte den Globus, der auf seinem Bettkasten stand, so schnell, dass ihm fast schwindlig wurde. Dann hielt er die rasende Welt mit dem Finger an und wünschte sich in seinen Träumen an diesen fremden Ort. Kordilleren, mauretanische Wüste, Mongolei. Sehnsuchtsorte.

Wenn gar nichts mehr half, unternahm er mit Little ausgedehnte Spaziergänge. Oft liefen sie lange schweigend nebeneinander her, dann wieder sausten die Worte und Scherze nur so um sie herum. Stundenlang am Fluss entlang durch den Hain oder durch die kopfsteingepflasterten Gassen der Altstadt, die über sieben Berge führten und auf denen oben fast immer ein Bierkeller lag, mit Kastanienbäumen, die reichlich Schatten spendeten und den im Berg verborgenen Felsenkellern die nötige Kühlung für die dort gelagerten Bierfässer gaben. Robert mochte die barocken Fassaden der Bürgerhäuser, den prächtigen Stuck, hinter dem angeblich das *Kommunistische Manifest* erfunden und jungen Mädchen Unterricht in Musik und anderen Vergnügungen erteilt worden war. Wenn es dämmerte, sprangen die Kobolde und sprechenden Tiere um sie herum, das Apfelweibla grinste sie freundlich an, und die Straßenkater forderten sie frech zum Duell heraus. Sie liebten beide diese heimelige Atmosphäre, weil sie die Schönheit und Kleinheit der Dinge bezirzte. Keine Brauerei entging ihrem Blick, kein Hausmarterl und keines der pittoresken Antiquariate, in denen wertvolle Folianten neben Groschenromanen auf ihre Käufer warteten. Jedes Mal mussten sie schmunzeln, wenn sie beim Geschäft des Bürstenmachers am Zinkenwörth vorbeigingen, in dessen vergilbtem Schaufenster ein kleines Schild stand: »Wer Bürsten will, meine Frau ist im Keller.«

Am Fluss lagen die langen Nachen der Fischer, Netze hingen zum Trocknen aus, und in manchen Hinterhof lockte der Duft geräucherter Forellen. Wenn der Wind aus Osten kam, hing über der Stadt ein süßlicher Duft, den die Mälzerei in den Bierhimmel blies.

Little und Robert hätten gerne in einer Villa im Hain gewohnt, einer nach englischem Vorbild wild wuchernden Parklandschaft im Süden der Stadt, oder im Berggebiet mit Blick über die Stadt. Stattdessen lernten sie die Mühen der Ebene kennen und liefen einige Kilometer durch Siedlungen mit grauen Häckerhäusern und ebenso grauen Genossenschaftsbunkern bis zu dem Neubaugebiet, in dem ihre Familien in einem dreitürigen Wohnblock mit bunten Balkonen residierten, was den Gesamteindruck ungemein aufheiterte.

Trotzdem lebten sie gerne hier, weil die Reißbrettplaner nicht vergessen hatten, zwischen den Hoch- und Mittelhochhäusern großzügige Grünflächen mit Sandkästen und Radwegen anzulegen. Und was nicht passte, wurde passend gemacht: Teppichstangen zu Torpfosten, Zierrasen zu Fußballplätzen, Garagenhöfe zu Kletterburgen. Jede Jahreszeit gebar neue Arenen, in denen gespielt und gekämpft wurde, bis die dreckverschmierten Zöglinge zum Abendessen gerufen wurden. Die Struktur war übersichtlich, die Verteilung der Rollen weitgehend akzeptiert und die Welt rund und in sich schlüssig.

Warum Little das Herz damals trotzdem manchmal fast unerträglich schwer wurde, wusste er nicht. Er fühlte Kräfte in seinem Körper, denen er nicht gewachsen schien. Das machte ihn aggressiv, und er biss sich aus Wut und Verzweiflung auf die Knöchel. Oft aber auch so traurig, dass es ihm die Luft abschnürte und die Tränen nach innen liefen. Er sollte es einmal besser haben als seine Eltern, das verstand er nicht. Er legte sich mit seinem Vater an und zog ihm den Stuhl unter dem Hintern weg. Er tauchte ihn beim Schwimmen an und kniff ihn in den Bauch, worauf ihn dieser für eine kleine Ewigkeit unter Wasser drückte, so dass er das erste Mal in seinem Leben Todesangst verspürte. Als er seine Mutter ärgerte, musste er sich hinter die Tür stellen. Nach drei Stunden kam sie zufällig in sein Zimmer, er stand immer noch da. Sie hatte ihn vergessen. Als sie ihm einmal die Fahrt in die Eisdiele verweigerte, holte er sich ein Küchenmesser und spielte mit dem Gedanken, sich das Leben zu nehmen. Little konnte seinen Zorn oft nicht im Zaum halten, auch wenn er spürte, dass er übertrieb.

Es ärgerte ihn maßlos, dass sein Kopf und sein Herz oft so verschieden reagierten. Dass sich meist sein Herz durchsetzte, tröstete ihn nicht. Er vermisste die Hemmschwelle bei schlechter Führung; immer war es ein Abgrund, dem er sich so zielstrebig näherte. Little probierte sich selbst aus, war widerspenstig und entglitt der elterlichen Behutsamkeit allmählich immer mehr. Er setzte sein Staunen gegen ihre Behauptungen, hasste die guten, alten Zeiten und zog sich im Trommelfeuer der Ansprüche immer mehr in sich zurück. Überall wurde geschissen, gevögelt und gestorben, nur Little schien im Abseits zu stehen.

Robert hingegen nahm sich zuweilen die Freiheit, eine Nebenfigur zu werden, auch wenn die anderen das nicht zulassen wollten. Ringsum schien alles in Aufruhr, die Bilder, die Gedanken und sogar der Verkehr. Robert mochte autofreie Sonntage. Sie nahmen ihm die Angst, selbst an Tagen, die so grau waren wie die Zinksärge, die auf dem Friedhof gestapelt wurden. Er liebte jene Zartheit, die mit Tatsachen nichts zu tun hatte. Eine Welt, die nicht nur aus Birken, Elstern und Sonntagsspaziergängen bestand. Denn bei Einbruch der Dunkelheit kehrten eben doch alle an den Ort ihrer Verbrechen zurück.

Mit dem Vater entwarf er neue Häuser am Zeichentisch und konnte doch noch nicht einmal einen richtigen Menschen malen. Sie gingen Wandern, und Robert trug seinen Stock mit den bunten Blechschildchen durch die Gegend; lieber hätte er mit seinem Fahrtenmesser wilde und gefährliche Dinge getan. Er nervte seine Eltern, weil er immer Sendungen sehen wollte, in denen es wahre Helden gab, auch wenn es nur tanzende Delfine und schlaue Hunde waren. Am besten gefiel ihm der dicke Hoss, der hatte einen guten Draht zur chinesischen Küche und keine Angst vor seinem Vater. Doch die Sendungen dauerten nur dreißig Minuten, dann wurden die Rollos im Wohnzimmer am Sonntagnachmittag wieder hochgezogen, und das grelle Licht schien herein. Robert blinzelte und fand sich nur schwer zurecht. Immer öfter kam er sich vor wie ein Wegelagerer ohne Fortune, immer zu spät und nirgendwo richtig dabei.

»Wir sind hier doch nicht im Zirkus«, sagte ihr Lehrer und knallte den Takt mit dem Rohrstock auf ihre Finger. Robert war gut in der Schule, deshalb durften seine Banknachbarn von ihm abschreiben. Auch Little, sein bester Freund, der dunkelhaarige Clown mit den großen Ohren und den riesigen Zahnlücken. Ein halbwüchsiger Anarchist.

Er war Robert über die Jahre verloren gegangen, irgendwo zwischen Kneipen und Kneipen. Eines Tages, so hatte sich Robert geschworen, werde er ihn ausfindig machen, auch wenn er ihn im Gefängnis, in der Psychiatrie oder auf dem Friedhof aufspüren würde. Was sehr traurig wäre, aber das gehörte unbedingt zum Glück dazu.

»Zuweilen«, hatte er einmal zu Little gesagt, »stelle ich mir vor, dass ich mich in die Mitte eines Kreises stelle und von mir aus laufen viele Linien in das Rund, kreuzen sich und schießen über den Rand hinaus.«

»Du spinnst«, erwiderte Little. »Wenn du wissen willst, wie du dich am Besten umbringen kannst, kann ich dir ein paar Tipps geben.«

»Danke«, sagte Robert, »vielleicht später.«

Er ging in einen Laden und kaufte sich Schokolade, doch der Energieschub blieb aus. Es nützte auch nichts, dass er gleich mehrere Riegel hintereinander aß. Stattdessen fielen ihm die Milchzähne aus, und sein Magen legte sich ein dickes Fell zu. Er baute mit Little Burgen aus Sand und setzte sie unter Wasser. Er raste mit dem Fahrrad um die Kurven im Park und stürzte immer an derselben Stelle. Seine blutigen Knie, die kaum mehr verheilten, waren ihm gleichgültig. Er liebte den warmen Sommerregen, der die Luft auswusch und seinen Heuschnupfen linderte. Tagelang verließ er sein verdunkeltes Zimmer nicht und lag mit einem nassen Lappen im Gesicht regungslos auf der Couch.

Trotzdem war mit ihnen noch nie zu spaßen gewesen. Das hatten schon die Amerikaner zu spüren bekommen. Als sie mit Pfeil und Bogen auf einer der großen Freiflächen in der Nähe des Flughafens auf Jagd gingen und dabei einer der Pfeile fast einen Hubschrauber traf, setzte sich dieser zur Wehr und hetzte sie wie die Karnickel. Er ging in den Tiefflug, und sie warfen sich ins Gras, aus Angst, von seinem Rotor zerfetzt zu werden. Der Motorenlärm schien direkt aus einer Maschinenhölle zu kommen, Robert bohrte seinen Kopf in die braune Erde und hielt sich die Ohren zu. Es dauerte eine kleine Ewigkeit; diese riesige, metallene Hummel schwebte keine zehn Meter über ihnen und schien nur auf die kleinste Regung zu warten, um sie endgültig zu vernichten. Das hüfthohe Gras wurde vom Wind gepeitscht, keiner wagte es, nur ansatzweise den Kopf zu heben. Auch Little nicht, der sonst nie Angst zeigte. Endlich drehte der Pilot wieder ab; sie standen auf, reckten ihre Fäuste drohend zum Himmel und schrien ihm derbe Flüche hinterher.

Ihr Anführer hatte den Pantherkopf gezeichnet, ihr Emblem, handtellergroß, martialisch. Der Panther passte zu ihnen, schwarz und unberechenbar. Der Anführer sah aus wie der junge Winnetou.

Leichte Hakennase, hohe Backenknochen, lange, dunkle Haare. Mit Stirnband und Silberbüchse konnte man ihn sich vorstellen, auf seinem Iltschi, lange bevor sie Pierre Brice im Film gesehen hatten. Außerdem konnte er *Universal Soldier* auf der Gitarre spielen und hatte zwei hübsche Schwestern, das zählte. Die anderen Banden in der Gegend fürchteten sie, denn sie waren unerschrocken und mutig. Wenn sie mit ihren Messern warfen, zielten sie knapp neben die Stiefel. Das klappte nicht immer. Aber sie waren hart im Nehmen. Mit ihren Zwisteln schossen sie auf alles, was sich bewegte. Bei den Glasereien im Ort herrschte Vollbeschäftigung. Ihnen war das egal, solange ihr Revier respektiert wurde. Und sie riskierten alles, um es zu verteidigen.

Im Winter bauten sie riesige Iglus mit Schießscharten in den Wänden, um etwaige Angriffe auf ihr Territorium vehement zurückschlagen zu können. Trittfallen wurden ausgelegt, Stolperdrähte gezogen und Fallgruben gegraben; sie schnitzten Pfeile und Speere, kauften sich Angelschnüre zum Bespannen der Bogen, klemmten Steinkeile in die Fugen ihrer Tomahawks und sammelten emsig Munition für die Smith & Wessons, die bei jedem Banküberfall ihre Pflicht erfüllt hätten. Ihre Fahrräder glichen geschmückten Schlachtrössern. Sie waren gerüstet für den Kampf.

Auch ein Mann wie Rosch sollte sie nicht kleinkriegen. Der typische Blockwart, ein nörgeliger Rentner mit einer dicken, stets missgelaunten Frau, der den ganzen Tag am Fenster hing und die Umgebung kontrollierte. Sie hatten es satt und beschlossen, es ihm heimzuzahlen. Die Bande war gewillt, den Kampf mit ihm aufzunehmen. Er sollte wissen, mit wem er sich angelegt hatte.

Eines Tages schien die Gelegenheit günstig. Ein Mann klingelte beim Mittelhaus, kurz darauf summte der Türöffner. Bevor die Tür hinter ihm wieder ins Schloss fallen konnte, sprang Little aus seinem Versteck neben den Büschen hervor und klemmte seinen Fuß in den Türspalt. Er vergewisserte sich nach allen Seiten, aber auf der Straße war niemand zu sehen. Robert stand Schmiere. Little wartete, bis im Treppenhaus nichts mehr zu hören war. Vorsichtig schlich er die Stufen hoch bis in den dritten Stock. Aus der Wohnung kam undeutliches Stimmengewirr. Er hielt kurz die Luft an, in der Angst, die Tür könnte sich jeden Moment öffnen. Jetzt musste es schnell gehen. Er zog das Plakat mit dem Pantherkopf aus seiner Hosentasche und fixierte es mit einem Tesastreifen in Augenhöhe an der Tür. Die Stimmen schienen näher zu kommen. Flugs hüpfte er die Treppe hinunter, immer mehrere Stufen auf einmal nehmend. Niemand begegnete ihm. Als Little das Haus verließ, drückte er noch fest auf den Klingelknopf und wetzte hinüber zu ihrem Eingang, den sie vorsichtigerweise schon so arretiert hatten, dass sie blitzschnell hinter den Glasbausteinen im Erdgeschoss verschwinden konnten.

Little atmete tief durch. Alles schien gut gegangen zu sein. Was würde Rosch wohl für Augen machen, wenn er die Tür öffnete? Es war an der Zeit gewesen, ihm eine Lektion zu erteilen. Den ganzen Sommer über hatte er sie bei jeder sich bietenden Gelegenheit schikaniert. Sie durften seinen heiligen Rasen nicht betreten, obwohl das gar nicht sein Rasen war, sondern allen Mietern gehörte. Wenn sie Fußball spielten, kam er sofort auf den Balkon und schimpfte über den Lärm. Ständig beschwerte er sich bei der Hausverwaltung über die Jungs, weil sie ihm angeblich seinen Lebensabend ruinierten.

Als wären sie Vollidioten.

Little wohnte damals noch bei seinen Eltern, obwohl sie eine richtige Bande waren. Aber das hatte vorwiegend praktische Gründe. So machte er sich auch weiter keine Gedanken, als er am Abend das freitägliche Wannenbad mit Holz- und Kohlenheizung hinter sich gebracht und mit seinen Eltern und seiner Schwester vor dem Fernseher Platz genommen hatte, um *Das Messer,* den mehrteiligen Straßenfeger von Francis Durbridge, zu sehen. Plötzlich klingelte es an der Tür. Seine Eltern wechselten einen fragenden Blick. Sein Vater zurrte den Gürtel seines Bademantels enger und schlurfte zur Tür. Little blieb mit seiner Mutter im Wohnzimmer. Männerstimmen. Ihn überkam ein mulmiges Gefühl. Nur einzelne Wortfetzen. Offenbar war von ihm die Rede. Er versank tief in seinem Sessel und bekam einen leichten Schweißausbruch. Dann rief ihn sein Vater.

»Ewald, kommst du bitte mal.«

Als er in den Flur trat, sah er zwei Polizisten an der Tür stehen.

Sie fragten ihn nach seinem Namen und nach seinem Alter.

»Ich heiße Ewald und bin acht Jahre alt.«

Die Polizisten sahen sich kurz an.

»Das ist ja wohl ein Missverständnis. Wir sind gerufen worden, weil sich ein Nachbar von einer Rockerbande bedroht fühlt.«

Um die Sache aus der Welt zu schaffen, baten sie Littles Vater, er möge sich anziehen und sie begleiten. Sein Vater murmelte sein Einverständnis und folgte den Beamten ins Nebenhaus. Little und seine Mutter und seine Schwester eilten zum Fenster und sahen nach unten. Zwei grüne VW-Busse, in einem sogar Schäferhunde. Der ganze Block hing an den Fenstern.

Little hatte Angst, dass ihn sein Vater hart bestrafen würde. Doch als dieser wiederkam, wirkte er entspannt.

»Ich habe mich zwar bei Herrn Rosch für dich entschuldigt, der Form halber, aber ich habe ihm auch kräftig die Meinung gesagt. So ein Aufhebens zu machen wegen einer Lausbüberei. Eine Nachbarin von gegenüber hat euch gesehen.« Er schmunzelte. »Beim nächsten Mal lässt du dich aber nicht mehr erwischen …«

Als sich die Jungs wieder trafen, um die Pfeife kreisen zu lassen, feierten sie den Vorfall wie einen Sieg. Die Pantherbande hatte es allen gezeigt, selbst die Polizei war unverrichteter Dinge wieder abgezogen. Sie blieben die Unbesiegbaren.

Robert und Little streiften mit ihrer Bande zwischen den Garagenhöfen, Teppichstangen und Hecken umher, um die Welt von allem Bösen zu befreien. Obwohl ihr Wigwam inmitten einer Neubausiedlung stand, wähnten sie sich am Rio Pecos oder in der weiten Prärie, zwischen Büffelherden und marodierenden Trappern und Soldaten. Fort Laramie trug die Hausnummer fünfzehn und wurde ständig belagert. Die Besatzung war dem Tod geweiht oder musste zumindest die Pausenbrote abgeben. Die Bäcker-Bande, deren zahlenmäßiger Überlegenheit der Pillenknick auf Jahre hinaus offenbar nichts hatte anhaben können, blieb ihr ärgster Feind. Situationen, die in ihrer Bedrohlichkeit ausweglos schienen, waren ihnen die liebsten; in der Freundschaft männlicher Wesen – Mädchen und Frauen spielten damals, außer ihren Mamas, noch keine tragende Rolle in ihrem Leben – lag für sie der Schlüssel, das Gute in der Welt durchzusetzen. Robert spürte hier eine Kraft, die allem überlegen war. Darauf baute er seine Strategien auf. Am liebsten wäre ihm gewesen, sie hätten alle etwas Ähnliches getragen; keineswegs eine Uniform, das wäre ihm zu schlicht gewesen, lieber etwas, was in seinen Nuancen das Besondere jedes Einzelnen herausheben und gleichzeitig dem Gemeinsamen Stärke verleihen konnte. Etwas Wildes, verwegen Aussehendes. Darin war er sich mit Little einig. Verstrolchte Träume am Strand der Städte.

Aus Holzabfällen bauten sie Seifenkisten, die nie fuhren, ballerten mit Erbsenpistolen und Schleudern wild durch die Gegend, bis die Väter um ihre Autos zu bangen begannen, setzten Mauslöcher und Waschküchen unter Wasser, bauten Höhlen und Verstecke – in denen sich auch mal ein paar Tierskelette fanden –, und maßen ihre Kräfte, bis die Langeweile beleidigt von dannen zog. In ihren speckigen Lederhosen waren sie gegen jeden Schmutz und Schmerz gewappnet, sie tranken ihr Blut gegen den Hunger und verlachten Kant und Hegel, in deren Straßen sie wohnten.

Little, der den Geruch frischer Wäsche liebte, schlich regelmäßig auf den Dachboden und vertauschte die Hemden und Hosen der Nachbarn, die an langen Leinen zum Trocknen hingen. Von der eigenen Vorstellungskraft berauscht, komponierte er prächtige Bilder aus langen Unterhosen und Betttüchern, entwarf, in aller Unschuld, entzückende Arrangements aus Spitzenhöschen und Büstenhaltern und richtete mit seinen Dekorationen das größte Chaos an. Die Hausfrauen schäumten und überlegten, sich auf die Lauer zu legen, um den Schelm auf frischer Tat zu ertappen. Als er eines Tages wieder seinen kreativen Schüben auf dem Dachboden frönte, hörte er verdächtige Schritte, die sich flugs der Eisentür im obersten Stockwerk näherten. Little geriet nicht in Panik, er hatte vorgesorgt und sich für den Ernstfall in den Abteilen Schlupfwinkel gesucht, die sein Überleben sicherten. Er floh höchstens vor den Tauben, die sich dort eingenistet hatten. Ihr Geflatter machte ihn nervös, ihr beißend riechender Kot ekelte ihn. Als die beiden Frauen die Tür aufrissen, in der sicheren Annahme, jetzt endlich den Übeltäter zu fassen, hatte Little längst die Tarnkappe aufgesetzt und drehte ihnen eine lange Nase. Er war nicht der Stärkste und Schnellste, aber ein Stratege, der wusste, wann es sich lohnte, mutig zu sein, und wann es klüger war, den Kopf einzuziehen. Wie die Spürhunde durchsuchten die Frauen den Speicher, mussten aber ergebnislos und schimpfend wieder abziehen. Little genoss den stillen Triumph und dachte nicht daran, diesen und andere Späße aufzugeben.

Wie die Affen kletterten sie auf Bäume, wie auf die riesige Kastanie, die im Vorhof stand und als Ausguck diente. Wer oben in der Krone saß, konnte die ganze Straße überblicken. Der Versuch, eine Art Jägersitz in luftiger Höhe zu bauen, scheiterte; Peter stürzte, einen Balken in der linken Hand, an dem abgewetzten Stamm abrutschend, drei Meter in die Tiefe und brach sich den Arm. Ernst verhedderte sich auf der Flucht vor den Feinden aus dem Nachbarblock beim Übersteigen eines Stacheldrahtzauns, glitt aus und blieb mit der Lippe im spitzen Draht hängen. Kein schöner Anblick. Aber die kleine Narbe trug er stolz wie eine im ehrenvollen Kampf erlittene Kriegsverletzung und ließ erst viele Jahre später einen Schnurrbart darüber wachsen.

Als zum Herumstromern und Raufen allmählich das Lesen dazukam, hatte ihm Little eben eines Tages dieses Buch geschenkt, *Die Pest* von Albert Camus, das vergaß ihm Robert nie. Das Buch blieb wichtig, zerschliss und ging irgendwann verloren. Robert erstand viele Jahre später zwei Exemplare der deutschen Erstausgabe, die in ihrem Geburtsjahr im Karl Rauch Verlag erschienen war, und schickte einen der grauen Bände an Littles Eltern. Es kam keine Reaktion. Als er ihn später auf dem *Spezi-Keller* traf, vergaß er, ihn danach zu fragen.

Little hatte sich über die Mittlere Reife und den zweiten Bildungsweg dann doch den Zugang zu einem BWL-Studium erkämpft.

In dieser Zeit verloren sie sich aus den Augen. Robert war zur Bundeswehr und dann nach München gegangen. Eines Tages las er in der Zeitung, dass der Student Ewald M. mit vorgehaltener Waffe in einem Supermarkt die Kassiererin bedroht und ihr eine kleinere Geldsumme entrissen hatte. Auf seiner Flucht sei er direkt einer Polizeistreife in die Hände gelaufen und festgenommen worden. Als Motiv für die Tat wurde Geldnot angegeben. Das konnte nur Little gewesen sein. Robert rief viele Leute an, niemand wusste etwas. Eine Weile blieb Little von der Bildfläche verschwunden, dann tauchte er eines Tages plötzlich wieder auf, hatte eine Visitenkarte – »Versicherungen und Anlageberatung« – in der Jackentasche und versuchte allen Freunden, Immobilien und Fonds aufzuschwatzen. Er sah trainiert aus, fuhr stets Fahrrad und verbrachte jeden Sommer zwei Monate in einer Höhle auf La Palma zur »spirituellen Auffrischung«, wie er das schon nannte, bevor es modern wurde. Für einen Büroalltag in fester Anstellung blieb Little untauglich; er schien sich anfangs geschickt durchzuschlagen, profitierte von alten Verbindungen und seiner exzentrischen Lebensweise, die ihm die Freunde, mittlerweile verbeamtet und langweilig geworden, in ehrlicher Zuneigung neideten. Über das Vergangene wurde geschwiegen, Little gab den Solo-Anarchisten, schröpfte alle um Erspartes und Geerbtes und lächelte die Beschwerden einfach weg. Als sie ihm damals auf dem Keller begegneten, machte er einen unerwartet müden und niedergeschlagenen Eindruck. Man konnte sehen, dass es ihm in letzter Zeit nicht gut ergangen war. Seine Augen flackerten, am Kinn trug er eine frische Narbe, beim Reden fuchtelte er nervös mit den Händen und schniefte immer mal wieder hörbar durch die Nase. Er sei viel unterwegs gewesen, er sprach von einer Farm in Australien, die er zusammen mit einem Freund hatte übernehmen wollen, was aber durch die Schäden, die ein Hochwasser hinterlassen hatte, unmöglich geworden war; seine Freundin wäre kurz darauf bei einem Autounfall in Südfrankreich ums Leben gekommen, und er selbst hätte sich durch einen Schlangenbiss und dessen unsachgemäße Behandlung in einem indonesischen Krankenhaus so böse infiziert, dass man ihm beinahe das rechte Bein hätte amputieren müssen. Sagte es und trank den Krug in einem Zug aus. Robert und Woodl hatten sich an seinen Tisch gesetzt, gemeinsam bestellte man noch eine Runde. Sie schauten sich in die Augen. Da war noch alles beim Alten. »Wenn Du Geld brauchst?« Little machte eine abwehrende Handbewegung. Und grinste schief, so dass eine Zahnlücke sichtbar wurde, die er schon als kleiner Junge gehabt hatte. »Komm schon klar.« Als sie sich verabschiedeten, hatte Robert kein gutes Gefühl. Schweigend war er dann neben Woodl den Stephansberg hinuntergelaufen. Wortlos umarmten sie sich und gingen auseinander. Seitdem hatte er nichts mehr von Little gehört.

»Hey, Alter, was machst du denn hier?« Robert zuckt zusammen. Vor ihm steht ein mittelgroßer, schlanker Mann seines Alters, legere Erscheinung. Er lacht Robert an, klopft ihm mit der Hand gegen die Brust. »Du kennst mich wohl nicht mehr, was?« Robert mustert ihn genauer an. »Tschorer? Nee, oder?«

»Das hat ja gedauert. Ich hab mich wohl sehr verändert. Ja, ja, ich weiß, die Haare.« Er streicht sich leicht verlegen über den glatten Schädel. »Du bist aber auch nicht schöner geworden. Was ist denn das, dritter Monat?«

Sie scherzen und knuffen sich. »Also erzähl, was treibt dich in die Stadt? Das letzte Mal, dass wir uns getroffen haben, das ist doch mindestens ...«

Robert nickt. »Ja, schon eine Weile. Ich bin nur für ein paar Tage hier. Hab einen Lehrauftrag an der Uni. Studenten quälen. Und du?«

»Ach, Job und Familie, viel mehr ist nicht, weißt schon. Bin immer noch bei der Telekom.«

Sie waren in der siebten Klasse zusammen gewesen. Tschorer trug die längsten Haare der Schule. Und fuhr, da er zwei Jahre älter war als die anderen, bereits ein Moped. Eine Kreidler Florett RS, silberorange, scharfes Teil damals. Machte als Zweitakter, leicht frisiert, immerhin knapp hundert Sachen. Und einen Höllenlärm.

»Du, sag mal, hast du mal den Little gesehen? Oder gehört, wo der abgeblieben ist?«

Tschorer schüttelt den Kopf. »Nee, keine Ahnung. Den hab ich schon eine Ewigkeit nicht mehr gesehen. Ich hab mal gehört, dass er nur noch im Hochgeschwindigkeitsrausch durch die Gegend springt.«

»Hey, Mann, was heißt denn das?«

»Na ja, die kleinen Muntermacher halt.« Tschorer grinst. »Have you had your pill today, alles klar?« Robert nickt langsam.

»Du, ich muss jetzt weiter. Mach's gut, man sieht sich.«

»Servus.« Sie klopfen sich auf die Schulter, dann ist Tschorer auch schon im Getümmel kauflustiger Landfrauen und asiatischer Kameramänner verschwunden.

Robert muss sich jetzt sputen, sonst würde Frau Hofmann ihr Wochenende einläuten. Und so würdigt er die Läden mit den grellen Reklamen, die wie in allen Fußgängerzonen der Republik die alten Familiengeschäfte verdrängt haben, keines Blickes und eilt zur Universität. Schnell findet er das Sekretariat der Germanisten und erledigt die Formalitäten. Hier ist man den Umgang mit Gastdozenten gewohnt, für Herrn Dr. Robert Tehling liegen die Unterlagen bereit, alles bestens. Über dreißig Studenten, darunter immerhin vier Männer, haben sich für sein Seminar angemeldet, obwohl er eine Beschränkung auf maximal zwanzig Hörer angegeben hatte. Schon vor seiner Abreise hatten ihn Mails erreicht, in denen er gebeten wurde, das Seminar zu erweitern. Er lud alle Interessierten zur ersten Stunde ein, dann würde man weitersehen.

Da er nun Zeit hat, wandert Robert durch die heiligen Hallen und sucht nach seinem Seminarraum. Verglichen mit der Sachlichkeit der Universitäten, die er bislang kennengelernt hat, prunkt diese hier mit ihrer barocken Pracht. Mit den weißen Stuckdecken in den hohen Gängen, in denen Blatt- und Blumenornamente über bayerische Königswappen und andere Insignien weltlicher und kirchlicher Macht wuchern, kann man beeindrucken, überall Bögen und Spitzen und große Bodenfliesen und alte Holztüren. Die sachliche Klapp-Reihen-Bestuhlung im Hörsaal wirkt dagegen vertraut.

Robert erinnert sich sofort an eine Lesung von Franz Fühmann, die auch in diesem Saal stattfand und die er, es muss Anfang der achtziger Jahre gewesen sein, als junger Student besucht hatte. Fühmann, der Dichter aus der DDR, mit rundem, etwas blassem Gesicht und ausgeprägter Stirnglatze, stellte damals sein eben erschienenes Buch *Fräulein Veronika Paulmann aus der Pirnaer Vorstadt oder Etwas über das Schauerliche bei E. T. A. Hoffmann* vor. Für Robert tat sich an diesem Abend eine neue Welt auf. Fühmann erzählte von Gemüsekönigen, Gnomenfürsten, Flederwischtöchtern, Männern ohne Spiegelbild und ohne Schatten, von Lindwurmbrüdern, Blutegelzöllnern und Studenten in Flaschen, was Robert besonders gut gefiel. Nussknacker führen sich als Feldherren auf, es gibt einen Mäusekönig und eine Flohprinzessin in diesem Schauspiel, aber auch scharfzüngige Vampire, selbstkritische Schriftsteller und allerlei Unfug mehr. Fühmann machte Robert mit leicht knarzender Stimme in diesen zwei Stunden mit dem Universalgenie Ernst Theodor Amadeus Hoffmann bekannt, dem rätselhaften Schriftsteller mit der überbordenden Fantasie, mit dem syphilitischen Trinker und ewig scheiternden Komponisten und Maler, dessen Gespenster und Geister wirklich und stets gegenwärtig sind. Im Laufe seines Vortrags zitierte Fühmann einen Satz aus den *Elixieren des Teufels,* der Robert unvergesslich blieb: »Wer mag der Stärke seiner Waffen, wer mag seiner Wachsamkeit vertrauen, wenn die unterirdischen Mächte lauern?« Immer wieder schaute Fühmann bei der Lektüre auf, lächelte listig mit kleinen Augen und spielte mit den über zweihundert Zuhörern, die an seinen Lippen hingen: »Da stapft ein Sandmann die Treppe heraus, den Kindern die Augäpfel auszuklauben, und der Gnomenkönig Daucus Carota schiebt seinen Verlobungsring an einer Mohrrübe aus der Erde, da winselt ein Kratzgeist im Schlossgemäuer, Vampire mästen sich an Leichen, der tote Münzjude Lippold sitzt in einem Bierkeller am Alexanderplatz zu Berlin und schnippt Du-

katen … der Satan braut ein Elixier, dank dessen man die Welt in strahlendem Glanz sieht, ein Minister ertrinkt in seinem Nachttopf, ein Floh liest Gedanken, ein Kater schreibt Verse, aus der Natur verschwindet das Grün, ein sächsischer Geheimer Archivarius hat einen Drachen zum Bruder und drei Schlänglein zu Töchtern …«
Im Saal herrschte eine atemlose Stille, als würden alle nur darauf warten, dass sich eine knarzende Tür öffnen und der Spuk lebendig werden würde. Fühmann beschrieb den romantischen Dichter, der fünf Jahre in der Stadt verbracht hatte, als scharfsinnigen und vielseitigen Mann, der gerne in geselliger Runde zechte, lieber Wein und Punsch als Bier trank, trotz der sechsundfünfzig Brauereien, die die Stadt damals beherbergte, als einen, der das Leben liebte und zugleich an ihm verzweifelte. Ein einsames Schmerzensmännlein, das die Himmelsleiter emporsteigen wollte und im Morast der Zeit steckenblieb. Der überall Wunder und Rätsel sah, das Lächerliche und Grässliche mitten unter uns, bei dem die Ratten schon an der bürgerlichen Idylle nagten. Fühmann zitierte aus einem Brief Hoffmanns an seinen Freund Hippel, in dem er ihm schrieb, dieser habe zu viel Fantasie, er hingegen zu viel Wirklichkeit. Robert hatte in der Schule den *Goldenen Topf* und den *Kater Murr* gelesen, aber erst jetzt fing er Feuer. Erkannte, aus welcher Tiefe die Texte kamen, aus welcher Verletztheit und Verzweiflung. Der Dichter als Hofnarr wohlhabender Provinzler, ein Klinkenputzer, der seine Feen und Spukgestalten in eine wundersame Welt entließ, die ihm auf Erden nicht vergönnt war. Der deshalb in der Stadt eine untergegangene Welt suchte, ein verklärtes Mittelalter, die Gegenwart des Ungleichzeitigen. Und als Fühmann am Ende noch davon sprach, wie die Söhne den Vätern folgen und die Sünden der Väter auch in seinem Blut kochen und gären würden, sein Vater hatte eine Ortsgruppe der NSDAP gegründet, da riss es Robert derart mit, dass er das Ende der Veranstaltung nicht abwarten konnte und in der nächstgelegenen Kneipe in der Austraße, einer Gegend, die man früher besser mied, schnell zwei Biere hinunterstürzen musste, um sich abzukühlen und sein Innenleben wieder zu sortieren.

Als Robert jetzt die drei Stockwerke nach unten läuft und über den mit Laubhecken und kleinen Bänken einladend wirkenden Innenhof der Universität wieder auf die Straße tritt, scheint die Sonne. Die Austraße ist fröhlich belebt, überall stehen Stühle und Tische draußen, junge Menschen futtern und balzen, als gebe es kein Morgen mehr. Vorbei am studentischen Kaufrausch und am *Café Müller,* wo die Müßiggänger ihr zweites Frühstück in der Sonne genießen und dem anderen Geschlecht hinterher sehen. Auch am Buchladen *Collibri*, den er später noch, schon aus vertrauter Gewohnheit, aufsuchen würde, und an der Mauthgasse, wo es den ersten und schärfsten Club der Stadt in den sechziger Jahren gab. Wenn hier die amerikanische Kavallerie der örtlichen Garnison einlief, angeblich alles Deserteure, Strafversetzte und andere kriminell gewordene GIs, war es besser, einen großen Bogen um den Laden zu machen. Wie hatte einer später Robert erzählt: »That place was an absolute trip. I didn't think the human body could possibly do some of the things I saw some people do in that place.« Das ließ Raum für Interpretationen.

Er schüttelt den Kopf, als ob er so die Gedanken verscheuchen könnte. Das war alles lange her. Aber er liebt die kleinen Sprünge durch Raum und Zeit. Diese Erfahrungen kann ihm jedenfalls niemand mehr nehmen. Sie gehören ihm. Für immer. Auch wenn er auf der Stelle tot umfallen würde.

Soll er nun über die Obere Brücke am *Riffelmacher* vorbei und sich dem Touristenstrom entgegenstemmen, der sich an schönen Tagen wie diesem durchs Alte Rathaus wälzt? Wo Bettler, Pantomimen und Reiseführer um Aufmerksamkeit buhlen, die Blicke der Passanten auf sich lenken wollen in all der barocken Pracht, unter den Augen der heiligen Kunigunde, die einst, des Ehebruchs verdächtigt, über glühende Pflugscharen lief und knapp tausend Jahre später damit einen koksenden Fußballtrainer zur Nachahmung verleitete? Oder doch lieber über den Schweinetrog der Unteren Brücke, wo immer noch das Engelsfüßchen am Rathaus in der Luft schwebt und man sich nach Jahrzehnten verschämt entschlossen hat, den Namenszug der Bäckerei *Fick* am Regnitzufer zu überpinseln?

Robert sucht die Ruhe und wählt den Weg zum Kranen hinunter, dann unter den Brücken hindurch am Ufer entlang in südlicher Richtung. Das ist einer der schönsten Spaziergänge, die er kennt und den er früher häufig mit Little gemacht hat. Durchs alte Gerberviertel am Fluss, wo die Arbeiter die Häute spülten und sie in den Dachgeschossen der hohen Fachwerkhäuser zum Trocknen aufhängten. Gerade macht ein Mann im roten Ringelhemd die venezianische Gondel fertig, die mit einem Tau am Ufer hängt und bald die Fremden durch die Wasserwege der Stadt schaukeln wird. Robert sieht hinüber nach Geyerswörth, diesem eher unansehnlichen, von der aufsteigenden Feuchtigkeit des Flusses schimmlig wirkenden Stadtschloss, das er in all den Jahren, als er noch in der Stadt wohnte, nie betreten hat. Aber er erinnert sich, dass es hier, unter den Weiden am Fluss, ein paar lauschige Plätzchen für Verliebte gibt. Lange her, sagt er zu sich und passiert nach wenigen Minuten die geranienbewehrte Nonnenbrücke.

Nach einiger Zeit merkt er, wie die Anspannung der letzten Tage allmählich von ihm abfällt. Die vergangenen Wochen, ja Monate, waren anstrengend gewesen. Erst hatte seine Tochter hohes Fieber gehabt, eine Virusinfektion, die nur mit Antibiotika zu bekämpfen gewesen war. Niemand kam in diesen Tagen wirklich zum Schlafen. Dann war er beim Sport umgeknickt und hatte sich die Bänder im Sprunggelenk gedehnt. Der alte Mann und der Ball. Er sollte es endlich lassen. Zu guter Letzt zog eine Sommergrippe wellenartig durch den Ort und streckte den Rest der Familie nieder. Alles lag flach, ein Lazarett. Zudem war er ständig auf Vortragsreise gewesen, sein Kleist-Programm war auch nach Ablauf der offiziellen Feierlichkeiten noch begehrt, auch sein kleiner Band über Kleist und den Krieg blieben ebenfalls gut nachgefragt. Robert musste jede Möglichkeit wahrnehmen, etwas Geld zu verdienen, um die Familie durchzubringen. Da durfte man nicht wählerisch sein. Aber das ging an die Substanz. An Urlaub war sowieso nicht zu denken. Den Lehrauftrag wollte er sich trotzdem leisten, auch wenn es im Grunde unvernünftig war. Seine Frau hatte den Kopf geschüttelt, aber als er ihr vorschlug, das Ganze auf eine Woche zu beschränken, willigte sie ein. Trotzdem hätte sie es lieber gesehen, er hätte die Zeit genutzt, um sie mit den Kindern zu verbringen. Das verstand er nur allzu gut, aber die Möglichkeit, in seiner alten Heimat zu arbeiten, wollte er nicht ungenutzt lassen. Und eben auch Little ausfindig zu machen, was aus der Ferne einfach nicht funktioniert hatte. Er hoffte, vor Ort näher an ihn heranzukommen, ihn mit Hilfe von alten Freunden und Bekannten allmählich einkreisen zu können. Falls er noch lebte. Seine Frau verstand nicht, warum ihm das so wichtig war. Sie hatten doch schon lange keinen Kontakt mehr. »Du lebst mehr in der Vergangenheit als in der Gegenwart«, sagte sie. Er erzählte ihr von alten Zeiten, von Freundschaft und einem mulmigen Gefühl. Er hatte die Befürchtung, dass Little auf der Strecke geblieben war. Irgendwo. Und diese Merkwürdigkeit, dass ihn niemand mehr gesehen hatte, er wie vom Erdboden verschwunden war, verstärkte seine Sorgen. Hätte er sich mehr um ihn kümmern müssen? Warum hatte er ihn aus den Augen verloren? Wann war dieser Punkt gewesen? Robert haderte mit sich, fühlte, dass sein Leben, egal, wie es enden würde, unvollständig bleiben würde, wenn er diese Frage nicht für sich beantworten konnte.

Mittlerweile ist er am Hollergraben angekommen, der in der prallen Nachmittagssonne liegt. Am Mühlwörth schwappt sacht das brackige Wasser gegen das kleine Wehr, Holzstege mit grünem, engmaschigem Eisengitter führen zum Schleusenwärterhäuschen, das neu renoviert scheint. Früher lag in dem Garten neben der abbruchreifen Hütte allerlei Gerümpel, Ziegen und Hasen liefen zwischen den Kirschbäumen herum. Hier ist aufgeräumt, gepflastert und neu angepflanzt worden. Das Haus wird offenbar noch bewohnt, eine kleine Idylle, fast schon zu putzig. Zwei Ruderboote ziehen in der Flussmitte, wo die Strömung am stärksten ist, flott vorbei, Robert beschleunigt seinen Schritt, sein Magen knurrt. Trotzdem entschließt er sich, am Ufer entlang bis nach Bug zu laufen und erst auf dem Rückweg im *Bootshaus* einzukehren. Es ist einer dieser Tage, an denen man Grashalme kauen und mit den Augen blinzeln möchte. Faul in der Sonne liegen und den Wolken hinterher sehen. Oder die Füße ins kühle Wasser halten und sich leise Geschichten von der Sehnsucht erzählen. Wenn Robert nicht alleine gewesen wäre, wenn Emma ihn begleitet hätte, hätte er sich jetzt mit ihr auf eine Bank am Ufer gesetzt. Er hätte sie in den Arm genommen, und sie wären einfach so da gesessen. Bestimmt eine ganze Weile.

Aber da sie nicht da ist, spaziert er weiter auf dem steinigen Weg, weicht Radfahrern und Hunden aus und freut sich, als die Buger Spitze in Sicht kommt. Früher setzte man hier mit einem Fährmann über den Fluss. Irgendwann bauten sie dann die Brücke, und die Holzfähre verschwand. Der Garten des Hotels *Lieb* ist überfüllt mit älteren Herrschaften, offenbar eine Reisegruppe aus dem Rheinland, dem Tonfall nach zu urteilen. Ihr Bus steht auf dem kleinen Parkplatz vor der Minigolfanlage, in der Robert und seine Freunde lange Sonntage kürzer werden ließen. An einem der rot eingedeckten Tische in der hinteren Ecke des Gartens sitzt ein einzelner Mann. Komisch, denkt Robert, aber vielleicht gehört er nicht zu den anderen. Es steht auch nur ein leerer Stuhl am Tisch.

»Ist bei Ihnen noch frei?«

Der Mann nickt freundlich und macht eine einladende Geste. Vor ihm stehen ein Weinglas und ein leerer Kuchenteller auf dem Tisch.

»Vielen Dank, sehr nett.« Robert setzt sich und sieht sich um. Offenbar hat ein Thailänder das Café übernommen, die rote Speisekarte mit den goldenen Gravuren lässt ihn leicht erschauern. Er steht nochmals auf und schaut durch die offene Tür in das Innere des Restaurants. An den holzgetäfelten Wänden hängen wie früher Hirschgeweihe und allerlei ausgestopftes Getier, aber dazwischen nun kleine Wimpel, Leuchten und Wandteppiche mit asiatischen Motiven.

»Sie sehen schockiert aus«, sagt der Mann am Tisch und zeigt auf das weiß getünchte Restaurant. »Das ist schon eine Weile so. Ich konnte es auch erst nicht glauben, schließlich komme ich schon so lange hierher. Am Anfang hieß das hier noch Gasthof *Striegel*, war sehr urtümlich. Guter Wein.« Er nimmt sein Glas, prostet Robert zu und trinkt einen kräftigen Schluck.

Robert nickt und winkt der Bedienung. »Haben Sie noch diesen tollen Käsekuchen, den es hier immer gab? Weil Sie jetzt doch offenbar die Küche umgestellt haben.«

»Kuchen gibt's immer noch. Auch unsere Hausspezialitäten. Warme Küche allerdings erst wieder um halb sechs.«

»Nein, nein, das passt schon. Bitte einen Milchkaffee und einen Käsekuchen mit Sahne.«

Der Mann an seinem Tisch schaut amüsiert zu, wie Robert den Kuchen Stück für Stück genießt.

»Stört es Sie, wenn ich rauche?«

»Nein, nein. Wir sind ja im Freien.«

Der Mann zieht eine längere Pfeife aus der Jackentasche, stopft sie etwas umständlich und zündet sie an. Das gibt Robert die Gelegenheit, ihn näher zu betrachten. Er schätzt ihn auf Mitte dreißig, auch wenn er durch den etwas krausen Backenbart älter wirkt. Sehr schlank und eher klein, mit dunklem, vollem Haar und kleinen beweglichen Augen. Auffallend sind seine gepflegten Hände, mit denen er nervös herumfuchtelt, um die Pfeife in Gang zu halten. Außerdem scheint er ein flotter Trinker zu sein, denn er hat mittlerweile trotz der frühen Stunde ein weiteres Glas Wein bestellt und schon wieder zur Hälfte geleert.

»Könnten Sie vielleicht meine Rechnung übernehmen? Seit fünf Tagen habe ich nichts gegessen als Brot.« Der Fremde fixiert Robert mit listigem Blick.

Robert ist irritiert angesichts des forsch vorgetragenen Anliegens. »Aber wir kennen uns doch gar nicht.«

»Entschuldigen Sie bitte diesen unverzeihlichen Fauxpas. Ich habe vergessen, mich vorzustellen. Hoffmann, Musikdirektor des hiesigen Theaters.«

»Tehling.« Robert deutet ein leichtes Kopfnicken an. »Haben Sie denn kein Geld? Als Musikdirektor verdient man doch sicher gut.«

Hoffmann schüttelt lachend den Kopf. »Mein Chef ist ein unwissender, eingebildeter Windbeutel. Er hat mich degradiert. Musikdirektor bin ich zwar geblieben, correpetiere aber nicht mehr und dirigiere nur höchst selten im Orchester, komponiere aber die Ballette und Gelegenheitsstücke. Er bezahlt mich ganz mies, es reicht hinten und vorne nicht.«

»Aber das geht doch nicht. Sie haben doch bestimmt einen Vertrag. Und einen Betriebsrat.« Robert zeigt sich ehrlich entsetzt.

»Ach, Verträge sind hier nicht das Papier wert, auf dem sie geschrieben wurden, wie man so schön sagt. Und die Kollegen? Alles Intriganten. Das Orchester ist erbärmlich, die Fagotts Kämme, die Hörner Brummeisen und die Violinen Pappendeckel, dabei besitzen die Herren einen Dünkel ohne Grenzen und sind nie vergnügter, als wenn sie eine Sache umgeworfen haben.« Hoffmann zieht heftig an seiner Pfeife, die immer wieder auszugehen droht. »In der höchsten Not habe ich schon den alten Rock verkauft, um nur fressen zu können.«

Robert zuckt zusammen angesichts der derben Ausdrucksweise, die so gar nicht zu dem Mann passen will.

»Wissen Sie was«, sagt Hoffmann, »ich mache Ihnen einen Vorschlag. Gelegentlich spiele ich mit den Herren, mit denen ich häufig hier zusammentreffe, ein schönes Spiel. Sie nennen mir eine bestimmte Anzahl von Wörtern, sagen wir mal zehn, und ich verpflichte mich, daraus eine hübsche Geschichte zu basteln. Wenn diese gefällt, übernehmen die Herren meine Rechnung. Wollen wir es genauso halten? Was meinen Sie?«

»Ich weiß nicht recht«, erwidert Robert zögerlich. »Wer sind denn diese Herren, mit denen Sie sonst dieses Spiel spielen?«

»Ach, das sind fast alles Ärzte. Vom hiesigen Krankenhaus. Dr. Friedrich Speyer, Dr. Lorenz Scheuring, Dr. Sutow. Dann noch Professor Klein. Den kennen Sie vielleicht. Unterrichtet Philosophie am Gymnasium. Nein? Na, egal. Dann noch Herr Vill, ein höherer Beamter, und Herr Seubert vom Domkapitel. Sehr nette Menschen. Sie machen es mir aber auch nie leicht.« Er lacht und verdreht dabei die Augen.

Irgendwie sieht er drollig aus, denkt sich Robert. Auch wenn ihm sein Ansinnen durchaus befremdlich erscheint. Aber was soll's? An der Rechnung für zwei Wein und einen Kuchen würde er jetzt auch nicht zugrunde gehen. »Na, gut. Versuchen wir es.«

»Fein, das freut mich. Geben Sie mir bitte ihre zehn Wörter. Das ist nicht so viel, das kann ich mir gut merken.« Der kleine Mann wirkt plötzlich elektrisiert, rutscht erwartungsvoll auf seinem Stuhl herum.

»Na, los, machen Sie schon.«

»Ok. Warten Sie. Ich muss kurz überlegen.« Robert nippt an seinem Milchkaffee. »Hase. Igel. Bär und Maus.«

»Ah, eine Kindergeschichte.« Hoffmann klatscht freudig in die Hände. »Das gefällt mir, das ist wunderbar.« Ungeduldig springt er auf. »Weiter, weiter.«

»Entschuldigen Sie bitte, das war ein Scherz. So fangen meist die Gute-Nacht-Geschichten an, die ich meinen Kindern erzähle.« Robert sucht nach interessanten Worten. »Dann nehmen wir doch … ach, wissen Sie«, er beugt sich leicht nach vorne, »nehmen wir doch nur einen Namen: Little.«

»Nur einen Namen?« Hoffmann lächelt. »Trauen Sie mir nichts zu?« Er lehnt sich zurück, faltet seine schönen Hände vor der Brust. »Aber gut, ganz wie Sie wünschen. Little ist allerdings ein ungewöhnlicher Name. Ein Spitzname, vermute ich?« Schelmisch blickt er hinüber zu Robert, als wolle er diesen aus der Reserve locken.

»Ja, es könnte ein Spitzname sein.« Robert bleibt bewusst vage. Das Spiel hat soeben begonnen.

»Bestellen Sie mir doch bitte noch einen Riesling. Dann denkt es sich leichter.« Hoffmann wartet die Antwort erst gar nicht ab, winkt der Bedienung und deutet auf das leere Weinglas. »Dafür wird es auch eine besonders schöne Geschichte, das verspreche ich Ihnen.«

Hoffmann lehnt sich zurück, reckt seine Arme kurz nach oben und schaut in den fast wolkenlosen Himmel, als ob er auf göttliche Eingebung warte. Aber schon nach wenigen Sekunden springt der kleine Mann auf, als habe ihn tatsächlich ein Gedankenblitz ereilt. Mit flinken, elastischen Bewegungen umrundet er den Tisch, so selbstgewiss und heiter, als ob sie sich nicht beide in einem Gartenrestaurant mit vielen Gästen befänden. Als ob sie sich allein auf einem Karussell drehten inmitten eines bunten Jahrmarktes und Menschen und Dinge ringsum nur noch als fliegende Bilder wahrnähmen.

»Es war einmal«, sagte Hoffmann mit jenem bedeutungsvollen Unterton, den alle Märchenerzähler von Hanau bis Damaskus zur Einschwörung ihres Publikums anstimmen, »es war einmal ein junger Mann, der Urlaub bei Freunden machen wollte. Die letzten Wochen waren sehr anstrengend für ihn gewesen. Die Herberge im Cañon Devata schien der ideale Ort zu sein, um etwas auszuspannen, und Matteo, so hieß der Freund, und seine Familie wiederzusehen, war immer eine Freude. Sicher hatte Matteo auch neue Bilder gemalt, der junge Mann wollte unbedingt etwas für seine Wohnung kaufen.

Nach der Begrüßung trug der Hausdiener seine Koffer nach oben zu seiner Lodge, die an der rechten Seite auf halber Höhe des Canyons unweit des Haupthauses lag. Der Anstieg war steil und beschwerlich, viele Stufen und Pfade führten zu den rustikal eingerichteten Bungalows, in denen die Gäste untergebracht waren. Zwischen den Bananen- und Zapotebäumen hatte Matteos Frau unzählige Büsche und Pflanzen gesetzt, Kakteen, Agaven und Orangenblumen, ein Meer von Gelb-, Rot- und Grüntönen. Der junge Mann wurde jedes Mal, wenn er die Posada besuchte, von dem Zauber dieses einzigartigen Ortes eingefangen, so üppig und farbenfroh wuchs hier alles. Auf Matteos indianischen Statuen und Totempfählen, die entlang des Weges zwischen den Büschen standen, hockten grüne Papageien und bettelten die Vorbeigehenden an. Hängematten und kleine Terrassen luden zum Ausruhen ein, alles war ruhig und friedlich. Der junge Mann genoss den freien Blick über die Bucht, während er eine Massage im obersten der Meditationsräume, im El Cielo, erhielt. Neben der Liege stand eine Karaffe mit frischem Quellwasser, das Matteo selbst aufbereitete, und eine Schale mit Mangos und Nüssen, im ganzen Raum roch es nach ätherischen Ölen.«

Hoffmann, der nicht aufgehört hatte, Robert in kleinen Schritten zu umkreisen, hielt kurz inne, trank einen großen Schluck und lächelte ihn freundlich an.

»Während der junge Mann hinunter zu dem kleinen Fischerdorf schaute, wo die flachen, weißen Häuser in der Abendsonne schimmerten, musste er schmunzeln. Er war froh, dass es hier kein nächtliches Treiben gab, sondern nur Matteo, seine Gäste und eine gute Flasche Wein. Nach der Massage kleidete er sich rasch um und ging in die mit getrockneten Palmenwedeln bedeckte, nach allen Seiten hin offene Palapa, in der das Abendessen serviert wurde. Matteo setzte sich zu ihm an den Tisch, während seine Tochter die Gäste bediente. Matteo hatte eine Flasche Rotwein geöffnet und seine alte, zerbissene Pfeife angezündet.

›Matteo, wie geht es der Kunst? Warst du fleißig?‹ Der junge Mann fragte ihn nach seiner Arbeit.

›Ich habe einige neue Bilder gemalt, sogar ein Porträt Frida Kahlos‹, antwortete Matteo und zog lange an seiner Pfeife, ›das könnte dir gefallen.‹

Der junge Mann musste lachen, weil der schlaue Matteo von der Bewunderung wusste, die er der mexikanischen Malerin entgegenbrachte, und sicher nur deshalb dieses Bild gemalt hatte. Ja, geschäftstüchtig war er schon, dieser Matteo, auch wenn er sich zuweilen lieber den Frauen und dem Wein widmete, als sich um die Posada und seine Galerie zu kümmern. Er verkaufte meist an seine Gäste, die seine Arbeiten in der Posada gesehen hatten, und so musste er sich nicht übermäßig anstrengen, um an Kunden zu kommen. Er malte ganz in der Tradition der mexikanischen Volkskunst, das kam bei den Fremden gut an. Vor allem«, und hier senkte Hoffmann die Stimme und blieb stehen, »seine Darstellungen, die mit dem Dia de los Muertos, dem Tag der Toten, spielten, fanden großen Anklang: merkwürdiger Grabschmuck, Kreuze aller Art, geschmückte Skelette, Ringelblumen und Totenköpfe aus Zucker.

Gerade wollte der junge Mann darüber weiter mit Matteo reden, als aus dem Recorder, der an der Rezeption stand, leise der Refrain eines Liedes herüber wehte, das er schon früher so gerne gehört hatte: *Oh / Little Joe / what have they done with the gold / Oh / Little*

Joe / what have they done with the gold / What have they done with the gold …

Matteo registrierte sein Aufhorchen und fragte mit spöttischem Grinsen: ›Kennst du das wohl? Das ist eine alte mexikanische Geschichte.‹

Der junge Mann verzog das Gesicht.

›Nein, nein‹, sagte Matteo und ruderte mit den Händen, ›das ist tatsächlich die Geschichte eines alten Goldgräbers, der hier in der Gegend sein Glück und sein Unglück zugleich gefunden hat.‹

»Wollen Sie sie hören?« Hoffmann blickt Robert herausfordernd an. Mittlerweile hatte sich der Garten geleert, die Reisegruppe war in ihren Bus gestiegen, sie sind beide allein. Die Sonne sendet ihre letzten Strahlen, bevor sie endgültig hinter Stephansberg und Wolfsschlucht verschwinden wird.

»Natürlich«, erwidert Robert. »Sie müssen sich ihren Wein schon noch verdienen.«

Hoffmann lacht nur kurz, leert sein Glas und fährt fort, von Little Joe zu erzählen.

»Dieser Little Joe hat nach dem kalifornischen Goldrausch Mitte des 19. Jahrhunderts – und Kalifornien gehörte damals noch zu Mexiko – auch in Arizona und hier in Mexiko Gold gesucht und gefunden. Aber dieser Little Joe war ein leichtsinniger und etwas dünnhäutiger Mann gewesen, der allen von seinem glücklichen Fund erzählt hatte und dann dem Trubel und den Begehrlichkeiten, die sich daraus ergeben hatten, nicht standgehalten hatte. Eines Tages war er plötzlich spurlos verschwunden. Angeblich wusste keiner, was mit ihm geschehen war. Man hatte ihn schon fast vergessen, da fanden zufällig zwei Mineros, die sich vor einem Unwetter in den Schutz einer aufgelassenen Mine zurückgezogen hatten, einen toten Mann. Die Leiche war übel zugerichtet, so als ob jemand ein Geheimnis aus ihm hatte heraus prügeln wollen. Obwohl man es nicht mit letzter Gewissheit hatte sagen können, waren sich damals alle sicher, dass es sich nur um Little Joe handeln konnte. Der Schatz war auch weg. Viel wurde damals über dessen Verbleib spekuliert, aber er blieb bis zum heutigen Tag verschwunden. Wer weiß schon, was damals geschehen ist?

›Der arme Kerl‹, meinte der junge Mann. Sie hoben die Gläser und tranken auf das Seelenheil des Little Joe.

Ein paar Tage später brach der junge Mann auf, um mit dem Bus nördlich über die Berge nach Oaxaca zu fahren. Brütende Hitze, die Klimaanlage war ausgefallen. Sombreros säumten die Straße, die Hütten bestanden aus kariösem Lehm, die Armut war erschütternd. Er kaufte von einer alten Frau eine gefüllte Enchilada und desinfizierte seinen Magen anschließend mit einer Flasche Mezcal. So entging er zwar Montezumas Rache, verlor aber das Bewusstsein und träumte, dass mitten in der Nacht plötzlich ein alter Mann zustieg und sich auf den Platz vor ihn setzte. Er sah verwegen aus, seine Kleidung war abgetragen, und er roch nicht gut. Als ob er bemerkt hätte, dass ihm der junge Mann unverwandt auf den Rücken starrte, drehte er sich nach einer Weile um und schaute ihm schelmisch ins Gesicht. Plötzlich knöpfte er seine Jacke auf, holte ein Ledersäckchen heraus und öffnete es. Als er ihm seine Hand zeigte, lag etwas Funkelndes darin.

›Heißen Sie vielleicht Little Joe?‹ fragte ihn der junge Mann.

Der Mann lächelte diabolisch, und der junge Mann dachte, er stünde an der Schwelle des Todes. Dann wachte er schweißgebadet auf und schwor sich, alte Geschichten nicht mehr ernst zu nehmen.«

Mit einem leichten Seufzer lässt sich Hoffmann auf seinen Stuhl fallen. Er zieht ein riesiges Taschentuch aus seiner Jacke und tupft sich damit die feuchte Stirn ab. »Na, was sagen Sie? Hat Ihnen meine Geschichte gefallen?«

Statt einer Antwort winkt Robert der Kellnerin und bestellt noch zwei Riesling.

»Danke, sehr aufmerksam. Zum Wohl!« Hoffmann prostet ihm zu und leert sein Glas fast in einem Zug.

»Zum Wohl! Ich frage mich, wie Sie darauf gekommen sind. Little Joe, das Gold und der Tod …«

»Ach, machen Sie sich nicht so viele Gedanken. Das ist nur eine Geschichte, nicht mehr. Ich habe Hunderte davon in meinem Kopf. Und manchmal plumpst eben eine ins Leben hinein. Sehen Sie, es ist wie mit der Musik: Das geistige Getränk befördert den regeren Umschwung an Ideen. Man könnte im Hinblick auf die Getränke sogar gewisse Prinzipien aufstellen. So würde ich bei der Kirchenmusik alte Rheinweine, bei der tragischen Oper sehr feinen Burgunder, bei der komischen Champagner, bei der höchst romantischen, wie der des *Don Juan*, einen Punsch aus Kognak, Arrak und Rum anraten.«

»Und was passt zu Riesling? Eine Geschichte, in der es um Leben und Tod geht?«

»Ja, vielleicht.« Hoffmann lacht und hebt sein Glas. »Vielleicht ist das so. Ja, eigentlich bin ich mir sicher: Da geht nur Riesling. Riesling schmeckt fruchtig und frisch wie das Leben und ist so leicht wie der Tod. Oh, schon wieder leer.« Schelmisch rollen seine dunklen Augen, als wollten sie Robert hypnotisieren. Dieser runzelt nur leicht mit der Stirn, aber ohne Groll, und signalisiert der Bedienung die neue Bestellung.

»Sie sind ein aufmerksamer Gastgeber, das mag ich sehr. Das passiert mir gar nicht so häufig. Viele Menschen sind hier ziemlich griesgrämig und nur um ihr eigenes Seelenheil besorgt. Ich werde zwar oft eingeladen, weil ich die Gesellschaften meist aufmuntere und zum Lachen bringe. Aber das geschieht eben mit diesen Hintergedanken und nicht um meiner selbst willen. Zuletzt genoss ich diese Freude mit Giacomo Meyerbeer, den ich auch hier kennengelernt habe.«

»Den Komponisten Meyerbeer? Wie kam denn das?«

»Es war wohl im April dieses Jahres. Ich hatte hier in Bug Mittag gegessen und dann tauchte plötzlich Dr. Feist mit Meyerbeer auf und stellte uns vor. Ein sehr angenehmer Mensch. Ich schätze seine Arbeiten, kannte ihn aber bislang nicht persönlich. Wir haben uns vortrefflich unterhalten. Und ein paar Gläser getrunken.« Hoffmann ist bester Laune, es hält ihn kaum auf seinem Stuhl, ständig wippt und hüpft er herum wie ein Gummiball in Kinderhand.

»Kommen Sie, Herr Tehling, gehen wir ein Stück in den Hain. Vielleicht zum *Bootshaus*. Dort könnten wir doch noch einen Dämmerschoppen nehmen, oder?« Ohne Roberts Entgegnung abzuwarten, ergreift er seinen braunen Stock und einen grauen, altmodischen Hut mit schmaler Krempe und schickt sich an, den Garten zu verlassen. Robert wirft ein paar Scheine auf den Tisch und beeilt sich, ihm zu folgen.

»Sehen Sie«, sagt Hoffmann und deutet auf zwei graue, große Granitblöcke am Wegrand, »da haben mir meine Freunde sogar ein kleines Denkmal geschenkt. Als ich früher oft mit dem Hund von Madame Nanette spazieren ging, leider ist er schon lange verstorben, der Gute, da wurde es oft spät in der Nacht, bis wir nach Hause fanden. Und als ich mich eines Abends wieder ordentlich montiert hatte, fing ich an, mit Pollux, so hieß der Hund, ein launiges Gespräch zu führen. Ich habe aus diesem Erlebnis später eine kleine Geschichte geformt, die offenbar so viel Anklang bei den Leuten fand, dass sie für Herr und Hund an dieser Stelle ein paar Erinnerungssteine aufeinander gestellt haben. Und sogar noch einen Sockel davor für die Blumen! Ziemlich schlicht und gar nicht so zum Temperament meiner Erzählung passend, auch sieht der Hund überhaupt nicht wie Pollux aus, aber egal, jedenfalls eine schöne Geste.« Hoffmann zieht Robert, der vor dem Denkmal stehengeblieben war, am Ärmel weiter und hakt sich feixend bei ihm unter.

»Leihen Sie mir doch bitte Ihren Arm, ich bin ja schon etwas gebrechlich geworden über die Jahre. Und das Leben war nicht immer einfach in der letzten Zeit, weiß Gott nicht! Zuweilen denke ich mir mein Ich durch ein Vervielfältigungsglas – alle Gestalten, die sich um mich herum bewegen, sind Ichs, und ich ärgere mich über ihr Tun und Lassen. Was habe ich mich manchmal ganz schrecklich besoffen und die infamsten Streiche gemacht. Gerade wenn ich mit Hitzig und Kunz unterwegs war und wir die sublimsten Weine in Kunzens Keller am Maxplatz verkostet haben, bis sich im Dunst allerlei närrische Gestalten in skurrilen Bocksprüngen lustig und ergötzlich bewegten. Und nachts tauchten beim Schreiben diese Schauergestalten auf, die mich derart bedrängten, dass meine Frau aufstand und mir die Hand halten musste. Und dann immer dieser Geldmangel ...«

Hoffmann seufzt und lenkt beider Schritte in den Biergarten des *Bootshauses*, der direkt am Fluss liegt. Zwei hölzerne Pontons für die Badegäste sind im Wasser verankert, aber um diese späte Stunde sitzen alle bereits bei Bier und Brotzeit im Schatten der großen Kastanien neben dem mächtigen roten Holzbau des Ruderclubs. Durch die tiefhängenden Äste hindurch erkennt Robert in einiger Entfernung das Wasserschloss Concordia in seiner venezianisch anmutenden Eleganz, das die Abendsonne in honiggelbes Licht taucht und dessen Abbild sich im Wasser spiegelt. Dahinter ragen die grünfahlen Domtürme wie spitze Finger in den Himmel, als wollten sie den lieben Gott mit ihren Kreuzen in den Hintern pieksen.

»Die Menschen hier sind katholisch fromm, die gehen sogar mit dem Rosenkranz ins Theater.« Mit einer sanften Handbewegung, die Resignation wie Verwunderung gleichermaßen signalisieren kann, streicht Hoffmann durch die Luft, knapp über die Weingläser hinweg, die der Kellner mittlerweile gebracht hat. »Man möchte hier nicht am Bestand rütteln. Nichts soll sich ändern. Vor allem der Domberg übt sehr subtil seine Macht aus.«

»Wie meinen Sie das?«

»Wie ich das meine?« Hoffmann lächelt süffisant. »Ganz einfach: Man gibt sich hier gerne freidenkerisch und tolerant. Vorgeblich dürfen alle tun und lassen, was sie wollen. Es gibt viele Schlupflöcher, und die werden auch gesucht und gefunden. Wo die Vergebung schon fest im Glauben verankert ist, darf auch nach Herzenslust gesündigt werden. Aber nur so weit, dass die Ordnung nicht gestört wird. Ordnung, das ist hier das bestimmende Lebensprinzip. Wer, wie ich, nicht diesen Vorstellungen entspricht, kann leicht Schwierigkeiten bekommen.«

»Und haben Sie Ärger bekommen?«

Hoffmann winkt ab. »Zur Genüge. Anfeindungen aller Art. Aber meistens nur indirekt, gleichsam hinten herum. Tagsüber freundlich, und in der Nacht kommen dann die Spitzbuben mit ihren Mordgedanken. Wenn ich all diesen unbegabten Kindern Musikunterricht gebe, werde ich hofiert und mit Artigkeiten überhäuft. Wenn ich diese sterbenslangweiligen Tanztees und Kaffeekränzchen bei der besseren Gesellschaft mit meinem Esprit in Schwung bringe, kraulen sie mir den Bart und küssen mir die Finger. Aber Geld gibt es natürlich keins. Als könnte ich von der Luft leben. Bin ich mit dem Mietzins im Rückstand oder kann meine Schulden in der *Rose* nicht bezahlen, weiß das im Nu die ganze Nachbarschaft, grüßt nicht mehr und wechselt den Bürgersteig. Aber lassen wir das. Heute ist ein wunderschöner Sommerabend, und ich habe Sie kennen gelernt. Was mich überaus erquickt. Darauf trinken wir!«

Hoffmann hebt sein Glas. »Auf Frieden und Freundschaft!«

Robert nickt ihm prostend zu. »Auf die Freundschaft und die Frauen!«

»Sie sind ja ein ganz Gewiefter«, prustet Hoffmann los. »Sie meinen wohl, wenn man die Frauen gewinnt, dann gibt es den Frieden gleich dazu. Wenn Sie sich da mal nicht täuschen.«

Mittlerweile verschwinden die Konturen in der Dämmerung, der Kellner hat kleine Windlichter auf die Tische gestellt. Mücken umkreisen die beiden fröhlichen Zecher, die zunehmend ihre Umgebung und die Zeit vergessen. Robert erzählt von seinen Erlebnissen während der Studentenzeit, während Hoffmann, der allmählich immer stiller geworden ist, genüsslich an seiner Pfeife zieht und sich weiterhin durch die deutschen Anbaugebiete trinkt. Irgendwann hat der Kellner eine letzte Flasche auf den Tisch gestellt und sich verabschiedet. Es ist schon nach Mitternacht, als sich die beiden schwerfällig erheben und, aneinander gestützt, den Heimweg antreten. Es ist stockfinster, und so tasten sich die beiden langsam an den Bäumen entlang, um in einer leichten Rechtsbiegung allmählich den dichten Wald zu verlassen und auf die Fußballwiese an der Hainstraße zu gelangen. Keiner der beiden hat ein Auge für die alten Villen mit den Zwiebeltürmchen, Erkern und Giebeln, für den alten Baumbestand hinter schmiedeeisernen Zäunen; zu sehr beeinträchtigt die Wirkung des Weines all ihre Sinne, zu mühsam sind ihre Anstrengungen, es auch noch die letzten Meter bis nach Hause zu schaffen. In der Nähe des Schönleinsplatzes verabschiedet sich Hoffmann unversehens, murmelt nur noch ein »Viel Glück bei der Suche!« und verschwindet wie ein Spuk in der Nacht. Robert ist zu sehr mit sich selbst beschäftigt, um diesem Abgang etwas Befremdendes anzuhängen. Als er endlich das Altersheim erreicht, findet er, dass das zumindest für diese Nacht der passende Schlafplatz für ihn ist. Er stürzt sich, nur halbwegs Schuhe und Jackett abstreifend, aufs Bett und empfiehlt sich dem Gott der Träume. Unruhig ist sein Schlaf, die Bettdecke hat er längst zu Boden geworfen, als er plötzlich aufschreckt, weil er glaubt, einen Schrei gehört zu haben. Ruft da nicht jemand um Hilfe? Robert ist sich ganz sicher, nicht geträumt zu haben. Er torkelt zur Toilette, trinkt aus der Wasserflasche im Kühlschrank, stolpert über den handgeknüpften Perserteppich, der wie eine Fallgrube im Flur lauert, und sinkt ermattet in den Schlaf zurück.

II.

Schon seit Schulzeiten liest Robert am Morgen stets die Zeitung. Wenn es knapp wird, zumindest die Todesanzeigen. Er hatte damals bereits immer die Ruhe weg, trank in der Küche seine Milch und aß Marmorkuchen, was er sehr passend fand, während seine Mutter händeringend an der Tür stand und darauf hinwies, dass in wenigen Minuten der Unterricht beginnen würde. Da sie unweit der Schule wohnten, reizte Robert die Situation aus und ging immer im letzten Moment, selbst wenn Schulaufgaben in Mathe anstanden, was partout nicht zu seinen Stärken zählte. Ihn interessierte weniger, wer gerade verstorben war, als vielmehr die Art und Weise, wie die Hinterbliebenen den Toten verabschiedeten. Wenn vor den Vätern die Söhne starben, schmeckte selbst Robert sein Frühstück nicht mehr. Zuweilen erschien der Tod zufällig, wie ein Versehen, das die Seelen auf immer verschließen wird.

Das Triviale, das wurde auch Robert bald klar, ist im Sterbensfall nur unterbrochen. Alle Krisen brennen schließlich weiter, die Geschichte läuft die Alarmstufen rauf und runter, der Gesichtsverlust bleibt unaufhebbar. Doch hin und wieder schließt sich erkennbar ein Lebenskreislauf, es liest sich versöhnlich, geradezu friedlich und dankbar. Ist das ernst zu nehmen oder nur geheuchelt, den Konventionen geschuldet? Gebrochene Herzen und endgültige Abschiede bezeugen nur eine neue Version der uralten Geschichte vom Kommen und Gehen. Das ist traurig. Und bleibt im Grunde nicht akzeptabel. Der Scheintod ist die schönste Überraschung, aber darauf lässt sich nicht setzen. Jedenfalls las Robert in der Zeitung nie davon. Und blieb allen Beerdigungen fern.

Was früher am Schönleinsplatz als simpler Kiosk mit Obst und Gemüse funktionierte, nennt sich jetzt *Rondo* und gilt offenbar als Nachrichtenbörse für die Kaffeetrinker der Stadt. Viele Anzugträger, die sich für lässig halten, lümmeln am frühen Morgen rauchend am zur Straße hin offenen Tresen, schlürfen Latte Macchiato und andere Warmgetränke und unterhalten sich über die erogenen Zonen der Stadt. Robert redet um diese Zeit noch nicht gerne und holt sich nur die Lokalzeitung. Den Bratwurstwagen um die Ecke, an dem er früher seine Belohnung für einen erduldeten Einkaufsbummel mit seiner Mutter kassierte, gibt es immer noch. Aber zum Frühstück kann er dieser Verlockung heute gut widerstehen. Bei den Todesanzeigen ist Little nicht dabei; die meisten Menschen scheinen hier ziemlich alt zu werden. »Alkohol konserviert«, murmelt Robert und begutachtet im Spiegel die Invasion grauer Haare auf seinem Kopf. Heute will er sich auf den Weg in das Viertel machen, in dem er und Little aufgewachsen sind. Vielleicht wissen die alten Nachbarn etwas über seinen Verbleib.

Als Robert Richtung Bahnhof geht, erfasst ihn Wehmut. Die neue Luitpoldbrücke sieht aus wie eine abgesägte Achterbahn, an deren Stahlseilen nun die Schlüsselanhänger der Liebespaare baumeln. Und in den alten *Luitpoldsälen*, in denen Robert und Little ihre cineastische Sozialisation mit Louis de Funès und Terence Hill, mit Barbara Capell und Russ Meyers *Supervixens* erfuhren, mistet gerade ein Teppichhändler seinen orientalischen Basar zu Discountpreisen aus. Hier lebte einst das Abenteuer der großen Bilder, mit dem roten Theatervorhang, den Vorfilmen – Little liebte *die kleinen Strolche* – und den Eisverkäuferinnen in der Pause, wenn die Filmrolle gewechselt wurde. Es gab zwar keinen grummeligen Vorführer wie Alfredo, der in *Cinema Paradiso* dem kleinen Toto in seinem sizilianischen Dorf alles über das Kino beibringt, trotzdem erlebten sie diese zwei Stunden in der Zeitmaschine wie die Verheißung, dass es hinter dem Horizont weitergehen würde. Oder zumindest hinter der nächsten Straßenecke. Hinter der lag früher die Metzgerei *Müller*, in der Robert von der rotgesichtigen Verkäuferin Betty stets eine Scheibe Gelbwurst über die Ladentheke gereicht bekam. Alles verschwunden, stattdessen in einer langgezogenen Kurve bis zum Bahnhof das grelle Einerlei aus Asian Food, *Norma* und Nagelstudios. Jede Ecke eine Geschichte. Die lange, dunkle Unterführung, in der Robert von einem stadtbekannten Schläger mit einem Fußtritt fast von seinem Mofa katapultiert wurde. Die Tankstelle, die eines Nachts in die Luft flog. Die *Grinzinger*-Brathendl-Station, die rund um die Uhr geöffnet hatte und vor der die GIs mit ihren getunten Kisten parkten, die nur aus Lautsprechern und Auspuffrohren zu bestehen schienen, und in der es gerüchteweise tatsächlich auch etwas zu Essen gab. Die Zollnerstraße liegt immer noch da wie ein Stein gewordener Wurmfortsatz aus hellgrauen und hellbeigen Kastenhäusern, einheitlich bis zur Dreistöckigkeit, unkenntlich bis zur Kenntlichkeit. Hier geht niemand freiwillig spazieren, hier steigt man sofort ins Auto.

Nicht weit davon entfernt verbrachte Robert die ersten Monate seines Daseins. Inmitten von Kartoffelfeldern und Gemüsegärten schob seine Mutter ihn im Sportwagen auf Trampelpfaden durch die Frühlingssonne; wie Babyfotos belegen, langte er sich schon damals ständig an den Kopf. Die Welt war unheimlich und nervig zugleich: Einsame Topfpflanzen rankten sich gefräßig über sein Bettgestell, die Wanduhr schepperte mit rostigen Ketten und Gewichten und große, braun-schwarze Ornamente auf der Tapete vermittelten ihm den Eindruck, im Vorhof der Hölle zu wohnen. Keine zwanzig Bücher im Regal, neben dem Teewagen eine Stehlampe mit dunklem Schirm, der aussah wie eine auf den Kopf gestellte Toilettenrolle, dazu Dürers *Hase* auf dem Wandkalender – und das gleich in seinem ersten Monat auf der Welt! Hätte ihn nicht sein Teddy mit dem abwaschbaren Plastikgesicht dauerhaft angegrinst, wäre einer frühkindlichen Depression nichts im Wege gestanden. So aber schaukelte die Welt, auf den Knien der Großeltern, auf dem Holzpferd oder im Kinderwagen, bis ihm am Ende lediglich schlecht wurde.

Als Robert nun in die Riemenschneiderstraße einbiegt, wirkt die Gegend ähnlich leblos wie damals. Kleine Wohnblöcke auf engem Grund, überall Gartenzäune, kein Mensch auf der Straße. Alles ist erkennbar in die Jahre gekommen. Robert lehnt sich kurz an eine Laterne und späht in den kleinen Vorgarten des rosafarbenen Hauses, das mal sein Zuhause war. Zwei Jungs tauchen auf, Hosen in den Kniekehlen und die Kappen verkehrt rum aufgesetzt; sie sehen so aus, als wären sie ohne Absicht auf die Welt gekommen. Schieben zwei Meter nach links, dann zwei Meter nach rechts. Ein schwarzer BMW mit breiten Reifen quietscht um die Ecke, hält auf der Höhe der Mützenträger, die Straße vibriert im Takt der Lautsprecher, die Begrüßung beschränkt sich auf männliches Händeschütteln. Irgendetwas wechselt schnell den Besitzer, Robert ist die Sicht verdeckt. Instinktiv fühlt er, dass es nun besser ist, das Gebiet zu verlassen.

»Was machen Sie denn da?« Robert hebt den Kopf. Aus einem offenen Fenster im dritten Stock blickt ihn ein schnauzbärtiger Mann forsch an.

»Ja, Sie meine ich! Warum fotografieren Sie das Haus und die Garagen? Das geht nicht einfach so.«

Robert versucht, den aufgebrachten Mann zu beruhigen. »Ich habe hier früher gewohnt.«

Neben dem Mann taucht ein Frauenkopf auf.

»Wir wohnen schon seit zwanzig Jahren hier und wir kennen Sie nicht!«

»Es ist auch schon länger als zwanzig Jahre her, dass ich hier ausgezogen bin. Ich kenne Sie auch nicht.« Unruhiges Kopfschütteln am Fenster.

»Meine Familie wohnte am anderen Ende des Hauses, Tehling, zweiter Stock, ganz außen.«

»Ja, Tehling, ja, ich erinnere mich, den Namen habe ich schon mal gehört.« Die Frau hat das bessere Gedächtnis. »Wohnte da nicht Ihre Mutter bis vor ein paar Jahren?«

Robert nickt. »Das stimmt.« Er will ihnen nicht erzählen, dass sie mittlerweile gestorben ist. »Schönen Tag noch. Und immer gut aufpassen, man weiß ja nie ...«, ruft er grinsend nach oben und geht in Deckung hinter der Buchenhecke.

Der Wohnblock glänzt mittlerweile in mehreren Farben, das ursprüngliche Grau der sechziger Jahre ist einem kräftigen Ocker und einem hellen Zitronengelb gewichen, was die Ausstrahlung des Ensembles nur geringfügig verbessert. Sonst aber scheint die Zeit stehen geblieben zu sein: Die metallenen Teppichstangen, an denen wohl schon lange keine Wäsche mehr getrocknet und kein Teppich geklopft worden ist, rosten still vor sich hin. In den beiden Sandkästen spielen keine Kinder; vertrocknetes Laub und allerlei Unrat liegen dort, wo Robert und Little früher fast jeden Tag ihre Sandburgen errichtet hatten. Die Birken stehen noch, und auch das Wiesengrün leuchtet so satt, dass bestimmt auch wie damals ein Hausaufseher jegliches Spielen darauf untersagt hat. Nur der alte Kletterbaum fehlt. Fehlt in seiner elementaren Notwendigkeit, um das gewohnte Bild zu vervollständigen. Robert erkennt die beiden angeranzten Hintertüren zum Fahrradraum und zur Waschküche, rostige Metallgitter am Treppenabgang, alles heruntergekommen wie in einem alten Berliner Hinterhof. Der Hauseingang wie ehedem, die fast blinden Glasfliesen in Fünferreihen, die graue Holztür mit dem Innenglas und dem Bodenblech gegen die Fußtritte, rechts das grau-metallene Klingelschild mit den zehn Parteien, aber nun mit Gegensprechanlange und roter Lichttaste, pure Avantgarde. Robert studiert die Namensschilder, kaum Bekanntes. Er drückt schnell hintereinander drei Knöpfe, die vertraute Ungeduld. Er hasst es zu warten, das war schon als kleiner Junge so, wenn er die Kirchenzeitung und das Werbeblatt des nahe gelegenen *Konsum*-Ladens austrug. Oft befanden sich die Briefkästen im Haus, und wenn ihm nicht schnell genug geöffnet wurde, klingelte er so lange, bis das ganze Haus rebellisch wurde. Niemand drückt die Haustür auf, vielleicht sind die Leute im Urlaub.

Auch Robert war schon früh immer gerne unterwegs gewesen. Alles begann damit, dass seine Familie Mitte der sechziger Jahre mit ihrem blauen VW Käfer über die Alpen zockelte, um mit vielen tausend anderen Deutschen Italiens Strände an der Adria zu besetzen. Little, dessen Eltern selten in den Urlaub fuhren, durfte ihn begleiten.

Obwohl ihn seine Eltern sehr liebten, war ihre Toleranzgrenze bei der zehnten Wiederholung von Evergreens wie *Von den blauen Bergen kommen wir* oder *Auf der schwäb'sche Eisebahne* in der Hitversion von Willy Reichert endgültig überschritten, und Robert und Little mussten zähneknirschend in die Dolomiten schauen.

Im Morgengrauen landeten sie, mit den Großeltern im Schlepptau, in Bibione, einem adriatischen Sehnsuchtsort deutscher und holländischer Urlauber, und mieteten einen Zeltplatz. Dann erhielt Robert von seinem Opa ein Eis spendiert, das vermutlich verdorben war. Er legte sich mit 40 Grad Fieber in den Schlafsack; in der Nacht kam ein schwerer Sturm auf, der fast das Zelt wegblies. Die beiden Männer hielten die Schnüre und hämmerten auf die Heringe, während die Frauen Robert mit nassen Umschlägen und elegischen Gesängen am Leben zu erhalten suchten. Little saß mit sorgenvoller Miene an seinem Bett, als würde er Totenwache halten. Der Wind zerrte so vehement an Planen und Nerven, dass die Frauen schließlich protestierten, man zog über Nacht in einen Bungalow um. Hier war alles wie daheim, sogar die Küchengeräte funktionierten in diesem orientalischen Land, wie Roberts Großmutter überrascht feststellte. So wurde er bald wieder gesund.

Der Pizzamond hing am Firmament, der Rotweinsee lud zum Verweilen ein und die Spaghetti klebten als Schnurrbärte unter der Nase. Sie unternahmen einen Ausflug nach Venedig, jagten die Tauben, seufzten auf den Brücken und spuckten auf die Gondeln – nein, das taten sie nicht, dazu waren sie zu wohlerzogen, das taten sie nur heimlich, wenn sie in seiner Stadt auf der stählernen Hängebrücke standen und die schwarzen Lastkähne schwerfällig darunter hindurch tuckerten.

Seine Mutter setzte Robert einen lächerlichen Strohhut auf den Kopf, drückte Little und ihm Eimer und Schaufel in die Hand und wies sie an, den von ihnen besetzten Sandstrand auf hundert Quadratmetern in den nächsten drei Wochen umzugraben. Sie entschieden sich für ein ausgeklügeltes System aus Wasserläufen und Befestigungsanlagen, das sie derart großräumig und stabil in den Sand setzten, dass Spaziergänger, die am Strand entlang laufen wollten, an dieser Stelle nur die Wahl hatten, ins Meer zu springen oder auf der direkt am Liegeplatz vorbei laufenden Küstenstraße ihr Leben zu riskieren. Vor allem Little ignorierte etwaige Einwände und Verwünschungen, baute selbstvergessen einen Burgwall neben den anderen und leitete das Meerwasser durch ein auf Ebbe und Flut feinfühlig reagierendes Labyrinth bis zu den Liegen und Handtüchern seitlicher Anwohner, die dann nicht selten von einer überraschend hereinbrechenden Flutwelle unter Wasser gesetzt wurden. Das förderte nachhaltig die interkulturelle Kommunikation zwischen Einheimischen und Touristen; sie ernteten großes Lob und setzten sich mit dem Rücken zum Meer auf zwei Stühle, damit sie die Badegäste und ihre Anlage besser im Blick hatten.

Keine zehn Meter entfernt hatte eine einheimische Familie ihr unübersichtliches Lager unter zwei knallroten Sonnenschirmen aufgeschlagen. Während eine schwarz gekleidete alte Frau auf einem Klappstuhl still im Schatten saß und so etwas wie der heimliche Ruhepol dieses Ameisenhaufens war, stand mittendrin eine Frau, die ständig mit allen Familienmitgliedern gleichzeitig palaverte, eine Zigarette in der einen Hand und die andere zumeist vorwurfsvoll auf den nichtsnutzigen Gatten gerichtet, der seit Stunden verzweifelt versuchte, am Transistorradio der Übertragung eines Fußballspiels zu folgen. Die fünf Kinder taten offenbar nicht das, was ihnen aufgetragen worden war, und so entzündete sich der Zorn dieser Mamma, ständig Gott oder zumindest seinen Stellvertreter auf Erden um Beistand anrufend, an ihrem quirligen Nachwuchs und an ihrem

Mann, der sich andere Prioritäten für diesen Strandtag gesetzt hatte, als mit seiner Frau und seinen Kindern zu diskutieren. Was für ein Temperament und was für eine Schönheit, auch wenn ihr Körper offenkundig noch nie etwas anderes als Nudelgerichte erhalten hatte. Während Roberts Eltern schlaff in ihren Liegestühlen hingen und sich als höchsten Grad der Erregung den Wurf einer Bocciakugel vorstellen konnten, wogte und brodelte dieser weibliche Vulkan so selbstgewiss, dass Robert neidisch wurde und von einer Großfamilie träumte.

»Warum bin ich eigentlich ein Einzelkind?« fragte er seine Mutter. »Die anderen Kinder haben alle Geschwister, auch Little hat zumindest eine Schwester.«

»Wir hätten gerne noch ein Baby gehabt«, sagte seine Mutter. »Aber ich habe, nachdem du auf die Welt gekommen bist, öfter mal ein Schlafmittel genommen. Contergan. Als ich erfahren habe, dass viele Babys, deren Mütter auch dieses Mittel verschrieben bekommen haben, missgebildet waren, hatte ich zu große Angst, dass mir das auch passieren könnte.«

Wieder daheim fuhr Robert mit seinen Eltern in den Landkreis, suchte Versteinerungen und für den Papa den nächsten Bierkeller. Irgendwie war immer Brotzeit, ein Schoppen obligatorisch und das Familienglück ein Wochenenderlebnis. Robert machte keine Schwierigkeiten, sedierte die Verwandtschaft mit guten Noten und kraulte im Hallenbad vor und nach der Schule unter der Knute eines knorrigen Sandalenträgers Little und den anderen hinterher. Ihm war sterbenslangweilig, eine Bahn sah wie die andere aus und die gechlorte Brühe spülte ihm das Hirn weich. Nachts trieb ihn sein Hamster, der den Weltrekord im Radrennen brechen wollte, in den Wahnsinn. Nie bekam er sein Auto-Quartett vollständig, Gladbach wurde nicht deutscher Meister, sein Vater tauschte zu Roberts Leidwesen den VW Käfer gegen einen Simca ein, und im Fluss gab es plötzlich ein Badeverbot.

So konnte es nicht weitergehen.

Ein letzter Versuch. Familie Meinhardt. Zweiter Stock. Ureinwohner. Sie müssten sich noch an Little erinnern können. Er hatte ja oft genug bei ihnen geklingelt und um etwas Essbares gebettelt. Tatsächlich der Summer. Robert steigt schwerfällig die Stufen hoch, die er als Kind nur so hinauf gesaust ist. Frau Meinhardt ist an der Tür, klein, grauhaarig, mit gewohnt strengem Blick. Sie zögert einen Moment, dann huscht die Freude des Wiedererkennens über ihr Gesicht: »Ja, der Robert! Das ist aber schön. Kommen Sie doch herein.« Sie tritt einen Schritt zurück und bittet Robert in den schmalen Flur.

»Vielen Dank, Frau Meinhardt. Aber sagen Sie doch bitte Du zu mir. Wie früher.«

»Gerne.« Sie lächelt. »Norbert! Schau mal, wer da ist.«

Hier hat sich nichts verändert, denkt Robert, während er die Wohnungstür schließt, auf der ein altes Stadtmotiv auf Fotoleinen aufgebracht ist, und ihr zum Wohnzimmer folgt. Holzgetäfelte Wand, rote Teppichfliesen, das alte Butterfass mit der Kuhglocke und dem geflochtenen Strohzopf, die Wandnische mit dem rot-grün gemusterten Vorhang. Die Tür zum Schlafzimmer ist offen, Robert sieht die sorgfältig ausgebreitete Tagesdecke und den fünfteiligen Kleiderschrank aus dunkelbraunem Nussbaumholz, zu dem es gleichfarbige Nachttische und weiße Hängelampen aus Porzellan gibt. In so einem Schrank ist er als kleiner Junge auf Reisen gegangen, hat sich durch die nach schwerem Parfum duftenden Kleider seiner Mutter gewühlt, sich Hüte mit Federn aufgesetzt und Perlenketten umgehängt, er hat sich in ihre weichen Pelze geschmiegt, den schwarzen Persianermantel umgehängt und dazu die langen, schwarzen Lederhandschuhe bis zum Ellbogen hochgezogen. Er schwelgte in den hellen Seiden und dem dunkelblauen Samt, den seine Mutter so liebte, und stellte sich vor, den Geruch ihrer Haut und ihrer frisch gestärkten Blusen zu atmen. Die Hemden und Anzüge seines Vaters faszinierten ihn deutlich weniger, aber einmal fand er auf einem seiner Beutezüge ein Päckchen Kondome zwischen den Socken, das er entrüstet zurücklegte. Was seine Eltern in ihrem Schlafzimmer machten, wollte er auf keinen Fall wissen. Es hatte ihn nachhaltig schockiert, als er sich eines Nachts im Halbschlaf in ihre Gemächer verirrte und das, was er dort sah, für die Verlängerung seines Alptraums hielt.

»Hallo, Robert«, reißt es ihn aus seinen Gedanken, »das ist aber eine Freude!« Norbert Meinhardt hat noch immer diesen festen Händedruck. »Komm, setz dich. Wie geht es dir? Wir haben ja lange nichts mehr von dir gehört. Ab und zu lese ich aber was von dir in der Zeitung.«

Robert nimmt auf der bunt gemusterten Couch Platz und beantwortet geduldig die Fragen der beiden Alten. Ihr verständnisvolles Lachen und Nicken, wenn er von seinen Kindern erzählt, vom Leben auf dem Land und von den Schwierigkeiten, die Familie durchzubringen. Ihre sanfte Art, die eigenen Hemmnisse und Schwierigkeiten, die mit dem Alter gekommen sind, herunterzuspielen. Als seine Mutter einmal ernsthaft erkrankt war, sprang Ilse Meinhardt wie selbstverständlich in die Bresche und kümmerte sich um den kleinen Robert, bis seine Großmutter angereist war. Sie waren stets zur Stelle, wenn sie gebraucht wurden. Dabei hatten sie das Schlimmste erfahren müssen, was Eltern passieren kann. Eines Tages war ihr siebzehnjähriger Sohn Michael, ein hoch aufgeschossener, stiller Junge mit Afrolook und Armeejacke, mit seinem Moped frontal gegen eine Betonmauer gefahren. Er war auf der Stelle tot gewesen. Die Polizei fand keine Bremsspuren. Trotzdem verbitterten die Meinhardts nicht. Sie beließen Michaels Zimmer so, wie er es verlassen hatte.

»Darf ich das Zimmer sehen?«

»Natürlich.«

Robert betrachtet den Globus mit der bunten, reliefartigen Oberfläche. Es hatte ihn stets verwundert, dass der doch einige Jahre ältere Michael das gleiche Modell wie er besessen hatte. Dann den grünen Drehspitzer mit dem Stahlgehäuse, die schwarze, elastische Blechlampe, hingeklemmt an den kleinen Schreibtisch. An der Wand Seesterne vom Mittelmeer, das Jahrbuch *Columbus* '72 im Regal, Black Sabbath, Deep Purple, Emerson, Lake & Palmer als Poster aus *POP*, das Bett mit moosgrünen Wandpolstern, darüber ein Kreuz mit

Rosenkranz und die kiffende Jungfrau, wie Gott sie erschaffen hatte. Hier findet sich nichts, was eine Erklärung hätte liefern können.

Natürlich fragt er sie auch nach Little. Sie schütteln beide den Kopf. Nein, ihn haben sie schon lange nicht mehr gesehen. Das letzte Mal vor vielen Jahren auf dem Grünen Markt beim Einkaufen. Er sei einfach an ihnen vorbei gegangen. Wahrscheinlich habe er sie gar nicht erkannt. Er habe schlecht ausgesehen, mager und ein wenig ungepflegt. Eine ältere Frau habe ihn begleitet, vielleicht seine Schwester, sie wären sich nicht sicher gewesen. Hierher sei er sowieso nie mehr gekommen, seitdem die Familie ausgezogen war. Es tue ihnen leid, dass sie ihm nicht weiterhelfen können.

»Wollen wir uns noch ein wenig auf den Balkon setzen? Ich mache uns einen Tee, ja?«

»Gerne.«

Robert liebt es, in die Ferne zu schauen. Schon als Kind saß er gerne dabei auf dem Schoß seines Großvaters und ließ sich alles erklären.

Wenn Opa und Oma nicht zu Besuch kamen, dann fuhr die Familie jedes Wochenende zu ihnen in die zwei Stunden entfernte Kleinstadt. Little war auch da oft mit von der Partie, seine Eltern kümmerten sich wenig um ihn, und seine ältere Schwester ging schon ihre eigenen Wege. Der schönste Platz im Sommer war für Robert und Little die Pergola, wenn sie bei warmem Regen vor den Rosensträuchern saßen und den Tropfen beim Fallen zusahen. Dort belagerten sie stundenlang Opa und lernten von ihm Schafkopf und Kreuzworträtsel, was ihren Bildungsstand auf Jahre hinaus sichern sollte. »Été« als Figur der Quadrille zum Beispiel, damit kam man durchs Leben. Roberts Opa kaufte regelmäßig Rätselhefte und weihte sie in die verschiedensten Spielarten ein. Am liebsten machten sie Silbenrätsel, das hatte auch seinen phonetischen Reiz und war nicht so schwer, weil das Material schon ausgebreitet vor ihnen lag. Während Little oft ungeduldig das Heft in die Ecke feuerte, glitt Robert mit angespitzten Lippen über die Silben, murmelte sich auf der Suche nach Sinngebung durch die Zeilen und bastelte an seinem Wortschatz. Robert liebte seinen Opa; wie ein Weberschiffchen flitzte ihr Gespräch schon am Morgen hin und her und nahm kein Ende, bis Opa seinen täglichen Mittagsschlaf hielt.

Opa war wie Roberts Vater Beamter gewesen, trank gerne Bier aus einem braunen Steinkrug, rauchte *Eckstein* und *Overstolz* und fuhr einen blauen Ford 12 M, dessen Blech so dick und hart war, dass sich Little beim Tritt gegen den Kotflügel den Fuß verstauchte. Früher war er auch in einer Partei gewesen, genauso wie jetzt Roberts Vater, nur in einer anderen, deshalb gerieten sie sich auch regelmäßig in die Haare. Robert mochte das nicht, verkroch sich in die Erdbeeren und besänftigte seinen Kummer mit dem Sortieren von Fußballwimpeln und dem Einkleben von Tierbildern aus aller Welt. Little hingegen starrte wie gebannt die beiden zornigen Männer an und versuchte, den Grund ihres Streits zu verstehen.

Eine Oma konnte Klavier spielen und galt als höhere Tochter. Sie war so streng, dass Robert sie an Weihnachten wahlweise gegen Heidi Kabel oder Inge Meysel eintauschen wollte. Ihre Tränen flossen bis Silvester, und Robert musste zur Strafe Heintje und Roy Black hören. Härter hätte es kaum kommen können. Wenn der holländische Bub mit dem ordentlich frisierten Haar, den weichen Pullovern und dem Schmachtblick sein *Mama* sang, holten die Frauen ihre Taschentücher raus und schauten Robert mit einem Blick an, als wäre er der Heilige Geist oder zumindest der junge Elvis. *Tage der Jugend vergehen / Schnell wird der Jüngling ein Mann / Träume der Jugend verwehen / Dann fängt das Leben erst an / Mama ich will keine Träne sehen / Wenn ich von dir dann muss gehen / Mama / Du sollst doch nicht um deinen Jungen weinen.* Nach dreimal Weihnachten mit Heintje ließ er versehentlich die Platte fallen und ärgerte sich angesichts der milden Schelte, dass er das nicht schon früher getan hatte.

Robert und Little spielten mit Luxi, dem steinalten, halb blinden Schäferhund der Großeltern, der sie geduldig durch den Garten trug und auch zu Karin begleitete, die im Nachbarhaus wohnte. Karin trug ein fesches Dirndl und war Littles erste Liebe. Die Konkurrenz unter ihren Verehrern war groß, aber Little brachte sie zum Lachen, das gab den Ausschlag. Er durfte ihr alle seine Tierbilder schenken, auch die, die er nicht doppelt hatte. Als besondere Form der Zuneigung leckte er ihr grünes und orangefarbenes *Ahoi*-Brausepulver aus der Hand, was kitzelte und schäumte und einen Vorgeschmack auf das gab, was noch kommen würde.

Nach zwei Stunden verabschiedet sich Robert von den Nachbarn und schlendert zum Hintereingang seines alten Gymnasiums, das nur fünf Minuten entfernt liegt, in der Hoffnung, vielleicht dort etwas über den Verbleib von Little zu erfahren. Vielleicht kann sich einer der damals noch jungen Studienräte an Little erinnern und weiß etwas über seinen Verbleib. Mit zwei seiner ehemaligen Lehrer hat er sich verabredet.

Die Eisentür am Lehrerparkplatz, über die man das Schulgelände betreten kann, ist offen; es fühlt sich fremd an, als Robert auf dem Hof steht. Dem grauen Waschbeton des Nebengebäudes hat man gelbe Botero-Männchen aus Plastik entgegengestellt; zwei Verweil-Inseln locken mit grob behauenen Steinquadern; der Hartplatz mit dem Basketballfeld glänzt mit rotem Tartan; der überdachte Verbindungsweg zwischen den beiden Gebäudekomplexen wird von rot-gelben und gelb-roten Säulen getragen. Robert entdeckt den Rundbau einer Cafeteria, die es zu seiner Zeit noch nicht gab, und einen SMV-Bauwagen auf dem Gelände, weiß gestrichen mit roter Tür. Den Brunnen im Pausenhof ziert jetzt eine gelb bemalte Figurengruppe, und Robert muss an das Foto in der elften Klasse denken, als sie sich, bevor sie sich in den Kursen der Oberstufe verloren, mit ihrem Englischlehrer vor dem Brunnen zum Gruppenbild versammelt hatten: Heiner mit hellblonder Mähne und linkisch angewinkeltem Bein, Matthias mit schwarzer Lederjacke und silbernem Helm, Götz träumt sich nach Osten, Bimmy im gelben Friesennerz, Egi, die strähnigen Haare hinters Ohr geklemmt, schaut verlegen zu Boden, Jacki forsch nach vorne, die Arme aufgestützt, Little wie immer sehr cool, als würde ihn das Ganze nichts angehen, und der Rest guckt mehr oder wenig ratlos und fröhlich in die Zukunft.

Überhaupt diese Fotos: Wenn Robert den alten Schuhkarton unter dem Bett hervorzieht, was selten vorkommt, eigentlich nur zum Staubwischen, dann begegnen ihm Gestalten, die manch Ältere früher zur Fahndung ausgeschrieben hätten. Verspiegelte Pilotenbrillen mit blauen oder grünen Gläsern, schwarze Lederjacken mit Gang-Aufnähern, Korallenketten am Hals und Armbänder mit silbernen Nieten, Armeeparkas mit Peace-Zeichen und Button-Sammlung, hautenge, ausgefranste, löchrige Jeans, Batikhemden mit psychedelischen Mustern, militante Stiefeletten und Zivi-Clogs, Kippen im Mundwinkel und vor allem – Haare. Als Matte, Afro, Bart, Koteletten. Strähnig, lang, kraus, wildwüchsig. Hauptsache progressiv. Manchmal konnte man in diesem Dschungel nur noch die rotgeränderten Augen erkennen. Oder den dicken Kajalstrich unter der lockigen Mähne der Blumenmädchen, die mit ihren durchsichtigen Blusen selbst die hartgesottensten Lehrer auf die Probe stellten.

Robert und Little saßen in der dritten Reihe und wussten nicht mehr, wohin sie schauen sollten. Petra hielt ein Referat über Zellatmung und hatte sich dafür in eine derart enge Jeans gezwängt, dass ihnen die Luft wegblieb. Vera las einen französischen Text über die Revolution von 1789 vor, variierte gekonnt ihren Augenaufschlag und lispelte dabei so charmant, dass bei einigen Jungs sofort ein Aufstand entfesselt wurde. Und während Mimi gestenreich über Sturmfluten und Strömungen im Jadebusen berichtete, brachen ein paar Stuhlreihen entfernt bereits die ersten Dämme.

Sie waren den stärksten Versuchungen ausgesetzt, aber die Mädchen spielten nur mit ihnen. Sie waren ihnen zu jung, zu unreif. Noch keiner hatte einen Führerschein oder gar ein Auto, das minderte jegliche Attraktivität. Die Klasse war klein, verstand sich gut und hielt zusammen, aber bei Schulfesten machten die Jungs keinen Stich gegen die oberen Jahrgänge. Notgedrungen beschäftigten sich die Jungs mit ihren Lehrern, denen man, so schien es jedenfalls, ein halbes Leben lang ausgeliefert bleiben würde. Diese hießen Schicklo, Spucki und Kalle und so waren sie auch.

Robert setzt sich auf den Brunnenrand und lässt den Blick über den menschenleeren Pausenhof schweifen. In diesem Karee laufen und lachen sie seit über fünfzig Jahren, necken, prügeln und verlieben sich, diskutieren und erzählen, trinken Kakao und beißen in ihre Wurstsemmel. Ein Hort der Behauptungen, in dem sich Wege kreuzen und trennen, Refugium und Wartezimmer zugleich. Für manche auch ein finsteres Verlies mit schmaler Kost. Auf der einen Seite stehen immer noch die großen Glaswände, auf die man schwarze Scherenschnitte von Raubvögeln geklebt hat. Dahinter lag früher die Raucherecke für die Oberstufe, die damals von den Schülern – mit Little als ihrem Wortführer – hart erkämpft worden war. Links davon waren der Kiosk des Hausmeisters und daneben der Aufgang zum Direktorat im ersten Stockwerk. Hierhin schleppte die Pausenaufsicht auffällig gewordene Schüler zu Kniefall und Bußgang, auch hier war Little Dauergast.

»Hallo, Robert. Schön, dich zu treffen.« Während Robert in Gedanken an alte Zeiten versunken war, haben sich zwei weißhaarige Männer neben ihn auf die Einfassung des Schulbrunnens gesetzt.

»Wie heißt es doch? Sie kehren immer an den Ort ihrer Verbrechen zurück.« Milde lächeln ihn die graublauen Augen seines ehemaligen Geschichtslehrers Oskar Becker an.

Ein drahtiger, energetischer Typ. Wenn er das Klassenzimmer betrat, füllte sich der Raum mit Hochspannung. Den wenigsten Schülern hatte er zugetraut, dass sie jemals im Leben einen ordentlichen Beruf ergreifen würden. Auch Little zählte eher zur Opposition, aber Beckers Ausstrahlung und sein Gefühl für Gerechtigkeit nötigten allen Respekt ab.

Daneben hat Friedrich Wölfel Platz genommen, ihr einstiger Deutschlehrer. Er sieht ein wenig aus wie der Chef der sieben Zwerge. Klein, rund, gemütlich. Mit einer dicken Hornbrille und grauen, buschigen Augenbrauen, die ihm wie kleine Flügel auf der Stirn stehen.

»Danke, dass Sie Zeit für mich haben. Ich habe eine Bitte: Können Sie sich an einen Schüler namens Ewald Müller erinnern? Alle nannten ihn nur Little, weil er so klein war.«

Becker reagiert sofort. »Natürlich. Das war doch dieser kleine Revoluzzer, der mit den politischen Parolen, der beinahe von der Schule suspendiert worden wäre, wenn er sie nicht freiwillig verlassen hätte?«

Als Robert nickt, schüttelt Wölfel nachdenklich den Kopf. »Ich erinnere mich gern an ihn, ihr ward ja in der Schulzeit oft zu Besuch bei mir. Ein freier Geist, schon als junger Mensch. Was ist denn aus ihm geworden?«

»Ich weiß es nicht. Ich bin auf der Suche nach ihm und hatte gehofft, dass vielleicht einer seiner Lehrer ...«

»Nein, nein. Ich habe ihn danach nicht mehr gesehen. Es kommt ganz selten vor, dass man als Lehrer später noch Kontakt zu ehemaligen Schülern hat. Eigentlich sehr schade.«

Oskar Becker stimmt ihm zu. »Man wüsste von dem ein oder anderen schon gerne, was aus ihm oder ihr geworden ist. Aber die Zeit vergeht so schnell.«

»Ich habe nur noch Kontakt zu einem ehemaligen Referendar«, ergänzt Wölfel, »der jetzt aber auch schon in Pension ist. Er schickt mir ab und zu noch Zeitungsausschnitte.«

Wölfel macht eine kleine Pause. Lächelt. »Es ist ja nicht so, dass man nur Jahr für Jahr die Klassen durchschleust und dann vergisst. Es gibt schon immer wieder Begegnungen mit Schülern, die besonders sind und bleiben. Vielleicht hängt das auch mit meinem Weg in den Beruf des Lehrers zusammen. Nach dem Krieg war der intellektuelle Nachholbedarf enorm, aber selbst im Kolleg in der Schule fand man kaum Unterstützung für moderne, kritische Ansätze. Dabei ging es mir von Anfang an um Gemeinschaft, um eine freiere, offenere Schule, es ging um Schüler, auch um solch Widerborstige wie Little einer war. Nicht nur um den Stoff und dessen Vermittlung.«

»Ja, das schon«, sagt der jüngere Becker merklich unzufrieden. »Trotzdem waren und sind wir da nicht immer einer Meinung. Als ich meine erste Klasse, dreiundfünfzig Schüler, übernommen habe, waren die alle brav, fleißig und lernwillig. Reiner Kathederunterricht von vorne an der Tafel. Die Autorität hat funktioniert, aber ich weiß, dass sie nur begrenzt hilft. Entscheidend sind die Kompetenz und der Charakter eines Lehrers. Wie ist er als Mensch? Kann er fühlen? Man muss den Beruf gerne ausüben, sonst wird er zur Tortur. Ich war immer streng, aber um Gerechtigkeit bemüht. Schön war es, wenn die Schüler kamen und sagten, bei ihnen haben wir was gelernt. Aber wichtig war immer die Disziplin. Disziplin als innere und äußere Ordnung. Kein Kadavergehorsam, den hatten wir im Krieg. Die Notwendigkeit der Disziplin muss ich erkennen können, dann kann ich sie auch selbst umsetzen.«

»Sie lieben die Spartaner, stimmt's?« Robert kann sich ein Grinsen nicht verkneifen.

»So stimmt das nicht ganz. Ich hege große Sympathie für deren Gemeinwesen. Für die Askese, ihre Selbstbeschränkung, als Lebensart, und für ihre sportliche Ausrichtung. Aber letztlich war Sparta eng und autoritär. Freiheit bleibt ein zentraler Wert. 1968, und das, lieber Kollege, unterscheidet uns wohl, war für mich ein Umdeuten an Selbstverwirklichung.« Sagt es und steht plötzlich auf. Das Gespräch hat ihn sichtlich erregt. Becker braucht jetzt Bewegung, tänzelt ein paar Schritte hin und her. Erst als ihn die beiden anderen erstaunt ansehen, beruhigt er sich wieder, bleibt aber stehen.

»Ach ja«, sagt Wölfel, »68, das alte Reizthema. Wissen Sie, die fünfziger Jahre waren schon schwierig. Da gab es noch große Unterschiede zwischen den Generationen, wenn ich da nur an die Stammtische oder an die durchaus noch vorhandene Akzeptanz des Nationalsozialismus in der Gesellschaft denke. Auch die Studentenverbindungen blühten wieder auf. Im Kolleg oder im Referendariat fand ich, wie gesagt, damals kaum Unterstützung. Erst im Arbeitskreis evangelischer Lehrer an höheren Schulen war man offen für neue Ideen. Wir waren alle Suchende, wollten eine freiere Schule, wollten Gemeinschaft. Und dann kam 1968. Natürlich habe ich damals *Summerhill* gelesen. Mit Gewinn. Vieles hat mir eingeleuchtet. Zum Beispiel, dass es eine Verschiebung von der Autorität zur Kompetenz geben muss. Früher wurde Autorität nicht problematisiert, war nur eine Frage des Charakters, der Persönlichkeit. Mit Anti-Autorität konnte ich nicht viel anfangen; Autorität muss man leben. Einen Autoritätsverlust muss man erlebt haben, zum Beispiel im Seminar.« Wölfel schüttelt den Kopf. »Diese Ohnmacht. Aber es herrschte ein besonderer Geist im Seminar; es ging uns um gegenseitige Wertschätzung, um Liberalität und Ausgleich. Aus den Reaktionen der Schüler muss man lernen können. Klar, Disziplin ist wichtig, aber man darf nicht verhärten.«

»Strenge, wo Strenge nötig ist«, erwidert Oskar Becker. »So habe ich es immer gehalten. Und zu helfen, wo zu helfen war. Verzeihen, das Gespräch suchen. Ich weiß schon, dass ich oft als harter Hund gegolten habe. Dabei habe ich mir immer Mühe gegeben, die jungen Menschen zu verstehen. Ob mir das auch gelungen ist, ist natürlich eine andere Frage.«

Robert bietet Äpfel an, doch beide lehnen dankend ab.

Friedrich Wölfel wollte, so sagt er, immer das Evangelium leben; seinen Erfolg als Lehrer bezeichnet er als »das Unverrechenbare«. Robert und Little schickte er ins Theater und leitete sie dazu an, eine Ausstellung in den Schulräumen über Zensur in deutschen Lesebüchern zu organisieren. Fried, Biermann und andere kritische Autoren waren nämlich plötzlich aus der Schullektüre gestrichen worden; das galt es, öffentlich zu machen.

»Wenn du ein Schiff bauen willst«, sagt er jetzt fast in sich gekehrt, »so trommle nicht Leute zusammen, um Holz zu beschaffen, Werkzeuge vorzubereiten, Aufgaben zu vergeben und die Arbeit einzuteilen, sondern erwecke in ihnen die Sehnsucht nach dem endlosen Meer.« Das stammt von Saint-Exupéry und ist eines seiner Lieblingszitate. Seine Schüler haben es immer wieder von ihm gehört.

»Wir haben damals ein Sprachlabor eingerichtet, Lerngruppen und Förderunterricht, einen Leistungszug, die Schülermitverwaltung und eine Schülerzeitung. Wir wollten die Schule demokratisieren, damit die Kinder wirklich etwas werden können. Ich erinnere mich, wie mal ein Kollege zu mir sagte: Bei kalkuliertem persönlichem Einsatz sich so zu verhalten, dass einem juristisch niemand etwas anhaben kann, erscheint als klug. Das war mir völlig fremd. Ich denke nur an eure Klasse, Robert, ihr ward ein angenehm wilder Haufen.«

Robert lächelt. »Sie haben uns ja auch gerne die jungen Referendare geschickt. Da waren gute Leute dabei, frisch von der Uni, nicht viel älter als wir, mit neuen Gedanken, manchmal richtig radikal. Zusammen mit den Schulsprechern haben einige versucht, uns zu beeinflussen. Aber die meisten haben sich nur angebiedert und wollten durch die Lehrproben kommen.«

Am ehesten ging das mit einem Kasten Freibier, den meist Little als Angebot vorschlug. Aber es gab auch Fälle wie jene angehende Französischlehrerin, die mit ihrem affektierten Gehabe keine Chance hatte und in der Prüfung gegen eine Wand des Schweigens lief. Um von toten Mäusen, herunter fallenden Schaukarten, Wasser- und Stinkbomben, Krachern und ähnlichen Scherzen gar nicht erst zu reden, die der Giftmischer aus der dritten Reihe, ein bleicher Gnom mit pechschwarzen Haaren und einem fiesen Grinsen, vorbereitet hatte.

»Das hätte man unterdrücken, disziplinieren können. Aber das war nie mein Weg. Ich wollte euch provozieren, euch aus eurer Ecke rausholen, damit ihr die Wirklichkeit klarer sehen könnt, euer Denken weiter und eure Gefühle tiefer werden. Ich habe mich an Dietrich Bonhoeffer gehalten, ein mir oft verlässlicher Weggefährte. Weniger führen als wachsen lassen. Da muss man auch die Spannungen aushalten können. Denn, lieber Kollege«, er wendet sich Oskar Becker zu, »wie heißt es so schön bei Novalis: Wo gehen wir denn hin? Immer nach Hause. Und das sollten wir jetzt auch tun.« Er steht auf, reicht Robert die Hand und verabschiedet sich. »Schade, dass ihr mich nicht mehr besuchen kommen könnt.«

Die Sonnenstrahlen sind allmählich hinter dem Hauptgebäude verschwunden, aber der viereckige Schulhof mit seinen grauen Betonplatten ist noch immer kräftig aufgeheizt. Robert hat jetzt Lust auf ein Bier und lädt die beiden Männer ein. Aber sie lehnen dankend ab. »Ältere Herren wie wir sollten vor Anbruch der Dunkelheit nicht mehr auf der Straße sein. Schließlich werden wir ja angeblich wieder wie die Kinder.« Wölfel, der schon etwas unsicher auf den Beinen ist, hakt sich bei seinem ehemaligen Kollegen unter. Ein ungleiches Paar, wie sie da zum Nebenausgang gehen, denkt Robert, zwei auf ihre Weise liebenswerte Gesellen.

Nun verlässt auch Robert die Schule, mit schweren Beinen, und läuft langsamen Schrittes in den frühen Abend hinein. Zwei Studentinnen fahren mit ihren Hollandrädern kichernd an ihm vorbei. Ihre langen Haare, in die sie Zöpfe und Blumen eingeflochten haben, wehen im Fahrtwind und erzählen von einem Sommer, wie er ihn gerne einmal wieder erleben möchte. Einen Sommer, der die Langeweile genießen lässt, in dem man sich ohne schlechtes Gewissen treiben lassen kann. Einen Sommer ohne Plan und Verstand. Einen Sommer, der verspricht, wolkenlos zu werden.

Vielleicht gibt es eine Chance, in der Kirche etwas über Little zu erfahren.

Bevor sie beide zu den Pfadfindern gingen, war Little Ministrant gewesen. Was Robert nie verstanden hatte. Das passte eigentlich nicht zu seinem Freund, aber vielleicht hatten seine Eltern ihn dazu gezwungen. Robert war nie Ministrant geworden, bei der Taufe hatte er geschrien und bei der Firmung fiel er um. Sein Herzmuskel hatte sich entzündet. Der Arzt jagte ihm Spritzen in die Mandeln und riss sie mit brutaler Gewalt heraus. Robert schrie vor Schmerzen.

Der Arzt brüllte ihn an: »Jetzt führ dich nicht so auf. Das kann man doch mal aushalten.«

Robert verschluckte sein Blut und seinen Hass.

Gott schwieg dazu, aber Robert war ihm nicht böse. Nur dass er die ganzen Sommerferien im Bett hatte bleiben müssen, um seine Krankheit auszukurieren, war schwer zu ertragen gewesen. Während seine Freunde in die Ferien fuhren oder zum Baden gingen, zerknüllte Robert sein Bettzeug. Ohne Radio hätte er damals nicht überlebt.

Natürlich war Little fast jeden Tag bei ihm, um ihm die Zeit zu vertreiben. Das wahre Paradies schien auf dem Mond zu liegen. Oder irgendwo knapp dahinter. Auch wenn er nicht wusste, was ihn dort erwarten würde, war er interessiert. Odysseus hatte Glück gehabt. Jemand hatte ihm den Weg gezeigt. Vielleicht würde auch Robert einmal dieses Glück haben. Vorerst galt es, den Moment auszuhalten und nicht in den Sekunden unterzugehen. Denn Robert war ungeduldig und die Zeit im Überfluss vorhanden.

Durch die schwere Holztür mit den gusseisernen Beschlägen betritt er das riesige, hohe Kirchenschiff, das für eine katholische Kirche erstaunlich nüchtern wirkt. Die lang herunter hängenden Metalllampen, das Rautenmuster der Holzdecke, die roten Teppiche, die Orgel mit den riesigen Pfeifen, die seitlichen, zum Dach hin geschwungenen Steinträger, die Mosaike mit den Kreuzigungsszenen in den Nischen, die steinerne Kanzel für die Predigt, das große Holzkreuz mit dem Schmerzensmann, ein paar Kerzen und bunte Bouquets, die heilige Familie am Nebenaltar, der üppig mit einer weißen Decke und roten Blumen geschmückt ist.

Wie war Robert damals froh über die Lichtspiele während des Gottesdienstes, die sich aus den Sonnenstrahlen ergaben, die durch die schmalen, hohen Fenster im Rondell des Altarraums brachen und über die betende Gemeinde leuchteten. Und Robert in der Nase kitzelten. Im Altarraum stehen immer noch die Bänke für die Kommunionkinder und die Kinder, die sich trauen, so weit vorne zu sitzen. Robert erkennt die dreitürigen Beichtstühle mit den Glasfenstern, in deren Mitte ein Vorhang das Fenster verdeckt. Über jedem Beichtstuhl hängt ein aus Holzkreuzen bestehendes Relief mit einer Tafel: »Vater / ich habe gesündigt / vor dem Himmel und vor Dir«. Das machte es nicht leichter.

Neben dem Eingang steht ein Opferstock mit schmiedeeiserner Bewehrung; Robert wirft nichts hinein. Geradezu zierlich erscheinen dagegen die Weihwasserkessel an den Ausgängen, halbrund, mit vergittertem Deckel zum Verschließen. Kein Mensch außer ihm scheint um diese Uhrzeit hier zu sein. Als er langsam an jenen Bänken vorbeigeht, wo früher nur die Frauen saßen, sieht er eine schwarze Einkaufstasche mit goldenen Schnallen am Boden liegen. Er sieht sich um. Nichts. Dann hört er Geräusche aus der kleinen Kapelle rechts neben dem Haupteingang. Wahrscheinlich eine Pfarrhelferin, die den kleinen Nebenaltar mit frischen Blumen schmückt und Kerzen anzündet. Eine vertraute Vorstellung, denn Robert ist gerne in Kirchen. Nicht so oft bei Gottesdiensten, wo alles streng nach festem Plan ablaufen muss. Allein kann er besser nachdenken, in Ruhe beten, die Kühle des Raumes in sich aufsaugen. Er setzt sich in eine Bank. Sofort kommen die Bilder wieder.

Es war Sonntag, die Familie ging wie immer zum Gottesdienst, Little ministrierte. Robert stand zwei Stunden im Mittelgang mit gefalteten Händen und kratzenden Filzhosen und rührte sich nicht von der Stelle. Hier konnte man eine Vorstellung von Ewigkeit bekommen. Robert mochte schon als Kind die Kühle und Strenge des gotischen Kirchenbaus mehr als die goldverzierten Puttenköpfe mit den Himmelsposaunen in den Patschhändchen. Als er sich gerade vom gesungenen Kyrie Eleison in seiner Mischung aus Bitte und Lobpreis in eine angenehme Stimmung hatte versetzen lassen, geschah es. Der Pfarrer gab in seiner Predigt eine unverhohlene Empfehlung für die bevorstehenden Wahlen ab und blickte dabei immer wieder herausfordernd auf die unter ihm versammelte Gemeinde. Einige Leute verließen die Kirche während der Predigt, ihnen folgten die herablassenden Blicke der großen Mehrheit. Doch erst als Little, der auf der Bank neben den anderen Ministranten gesessen hatte, aufstand, Rochett und Talar auszog und neben sich ablegte und mit einem verächtlichen Blick auf den Pfarrer einfach davon ging, wurde es laut.

Ungeduldiger als sonst wartete Robert auf das Ende des Gottesdienstes und stürmte nach dem Segen nach draußen. Noch bevor seine Eltern ihm folgen konnten, kam eine ältere Frau aus der Nachbarschaft, eine Offizierswitwe aus Pommern, auf ihn zu.

»Du warst jetzt aber artig. So lange hast du ausgehalten. Nicht so wie dieser Lümmel da oben. Magst du den haben?«

Sie hielt ihm einen grünen Lutscher hin.

»Ich darf von Fremden nichts annehmen,« lehnte Robert mürrisch ab.

Die ehemalige Gutsherrin zeigte sich angesichts derartigen Wohlverhaltens beeindruckt. Dabei dachte Robert nur an Little.

Seine Mutter fragte ihn, was ihn zur Flucht aus der Kirche veranlasst hätte. Doch Robert schwieg. Er war misstrauisch, die Kuttenträger waren ihm unheimlich und der Weihrauch nahm ihm die Luft. Ihm war früh klar geworden, dass er schwächer war als die ganze Welt. Wenn Ignaz mit der grünen Jagdmütze ihn um Schusser betrog oder Uwe und Manni ihn nicht beim Fußball mitspielen ließen, fühlte sich Robert zwar halbwegs geehrt, weil sie so viel Aufhebens um ihn machten. Aber im Zweifelsfall vertraute er auf Little, der die Sache meist ins Reine brachte. Schwierig wurde es, wenn etwas Unvorhergesehenes geschah.

Wie als die ersten begannen, heimlich Zigaretten zu qualmen und sich in versteckten Ecken zu verabreden. Robert fasste sich eines Tages ein Herz und ließ eine Schachtel *HB* aus dem Automaten. Als er sie gemeinsam mit Little auspackte, war er etwas enttäuscht, weil diese weißen Lungentorpedos bei weitem nicht so elegant aussahen wie die langen, schlanken *Lord*- und *Kim*-Zigaretten seiner Mutter. Eher verknickt, bröselig und irgendwie proletarisch. Robert verschluckte sich bei jedem halbwegs angedeuteten Lungenzug und hatte das abscheuliche Gefühl, sein Innerstes würde sich nach außen stülpen. Little war da schon wesentlich begabter und neckte ihn. Deshalb überwand Robert seinen Widerwillen und reihte sich klaglos ein in den Kreis der Gefährten. Am Abend, kurz vor dem Schlafengehen, sprach ihn sein Vater unvermittelt an.

»Ich habe gehört, du rauchst jetzt?«

Robert bekam auf der Stelle einen Hautausschlag und wünschte sich umgehend in die Gebärmutter seiner Mama zurück.

»Wie kommst du denn darauf?« lispelte er ängstlich und verbarg vorsorglich den Kopf hinter den Händen, um den Ohrfeigen seines Vaters zu entgehen. Doch nichts dergleichen.

Sein Vater blieb ganz ruhig, zu ruhig, wie Robert fand, und zog eine Schachtel *ERNTE* 23 aus der Hosentasche. »Du bist beobachtet worden. Ich glaube nicht, dass du rauchen kannst. Ich will das mal sehen.« Er entnahm der gelben Packung eine Zigarette, zündete sie an und gab sie in Roberts zittrige Hände.

»Los, zieh mal.«

Robert paffte wie ein Anfänger.

»Das ist doch nicht Rauchen.«

Sein Vater meinte es offenbar ernst. »Auf Lunge, du musst richtig inhalieren. Alles andere ist doch Kinderkram.«

Das wollte Robert nicht auf sich sitzenlassen. Kurz darauf explodierte sein Kopf, seine Eingeweide krümmten sich zusammen, er schaffte es gerade noch zur Schüssel.

Robert beschloss, fortan auf Pfeife umzusatteln, was einem Indianer ja auch gut zu Gesicht stand, und verteilte seine restlichen Vorräte großzügig an die erstaunten Kameraden. Keiner hänselte ihn, sie steckten alle unter einer Decke, suchten sich gegenseitig die Flöhe vom Kopf und stahlen dem Tod die Tage.

Hier ist nichts zu holen, denkt sich Robert. Die Kirche gottverlassen, statt Pfadfinderheim nun ein Erwachsenenbildungswerk, seine erste Sparkonto-Bank längst in italienischer Hand, das monumentale *Capitol*-Kino ein langweiliges Ärztehaus, das Café im Abseits, der Straßenstrich am Bahnhof aufgelöst, nur der Friseur seiner Kindheit ist immer noch ein Riese. Über den trostlosen Pfisterberg, an dem er mit seinem Fahrrad oft hängengeblieben ist, führt sein Weg in die engen Straßen der Gärtnerei mit ihren winzigen Häusern, den schiefen, niedergedrückten Dächern und den langen, schmalen Äckern hinterm Haus. Ein Traktor mitten in der Stadt, der Verkauf von Salat und Gemüse im Hauseingang hinter dem breiten, meist geöffneten Tor, dahinter das kreisläufige Pflanzen und Ernten mit Treibhäusern und Bewässerungsrohren, Schubkarren und Milchkannen, derbe Gesichter beim Spargelstechen und Porree putzen.

In der Egelsee stehen immer noch die großen Sandsteinquader und das hellgraue Holztor, die grüne Fassade mit dem Spitzerker, hinter dem Bimmys Wohnzimmer lag. Mit der blassen Blümchentapete, den braunen Vorhängen, den Hütchenlampen, dem wurmstichigen Holzschrank, auf dem eine uralte Kaffeemühle, *Cinzano*-Flaschen mit Strohblumen und eine Batterie verstaubter Bierkrüge standen, und dem roten Sitzsack neben der Stereoanlage. Hier hatte Bimmy seinen achtzehnten Geburtstag gefeiert.

Ein Freund, dessen Hunger damals nicht bis zum Fest warten konnte, stellte sich an einem Bratwurststand an und wurde von einem Rowdy beiseite geschubst. Ein Wortgeplänkel, ein bisschen Geschubse, ein unvorsichtiges »Friss dein Fett« und schon, zack, rann das Blut aus seiner gebrochenen Nase. Nun wurde es ruppig, amerikanische GIs mischten sich ein, Little stand mit einem, dessen tätowierte Armmuskulatur den Umfang von Littles Oberschenkel hatte, fauchend Stirn an Stirn. Der Zorn tobte in ihm, ohne Rücksicht auf mögliche Verluste. Eine Zivilstreife ging dazwischen und trennte die Berserker. Der Freund fuhr ins Krankenhaus, der Rest ging zum Geburtstagsfest.

»Was habt ihr denn zu trinken dabei?«, fragte Jones.

»Lambrusco, die zwei Liter-Flaschen, und jeweils eine Flasche Apfelkorn und Perversico«, erwiderte Kuddel. »Bier wird ja wohl da sein. Und am Morgen saufen wir das Wasserbett leer.«

Sie gingen durch die kleinen Straßen des Gärtnerviertels. Eckkneipen, Handwerksbetriebe, eine Metzgerei hatte einen Schweinskopf in der Auslage, daneben eine Schiefertafel, auf der mit krakeliger Kreideschrift stand: »Täglich frischer Leberkäs«. Jetzt sahen sie die Leuchtreklame der Pizzeria, darüber hell erleuchtete Fenster, hinter denen die Party vermutlich schon in vollem Gange war. Sie waren zu spät, der Streit mit den Amis.

»Warum ist es da so hell? Hat der kein Schwarzlicht? Wahrscheinlich hat er auch keine Musik.«

»Keine Sorge«, sagte Robert und klopfte auf die Umhängetasche, die ihm schwer über die Schulter hing, »ich habe alles dabei, was wir brauchen werden.«

Matthias grinste. »Hoffentlich auch genügend Blues-Stücke, *Hey Jude* und so. Du weißt schon. Schön langsam zum Fummeln. Und unbedingt bis zum Ende spielen. Jede Minute zählt.«

»Hau nicht so auf den Putz«, sagte Robert. »Nachher kabbelst du wieder alle an und dann gehen die sofort nach Hause. Ich mach das schon. Kümmert euch um die Frauen, ich sorge für die Begleitmusik.«

Sie klingelten unten am Hoftor. Das nasse Kopfsteinpflaster glänzte im Licht der Leuchtreklame.

»Bin gespannt, wer da ist«, kicherte einer voller Vorfreude.

Sie gingen das Treppenhaus hoch, die Tür zur Wohnung stand offen. Fragend schauten sie sich an.

»Hier soll die Party sein? Hört ihr etwas?«

Der Gastgeber kam ihnen verlegen lächelnd entgegen. Sie gratulierten und gaben ihm ihr Geschenk, eine Tolkien-Gesamtausgabe.

»Sind wir die ersten?«

»Fast. Ein paar sind schon da, aber die meisten kommen später. Nehmt euch Bier aus dem Kühlschrank. Robert, machst du mal Musik? Ich habe nur eine Beatles-Platte von meiner Schwester, und die läuft schon seit fast zwei Stunden.«

Sie gingen ins Wohnzimmer. Robert machte sofort das Licht aus, Little zündete Kerzen an. Schon besser. Drei Jungs saßen vor halbleeren Bierflaschen und schauten unglücklich.

»Was ist denn das für eine Trauergemeinde? Sag mal, du hast schon auch ein paar Mädels eingeladen?«

»Klar, natürlich, die wollten eigentlich alle kommen. Du weißt doch, die brauchen immer länger vorm Spiegel und wollen dann ihren Auftritt.«

Robert legte Roxy Music auf, zum Aufwärmen das fulminante *Do the strand*. Götz erzählte, dass er sich jetzt einen E-Bass gekauft hätte, John Porter hätte er so genial gefunden, dass er das jetzt auch lernen müsste. Dann, auf Wunsch von Little, Velvet Underground, Zappa und die Scherben. Sie öffneten die Flaschen und tranken die erste fast in einem Zug. Zu essen gab es nichts, nur Salzletten. »Wer Hunger hat«, verkündete Bimmy, »kann sich unten eine Pizza holen.« Seine Eltern übernachteten bei Freunden. Allmählich füllten sich die Räume. Stinger, wie immer im langen, schwarzen Ledermantel, kam mit zwei Freunden, die schon etwas bekifft waren und ständig Schnaps trinken wollten. Atze, den keiner so richtig ernst nahm, hatte ein bunt geblümtes Hemd unter einer viel zu engen Jeansweste an, und sprang etwas grobmotorisch zu Canned Heat herum, die Robert nun aufgelegt hatte.

Tucki, Woodl, Kaspar und Little hatten sich in eine Ecke des Wohnzimmers verzogen und begannen in einer wilden Mixtur über El Salvador, die Kämpfe der Polisario in der West-Sahara, die Unterstützung Husseins II. durch die CIA und den jüngsten *Spiegel*-Titel über die »Lauschaffäre Traube« zu diskutieren. Little führte meist das Wort und ereiferte sich über die illegalen Methoden des Verfassungsschutzes, der dem Kernphysiker enge Verbindungen zur RAF unterstellt hatte. Über ihren Köpfen baumelte eine voluminöse Bastlampe, einer hatte eine blaue Birne hineingedreht, so dass das Licht etwas sphärischer aussah.

Alle anderen schienen auf etwas zu warten. Es sah aus wie ein gemütlicher Männerabend, aber das, so hofften sie, würde sich noch ändern. Robert legte eine Platte nach der anderen auf den Teller der Stereoanlage, es musste nichts Tanzbares sein, schließlich war man noch unter sich.

Mittlerweile war man vom Bier zu härteren Sachen übergegangen, die Flaschen kreisten in der Runde. Es war nach dreiundzwanzig Uhr, als sich eine erste Unruhe bemerkbar machte. Littles Tiraden liefen ins Leere, den ersten entgleisten die Gesichtszüge, und es waren immer noch keine Mädchen da, außer Ruth, aber die zählte nicht, sie war die große Schwester des Gastgebers. Es war wie ein schlechter Scherz. Robert unkte, dass er ihm das schon zutrauen würde, eine Party ohne Frauen.

»Ich glaube, es liegt nur an deiner Musik«, sagte einer. »Du spielst hier lauter schräge Sachen, psychedelisches Zeug, das hassen die Frauen. Ich wette, die stehen alle vor der Tür und sobald die erste heiße Nummer kommt, stürmen sie die Bude.«

Robert murmelte etwas von »So ein Quatsch!«, stand aber auf und ging nachschauen. Fast erleichtert kam er nach wenigen Sekunden zurück.

»Trotzdem«, meinte der andere. »Spiel doch mal was von James Brown oder den Temptations. Sonst schlafen wir hier alle ein, ich habe ohnehin schon genug getankt.«

Kaum hatte Robert *Live at the Apollo* aufgelegt, klingelte es an der Tür. Sofort waren alle hellwach. Als Max reinkam, verstand er die Enttäuschung nicht, mit der ihn die anderen begrüßten. Als er sagte, dass unten in der Hofeinfahrt eine ganze Schar von Frauen warten würde, glaubte ihm niemand.

»Das kannst du deiner Oma erzählen. Worauf sollten die denn warten? Auf den Weihnachtsmann?«

Max zuckte mit den Schultern und schmiss sich in den roten Sitzsack, der neben dem alten Fernseher am Boden lag. Es klingelte erneut. Keiner erhob sich.

»Wir sind schon genug Männer«, spottete Epse und drehte sich weg.

Robert drehte die Musik lauter. Jemand klingelte nun Sturm. Jones kam schwer auf die Beine und schwankte vorsichtig durch den Flur zur Tür. Sie hörten erst gar nichts, dann ein unterdrücktes Lachen, unklare Geräusche. Sie schauten sich an, dann ging auf einmal die Tür zum Wohnzimmer auf, und Jones kam mit einem breiten Grinsen und zwei Frauen im Arm hereinstolziert. Hinter ihnen drängelte es, plötzlich war das Zimmer voller tanzender Mädchen, die den völlig verdattert herumliegenden Jungs auf die Füße traten. Stehaufmännchen im ganzen Raum. *Lord, its a real mother for ya / make you wanna run for cover / And if you look you will discover / Lord, its a real mother for ya yeah.* Der Bass pumpte, die Knie wurden weich und die Hüften geschmeidig, *Got to go to a disco / Throw your troubles away / Dance to the music / That the DJ's play.* Alles wurde gut, was keiner mehr für möglich gehalten hatte.

Robert grinste, griff in seine Plattentasche und packte noch eins drauf: *Why did you do it / Why did you do that thing to me? / The only one who knows the truth, / Man it's him me and you.* Nun schob sich alles ineinander, rieb sich am anderen, schlängelte und stampfte, die großen Fensterscheiben beschlugen und die Gläser am Boden kippten reihenweise um. Niemand kümmerte sich darum. Der Gastgeber verschwand mit einer asiatisch aussehenden Frau im Schlafzimmer seiner Eltern und sperrte ab. Robert gab es ihnen mit jeder neuen Scheibe und bekam es gut zurück. Der Parkettboden vibrierte im Rhythmus der Boxen, die Luft stank nach Rauch und Bier, und alle schienen glücklich. Nur Atze stand etwas abseits. Als er ein Mädchen zum Tanzen aufgefordert hatte, hatte sie ihn angesehen, als ob er ihr eine Vergewaltigung vorgeschlagen hätte. Doch er hatte diesen kleinen Weltuntergang jetzt überstanden und schmiss sich zwischen die Tanzenden, als hätte er einen Wutanfall.

Robert hatte so laut aufgedreht, dass sie sich nur noch anschreien oder küssten konnten. Ein Kuss schien wie eine Rückversicherung, zumindest die nächsten Minuten nicht allein zu sein. Mehr bedeutete es nicht. Robert war eher der haptische Typ, was unterschiedlich gut ankam. Für unglückliche Liebschaften hielt er sich inzwischen für hochqualifiziert. Er mochte Spaziergänge im Mondschein und ausgiebige Streicheleinheiten, was bei seiner letzten Freundin meist zu schockartigen Gefrierzuständen geführt hatte. Anfangs hatte sie ihn mit unzähligen Liebesbriefen, Telefonanrufen, Zettelchen, die sie an sein Fahrrad heftete, oder mit Überraschungsbesuchen verfolgt, bis er sich angesichts solcher Fleißarbeit entschloss, dass er das nicht länger ignorieren konnte und ihrem Werben nachgab. Aber als er sie dann umarmen und berühren wollte, schien es ihm fast einer optischen Täuschung gleich zu kommen, wenn sie sich einmal für Sekundenbruchteile zu bewegen schien. Völlig starr stand oder lag sie da, eine Eisfrau, an der man nicht schlecken durfte. Er musste sich von ihr trennen, Tränen flossen, und so vermachte er ihr, völlig hilflos angesichts dieser Gefühlsattacke, seine Armbanduhr. Sie hatte nie eine getragen. Vielleicht, so dachte er, könnte das für sie ein Neuanfang sein und hätte doch etwas mit ihm zu tun.

Aber nun war er wieder im Spiel und visierte zwei Freundinnen an, die auf der Couch im Nebenzimmer an einem giftgrünen Cocktail nuckelten. Zuerst vertrieb er die Steiftiere, die es sich gerade bei den Damen bequem machen wollten, brachte neue Drinks und ließ allen Zeit. Sanftes Herantasten, vertrauensbildende Maßnahmen. Noch mehr Drinks. Sie waren allein im Zimmer, nur Woodl saß still auf einem Sessel in der Ecke. Der hatte ein Bier in der Hand und störte nicht. Ohnehin wäre ihm diese Nummer viel zu aufwändig gewesen. Nebenan lief nur noch Schmuserock, vorsichtiges Abtasten, bevor man distanzlos wurde. Den beiden Frauen wurde allmählich warm, und Robert hatte wenig Mühe, sie zur Freilegung ihrer schönen Oberkörper zu bewegen. Sie hatten alle Schüchternheit vergessen, die sie sonst an den Tag legten, waren entspannt und neugierig. Aber bevor sich Robert darüber Gedanken machen konnte, wohin das alles nun führen würde, riss jemand plötzlich die Tür auf, machte die Deckenleuchte an und schrie: »Was ist denn hier los? Mein Haus ist ein Hurenhaus!« Der betrunkene Gastgeber auf Randalekurs, die Frauen verschreckt und schon auf dem Heimweg. Die Party damit beendet. Moses erschrak so, dass er sich unbemerkt aus dem Fenster im ersten Stock über die Hausfassade abseilte. Atze wollte nicht einmal mehr die Reste austrinken; das war ein schlechtes Zeichen und mahnte zum Aufbruch.

Robert hangelte sich an den Häuserwänden entlang, der sonst so angenehme Schwebezustand wollte sich diesmal partout nicht einstellen, motorische Blockaden in allen Gliedmaßen. Das große Laufen würde erst wieder in ein paar Tagen möglich sein. Und überhaupt: Was würde dann aus ihnen werden? Würde die Welt explodieren? Würden sie Kinder haben, Familien und Freunde? Kommen alle durch oder würden einige auf der Strecke bleiben? Wohin würde es sie verschlagen, nur eine Straße weiter oder ganz weit weg? Wen würde man wiedersehen und wen verlieren? Würden sie ihre Mädchen immer noch verehren? Würden sie glücklich werden? Fragen, die damals jeder dachte und keiner aussprach.

Robert und Little stolperten auf ihren Plateausohlen unbeholfen durch ein Leben, das sich fremd anfühlte. Die Progressiven setzten sich mit Jeans in die Badewanne, batikten Hemden mit psychedelischen Farben und wetteiferten um den höchsten Absatz und den weitesten Schlag. Sie trugen verspiegelte Sonnenbrillen, Armbänder aus Leder und Schnauzbärte wie die Schauspieler aus billigen Pornofilmen. Die Mädels schlüpften mit dem Schuhlöffel in ihre Jeans und betörten mit Strickbikinis und heißen Höschen. Space Cakes und Joints hoben die Stimmung, nicht nur Lou van Burg setzte den Goldenen Schuss, und mit ihren Mädchen träumten sie sich weg in aufregende Zeiten.

Mancher verdöste das Jahr in der letzten Bank, ein anderer dachte jetzt schon an den Numerus Clausus. *De bello Gallico* und das Binäre System, Schafkopf in den Pausen, Platten tauschen, Raucherklo, Basketball auf dem Freiplatz. Sie diskutierten viel, über die RAF und die Lorenz-Entführung, der Krieg in Vietnam war zu Ende, die Roten Khmer hatten Phnom Penh eingenommen und auch im Libanon sprachen die Waffen. Und Franco war tot, Spanien wieder frei. Wo lag eigentlich Torremolinos? In der schmalen Bibliothek der Eltern hatte Robert einen Band des *Leserings* entdeckt, *Die Kinder von Torremolinos,* auf dessen Umschlag eine blonde, langhaarige Frau in einem nassen, weißen Hemd ihren schönen Busen zur Schau stellte. Da sollte man jetzt hin! Ibiza, Goa, Marrakesch, Love & Peace & Understanding, Hippie hier und Hippie dort, Power to the Flower – und, scheiße, das alles ohne sie.

Als Robert am Abend noch einen Abstecher in die Kneipenstraße macht, erkennt er sie kaum wieder. Das *Schlenkerla* hat jetzt einen hässlichen Biergarten im Hinterhof, einen Schnitt gibt es dort auch schon lange nicht mehr. Irische Pubs und Pizza-to-go-Buden, neue Namen und neuer Müll auf der Straße, Winnies *Brezla* aber ebenso geschlossen wie die *Pilsstuben* vom Ochsn Rudi, dem roten Glatzkopf mit Brille und Goldkettchen und der Pistole in der Schublade, bei dem im Keller immer eine Partie Billard lief, der *Wilde Mann* ist jetzt ein Chinese und in der alten *Drehorgel*, wo Robert früher bediente und der Herbert jeden Donnerstag einen ‚Sozialschoppen für Schüler, Studenten, Rentner, Spätaussiedler und andere benachteiligte Randgruppen' ausgab, treffen sich jetzt die Piraten. Beim *Bohlein* tanzte er mit Sylvia einen Sommer lang. Zum Abschlussball trugen sie knallbunte Hemden in Froschgrün, Orange und Lila und darüber Samtjacketts mit Fliege. Roberts Augengläser sahen aus wie eine viereckige Schweißerbrille, grün getönt und entspiegelt, heute würde man damit eine Bank überfallen.

Er steht auf der gepflasterten Straße und überlegt, wo jetzt genau *Holzwurm* und *Creperie* waren. Und der *Schlüssel* mit dieser unfassbar attraktiven Bedienung, die einen Schmetterling auf ihre Jeans südlich des Bauches aufgenäht hatte, was der Kneipe Rekordumsätze bescherte. Und das *La Stella* von Eva-Maria, diesem weiblichen Terminator mit den kurzen, roten Punk-Haaren und den flotten Fingern hinterm Tresen. Wo es noch um Sperrstunden und Ordnungsgelder ging, wenn die Gäste Tanz und Trunk auf die Straße erweiterten.

Er betrachtet beim *Pizzini* gegenüber die Laterne und die hölzerne Flügeltür mit den sich rankenden Reben und dem Weinkelch, im Fenster die vergilbte Schrift »Echter-Trauben-Edel-Branntwein«. Bei der gutmütigen Wally saßen sie einst in dunklen Holzabteilen und tranken Kirschwein, meistens rechts am Fenster in der Ecke mit dem runden Tisch, weil man da auch Karten spielen durfte, wenn nicht so viele Leute im Lokal waren. Manchmal klimperte einer auf dem Piano, von den Wänden grüßten Gäste aus vergangenen Zeiten. Sie fühlten sich im schummrigen Licht der Art Deco-Lampen wie auf einer Zeitreise in die zwanziger Jahre, als Wallys Großvater aus Südtirol den Wein hierher gebracht und Künstler und damit auch Frauen in die Kneipe gelockt hatte.

Robert dreht sich wieder um und fragt sich, ob aus den alten *Sandstuben* jetzt die *Fruchtbar* geworden ist, als ihm jemand sanft auf die Schulter klopft. Es ist der Mann, mit dem er Yatzy und Persico, Apfelkorn und großartige Abende verbindet: der Zinser. Grau ist er geworden, der Mann für alles Verbotene, launisch, cholerisch, hektisch, der Anti-Wirt schlechthin, und trotzdem der, in dessen Wohnzimmer sie alle saßen. Auf den Barhockern am engen Tresen oder im Halbdunkel auf den alten Couches. Den sie liebten und verehrten wie einen älteren Bruder. Ein Kobold der Nacht, ein Künstler und ein Wissender.

»Mensch, Zinser, wo kommst du denn her?« Robert deutet auf die Leuchtschrift des neuen Ladens. »Bist du jetzt auf deine alten Tage noch fruchtbar geworden?«

Zinser grinst, zieht umständlich eine Zigarette aus der ausgebeulten Hose. »Haste mal Feuer?«

»Klar.«

Er macht einen langen Zug und bläst Robert den Rauch ins Gesicht. »Was glaubst du denn? Das ist nicht mehr mein Revier, schon lange nicht mehr. Schau dich doch nur um.« Zinser hebt die Arme und breitet sie in beide Richtungen aus. »Hier wäre ich nur noch ein überflüssiges Fossil.« Er lacht bitter und zieht energisch an seiner selbstgedrehten Zigarette. »Heute geht es um Fun und Live und Event. Schnelle Kohle. Und dann ab in die Karibik, bevor die Steuer zugreift. Das sind andere Zeiten, mein Kleiner. Hast du das noch nicht gemerkt?«

Sein Hohn trifft Robert nicht, dazu kennt er ihn zu lange. »Hat sich wirklich alles so verändert, wie du sagst? Der Herbert vom *Mondschein* ist doch noch da, der Hansi im *Hofbräu*, der Heiner im *Pelikan* ...«

»Das war es dann aber auch schon mit der alten Garde. Alles ist auf Studenten und Touristen aus. Die fluten die Stadt. Aber hier traut sich keiner, mal die Zugbrücken hoch zu machen. Gartenschauen, ja, das können sie. Die ganze Stadt hängt am Tropf der Fremden. Ich finde das unerträglich. Und ich bin sicher nicht der einzige. Wer Geld hat, geht weg. Flüchtet ins Ausland. Aber viele kommen hier auch nicht weg.« Er schnauft schwer.

»Wie meinst du das, viele kommen hier nicht weg? Was hält sie denn?«

»Na, du bist ja naiv. Das ist doch ganz offensichtlich. Die Stadt ist typisch für den deutschen Mittelstand und das Kleinbürgertum, wo die Pfaffen und Spießer Angst um ihre Zukunft haben, und in miesen politischen Situationen plötzlich moralische Werte entwickeln. Es ist doch erstaunlich, wie viel die Stadt noch von diesem Kleinbürgertum in sich trägt. Das Verschrobene, etwas Verlogene und Karrieresüchtige sind doch typisch für das Klima hier. Man muss hier leben, die Leute um die Ecke kennen, dann merkt man das.«

»Ach, komm, du übertreibst. Das war vielleicht vor dreißig, vierzig Jahren so. Aber seitdem hat sich doch viel verändert. Aber du hast meine Frage nicht beantwortet.«

»Ach, du hast doch keine Ahnung. Du bist zu lange weg. Kennst die Stadt gar nicht mehr. Es ist doch interessant, dass sich Tippelbrüder, Querulanten oder Leute, die mit dem Leben nicht fertig werden, in dieser Stadt unheimlich wohlfühlen. Man wird bemitleidet, geduldet. Es gibt hier Typen, die lange irgendwo lustige Karrieren gemacht haben und jetzt gerne hier untertauchen. Die Stadt ist im Grunde immer noch so wie früher. Das ist kein abgeschlossener Prozess. Die Leute machen sich selbst nichts bewusst. Alles möchte man hier totschweigen. Frühmorgens geht man in die Messe und abends hängt man rum und säuft.«

»Und wenn das so ist, wie kannst du hier leben?«

»Lebe ich hier?« Zinser lacht. »Maximal existiere ich hier. Man wird zwangsläufig zum Einzelgänger. Mit der Depression lebe ich einfach in der Stadt. Man flieht hier vor einem Bewusstmachen. Man verarbeitet nichts. Es lebt sich hier bequem und billig. Das ist ein riesiger Vorteil. Aber man ist dabei so scheißtolerant, dass die Toleranz schon wieder eine Schutzburg ist.« Mit einem »Na ja, das letzte Bier haben wir ja schon getrunken. Machs gut!«, stößt er Robert heftig gegen die Brust, so dass dieser fast ins Taumeln gerät, macht ein paar schnelle Schritte und verschwindet beim Grünhundsbrunnen in der Dunkelheit.

Wie ein Spuk, denkt Robert. Aber so war der Zinser schon immer gewesen. Klar in der Aussage, nebulös im Auftreten. Er hätte ihn gern nach Little gefragt. Denn wenn einer weiß, was in der Stadt passiert, ist es der Zinser. Aber nun ist er weg, und wer weiß, ob er ihn wiedersehen wird. Robert beschließt, die Runde durch die Sandstraße zu Ende zu drehen und dann am Wasser entlang heim zu gehen. Vorbei am Knast, dem »Café Sandbad« mit den bunten Gemälden, die das Leben für die Insassen auch nicht schöner machen, weiter an der schlichten Kirche vorbei bis zur *Blauen Glocke*. Die aber auch geschlossen aussieht, geradezu verrammelt, nicht mal der Durchgang zum Fluss ist offen. Hier gab es einmal die erste und beste Pizza der Stadt, und hier gab es im Hinterhof auch für kurze Zeit den Club *Amenophis*.

Robert rüttelt an der schweren Holztür, schiebt vor und zurück, versucht den Riegel zu lösen. Alles modrig und verrostet, das Schloss quietscht wie eine alte Kerkertür, nur ganz allmählich bewegt sich die Barriere. Ein Blick in beide Richtungen, niemand auf der Straße. Jetzt ist der Spalt so groß, dass er hindurchschlüpfen kann. Finster ist es und rutschig auf den alten Pflastersteinen im Gang, er schleicht sich vorsichtig zum Hinterhof, den die Sterne freundlich aufhellen. Allerlei Gerümpel ist hier gelagert, Reifenstapel und Fahrradrahmen, Blechtonnen und stapelweise Holzkisten. Schon damals, als hier noch der Eingang zum Club war, sah es wüst aus; nur Eingeweihte fanden den Weg ins *Amenophis*, in dem einige verschlissene, mit Brandlöchern übersäte Sofas quer im fensterlosen Raum standen, dazwischen alte Sessel, Bierkästen, ein Kühlschrank, nur Kerzenschein. Süßlicher Duft, der einem beim Betreten heftig entgegenwehte. Die Leute lümmelten auf den Sperrmüllmöbeln und genossen die Musik, die aus der kleinen Anlage der Band kam. Robert findet den alten Schuppen nicht mehr, offenbar wurden Mauern versetzt und abgerissen, tastet sich an den Wänden entlang und sucht den zweiten Ausgang zum Flussufer. Nach wenigen Schritten stößt er gegen einen Gegenstand, gerät ins Stolpern und greift instinktiv zur Seite, um sich abzustützen. Vor ihm entsteht Bewegung, ein Etwas, auf das er getreten ist, richtet sich auf und stößt zischende Laute aus.

»Scheiße, Mann! Was soll das?« Bevor Robert, der seinem Torkeln Halt geben will, noch antworten kann, blendet ihn der Strahl einer Taschenlampe. Er reißt die Hände hoch und versucht, dem Schein auszuweichen.

»Hören Sie auf! Nehmen Sie die Lampe runter!«

Die Gestalt hält unbeirrt das Licht auf ihn drauf. »Was willst du hier?« Die Stimme ist schrill, wütend, weiblich.

Viel kann Robert nicht erkennen, nur die Silhouette einer Frau mit langen Haaren. Am Boden liegen eine zerfranste Decke und ein sackähnliches Gebilde, aus dem die Frau jetzt einen Baseballschläger zieht.

Robert weicht sofort zurück und streckt ihr die Hände abwehrend entgegen. »Hören Sie auf! Um Gottes Willen, was soll der Unsinn?«

Die Frau kommt langsam näher und stößt mit dem Schläger nach ihm.

Robert versucht sie zu beruhigen. »Lassen Sie das. Ich will doch gar nichts von Ihnen. Ich bin hier nur ganz zufällig reingekommen. Hier war mal ein Club. Ich wollte sehen, was davon noch übrig geblieben ist. Wirklich. Glauben Sie mir!«

Die Frau zögert, bleibt stehen. »«Was für ein Club?«

»Das *Amenophis*. Vor vielleicht dreißig Jahren. Gab es nur ein paar Monate. Mit Live-Musik. Ich war da öfter.« Robert beobachtet die Frau, die immer noch den Schläger in der Hand hält. Schon etwas älter, verlebtes Gesicht, strähnige Haare. Trotz der sommerlichen Temperaturen trägt sie eine weite Armeejacke und dunkle Stiefel.

»Das ist doch Quatsch, was du mir da erzählst. Kein Mensch sucht einen Club, in dem er vor dreißig Jahren mal gewesen ist. Du willst mich wohl verarschen? Du bist hinter mir her, stimmt's?« Sie greift den Schläger fester und fuchtelt damit Robert vor dem Gesicht herum.

Reden, denkt Robert, immer weiter reden. Das sieht man in jedem Krimi, Deeskalation, den Gegner mit freundlichen Worten einlullen, beruhigen, die Spannung rausnehmen, das hilft. Im Ernstfall würde er die Frau vermutlich überwältigen können, auch wenn sie nicht gerade zierlich ist und diesen verdammten Schläger in der Hand hält. Aber darauf will er es gar nicht ankommen lassen. Nur heil raus aus der Sache, das ist das Einzige, was jetzt zählt.

»Doch, das ist wahr, nun glauben Sie mir doch. Ich suche jemanden. Und gehe deshalb an Orte, wo ich mit ihm gewesen bin. Ich konnte ja nicht ahnen, dass Sie in diesem Hof sind. Das Tor war verschlossen und alles sah total verlassen aus. Und was sollte ich überhaupt von Ihnen wollen? Wir kennen uns ja gar nicht.«

»Und das soll ich dir glauben?« Die Frau lacht höhnisch. »Ihr seid mir schon die ganze Zeit auf den Fersen, aber ich weiß das. Ich hab gespürt, dass ihr mir immer näher kommt. Meinst du, ich merk das nicht, hä?« Der Baseballschläger wackelt bedrohlich vor Roberts Nase. »Der Kampf ist noch lange nicht zu Ende. Aber ihr kriegt mich nicht. Ihr nicht. Das lass dir mal gesagt sein. Das kannst du auch deinen Spitzelfreunden ausrichten.«

Eben hatte Robert noch das Gefühl gehabt, dass sich die Situation zu entspannen beginnt. Aber nun weiß er gar nicht mehr, wovon die Frau spricht. Sie scheint verrückt zu sein, irgendeine paranoide Herumtreiberin, die wirres Zeug redet.

»Ich weiß nicht, wovon Sie sprechen. Ich bin hier ganz allein. Und was ich hier suche, das habe ich Ihnen ja schon gesagt. Nun nehmen Sie doch bitte den Schläger runter.« Robert versucht die Frau zu beruhigen und macht mit den Händen eine entsprechende Geste. Aber das kommt ganz schlecht an.

»Du meinst wohl, du kannst mich hier verarschen mit deinem revisionistischen Gesülze? Ihr seid doch alle gleich, ihr Schweine, ob in Uniform oder ohne. Du meinst, du kannst mich hier einwickeln, was? Aber das wird dir nicht gelingen. Ich bin auf der Hut, mein Freund, ich kenn mich aus mit Typen wie dir. Ich werde dir deine faschistischen Eier zerquetschen, du Bullenschwein, du.«

Die Frau holt mit dem Schläger aus, macht dabei zwei schnelle Schritte auf Robert zu. Der versucht, gebückt in Deckung zu gehen und reißt die Hände nach oben, um den Schlag abzuwehren. In dem Moment, als die Frau zuschlagen will, bleibt sie im Gurt ihres am Boden stehenden Rucksacks hängen und gerät ins Stolpern. Robert nutzt die Gelegenheit, weicht zurück und läuft, während die Frau mühsam versucht, wieder auf die Beine zu kommen, mit schnellen Schritten zur noch immer halbgeöffneten Tür, durch die er den Hinterhof betreten hat. Wo er sich vorhin noch behutsam entlang gehangelt hatte, rennt er nun zielstrebig zum Ausgang und auf die Straße. Er schaut sich um. Die Frau folgt ihm nicht, auch sonst ist niemand zu sehen. Was war das denn? Eine Obdachlose, die ihre Schlafstätte verteidigt? Oder eine alte Hexe mit abstrusen Rachephantasien? Mit manchem hatte er gerechnet, als er den alten Hof betrat, doch auf eine derartige Situation war er nicht vorbereitet gewesen. Noch immer steht er allein auf der Straße. Die Gefahr ist vorüber, jetzt schnauft er doch tief durch, auch wenn er nur kurz wirkliche Angst verspürt hatte. Das Vokabular der Frau war drastisch gewesen, irgendwie vertraut aus uralten Zeiten. Wer weiß, vielleicht hätte sie auch noch eine andere Waffe gezogen? Robert mag gar nicht daran denken. Dabei waren seine Absichten doch völlig harmlos gewesen. Aber das hatte sie gar nicht interessiert. Robert schüttelt den Kopf, als könne er den Vorfall auf diese Weise aus seinem Gehirn schleudern. Aber er ahnt, dass ihn diese Begegnung noch beschäftigen wird.

III.

Ein Sonntagmorgen ohne Weckdienst, trotzdem klingelt die Routine, um sieben Uhr ist Robert wach. Die Glocken rufen eifrige Kirchgänger zum Frühgottesdienst, Robert dreht sich nochmals um, doch ein erneutes Einschlafen will nicht mehr gelingen. Die Sonne scheint, Robert plant in den Schwimmverein gehen. Dort hat er mit Little jeden Sommer verbracht, vielleicht würde er dort eine Spur von ihm finden. Nach einem kleinen Frühstück packt er den Rucksack mit den Badesachen und schnappt sich das alte Fahrrad seines Stiefvaters, das in der Tiefgarage verstaubt. Eine Art Vorkriegsmodell ohne Gangschaltung, dafür mit nur einer Vorderradbremse, einem verrosteten Dynamo und einem derart schweren Stahlrahmen, dass Robert schon ins Schwitzen kommt, als er es die Treppe zum Hof hoch trägt. Er entschließt sich, über die Marienbrücke den Kunigundendamm entlang zu fahren. An der Hemmerleinstraße vorbei, wo seine erste Freundin wohnte und es die erste Kommune in der Stadt gab.

Kräftig tritt er in die Pedale. Dann vor der Tankstelle runter durch den Luitpoldhain ans Adenauerufer, den gewohnten Weg. Früher war er zuweilen oben am Damm entlang gefahren, auch wenn das ein Umweg war, nur um auf dem Feld zwischen den Hochhäusern den riesigen Mann mit den Gummistiefeln beim Spargelstechen zu sehen. Wie ein Widerständler gegen die urbane Bedrohung kam ihm dieser Gärtner mit seinem Acker vor, offenbar hing er treu »an seiner Sach« und wollte nicht verkaufen. Manchmal trifft er dort auch auf die wandelnde Kamera mit Umhängetasche, zu der noch ein Zottelbart, eine Glatze und zwei listige Augen gehören. Dann geht der Chronist gerade von Zuhause los, um sich unauffällig im Straßenbild der Stadt einzunisten und ihre Schönheit und ihren Sündenfall abzubilden. Ein streitbarer Geist ist der Chronist, aber auch ein passionierter Geschichtenerzähler, der den Zufall liebt, den unwiederbringlichen Schnappschuss und das, was andere nicht sehen. Heute hat Robert kein Glück, der Chronist ist wahrscheinlich schon längst unterwegs.

Nun also weiter am Kanal, dann über die Schleuse und ein Stück die Galgenfuhr entlang, am Jahn-Sportplatz vorbei und dann am Damm entlang Richtung Bug. Eine schöne Strecke. Früher war hier alles voller Schlaglöcher und grundsätzlich immer Gegenwind, gegen die Löcher war inzwischen etwas getan worden. Kurz vor der Brücke über die Regnitz geht es links runter Richtung Neptun und Schwimmverein. Als Kinder patrouillierten sie mit ihren Schlauch- und Faltbooten auf dem Fluss, angelten kleine Fische und brieten sie über Lagerfeuern, die sie auf den Sandbänken in den Buchten des gemächlich dahin fließenden Wassers entzündeten. Wer Teil ihrer verschworenen Gemeinschaft werden wollte, musste von der alten Brücke in den Fluss springen. Das war höher als das Sprungbrett im Stadionbad, aber für Kleinstadthelden eine minimale Herausforderung. Erst viele Jahre später erfuhren sie, dass die Brücke im Krieg zerbombt worden war und die alten Trümmer noch immer im Flussbett lagen.

Auf dem riesigen Parkplatz kaum Autos, trotz des schönen Wetters. Hier kommen die Leute nur, wenn es mindestens drei Tage lang durchgängig dreißig Grad hat. Seit Jahrzehnten eine bleibende Erfahrung. Und beim ersten kleinen Regenguss packen alle zusammen und verlassen fluchtartig das Gelände, obwohl in einer halben Stunde die Sonne wieder scheint. Am Eingang wird er schon erwartet. Wo in seiner Kindheit noch Herr Hohensee mit stoischer Geduld kontrollierte, wer Mitglied war und Zugang erhielt, da sitzt jetzt eine ältere Dame und spricht ihn direkt an. »Sie sind bestimmt Herr Dr. Tehling?« Als Robert nickt, legt sie einen Zettel beiseite, auf dem er offenbar als Gast angekündigt worden ist. Robert hatte darum gebeten, für einen Tag Zugang zu bekommen. Seit es Wartelisten und eine Sichtmarke gibt, hat die Bürokratie Einzug gehalten.

Robert geht an dem mattrot schimmernden Kabinentrakt vorbei, der noch aus Großvaters Zeiten stammt; ständig tritt man sich auf den Holzdielen Spreißel in die Füße. Die Umkleideräume liegen im Halbdunkel, riechen feucht und muffig, alles ist aus Holz, sehr spartanisch, oben im Spitzboden lagern viele ihre Sonnenliegen und andere Utensilien, für die sie zu Hause keinen Platz haben. Früher saßen auf den langen Bänken entlang der Kabinen ältere Damen beim Kaffeetrinken, man tauschte Kuchen und Gerüchte aus und bräunte, in Tiroler Nussöl getränkt, in der Nachmittagssonne. An diesem Tag ist alles leer. Der Faustballplatz, auf dem sie einst die alten Herren herausgefordert haben, liegt genauso verlassen da wie die Fußballwiese, auf der um diese Zeit an einem sonnigen Sonntag früher schon längst das dritte Match gespielt worden wäre. Am Rasen, den der Herbert besser gepflegt hat als manche Frau ihre Fußnägel, kann es nicht liegen. Millimeter genau gekürzt, Wembley-Qualität. Da sieht ihn Robert laufen, aus dem Unterholz kommt er gekrochen mit seinem weißen Hütchen und der weiten Turnhose, der König der Laubberge und Herrscher über das kleine Kraftwerk, das das Wasser für alle Warmduscher und Seitenschwimmer auf konstanten Temperaturen hält.

»Was ist denn los, Herbert? Wieso spielt denn keiner?«

»Nix ist los. Schon lange nicht mehr. Ich frage mich sowieso, warum ich den Rasen noch so herrichte jeden Sommer.« In seiner kurz angebundenen Art schwingt diesmal spürbar auch ein Hauch Verdruss und Resignation mit. »Die Leute haben alle was anderes zu tun. Ist halt nicht mehr, wie es mal war.«

»Macht ihr denn wenigstens noch das Sommerturnier?«

»Ja, schon. Aber gerade mal mit zwei Mannschaften. Früher waren doch mindestens sechs Teams am Start. Da haben sie alle gespielt, sogar die mit den Schwimmhäuten zwischen den Zehen. Das waren noch richtige Ereignisse mit vielen Zuschauern, einem Pokal, schönen Trikots, und meist hat dann noch der Keesmann ein Fass spendiert. Das waren noch Zeiten. Heute kriegst ja nicht einmal mehr ein Kampfgericht zusammen.«

Während sie so reden und über vergangene Tage sinnieren, stehen plötzlich wie aus dem Nichts kommend acht bis zehn Mann auf dem Platz, einige verlassen gerade noch die Umkleidekabine. Als ob sie Punkt drei Uhr vom Himmel gefallen wären. Junge Männer, die meisten vielleicht so um die dreißig, nur zwei kennt Robert noch von früher, den Matze und den Herbert mit der Lockenmähne, ein Veteran der ersten Stunde. Und schon geht's los.

»Seit wann kennst du die Regeln?«

»Hau weg des Zeuch!«

»Jetzt hast Zeit.«

»Eckball«, schreit Herbert im Tor. Dirigiert. »Leute suchen.«

»Du Blinder!«

»Aufpassen!«

»Zieh ab!« Der Ball geht weit am Tor vorbei. Gegenangriff über links.

»Bin dabei!« Der Stürmer kommt nicht weit, bleibt hängen.

»Schöne Abwehr!«

»Weiter, komm.« Der nächste Angriff rollt.

Robert sieht zu. Wie in Trance schieben sich allmählich aus der Ferne immer klarer werdende Bilder in sein Bewusstsein. Szenen, kleine Abfolgen, Abziehbilder. Der Ganser mit dem starken Schuss, der Strätzer, der Lachi und der Bö, der elegante Peter Laufer und der schnelle Andi, Käfi, verspielt, mit dem rechten Schlenzer, der stets gutgelaunte Bernd im Tor, der zähe Schliggo, Wolfi stark in der Abwehr, Micha torgefährlich. Die alten Recken von der Woka-Elf und die jungen Herausforderer. Gute Spiele und schlechte Spiele. Ach, Unsinn, schlechte Spiele gab es nicht. Im Grunde war es immer gut.

Auch im Wirtschaftsgarten unter den großen Kastanien nur leere Bierbänke. Robert lässt sich nieder und lässt den Blick schweifen. Bis zu den Trauerweiden am Fluss. Wo jetzt Netze stehen, damit man nicht mehr zum Baden gehen kann. Hinauf zur Beckenanlage, die völlig eingewachsen ist wie eine alte Aztekenburg. In seinem Rücken liegt die Hausmeisterwohnung, wo, bevor es das große Vereinsheim gab, ein kleiner Kiosk von den Pächtern betrieben wurde. Robert und Little hatten gegen ein Trinkgeld oft am Tresen geholfen, Eis und Getränke auszugeben. Die Leute saßen im Garten, holten ihre Kühltaschen aus dem Felsenkeller und schauten sich gegenseitig auf die Teller. Es war hier nicht so wichtig, ob jemand viel Geld hatte oder nicht, in der Badehose waren alle gleich.

Während Robert in Gedanken versinkt, setzt sich ein Mann so leise neben ihn auf die Holzbank, als wolle er ihn nicht erschrecken. Dabei wirkt er durchaus bullig mit dem kräftigen Oberkörper und den muskulösen Oberarmen, aber seine sanften Bewegungen gleichen eher einem Tänzer als einem Bauarbeiter. Erst als er Robert den Arm auf die Schulter legt, wird er bemerkt.

»Ja, der Ernstl, da schau her. Ich hab dich gar nicht kommen hören.«

»Du warst ja gerade auch in einer ganz anderen Welt, scheint mir, oder?«

Robert nickt.

»Ich kann es mir schon denken. Immer noch schlimm?«

»Hm.«

Ernst klopft ihm tröstend auf den Rücken. »Ich kann mich noch genau an den Tag erinnern. Wir saßen hier im Biergarten, nur ein paar Bänke weiter, und spielten Schafkopf, stimmt's? Kannst du darüber reden?«

»Kein Problem.«

»Okay. Es war eigentlich ein ganzer normaler Tag im Juni. Und es lag diese Trägheit in der Luft. Wir bewegten uns nur wenig, gingen höchstens mal zum Becken, um uns abzukühlen. Die Mädchen liefen in Hot Pants herum und sahen einfach großartig aus. Deine

Freundin war die Schönste von allen; warum Lu gerade dich ausgesucht hatte, war uns ja allen schleierhaft!«

»Schau an, du bist ja heute noch eifersüchtig.« Robert lächelte. »Ich hab das damals schon gemerkt, wie ihr alle hinter ihr her gewesen seid. Aber ich habe es einfach nur genossen.«

»Ich weiß. Und ich bin nicht eifersüchtig, ich gönne es dir auch noch nachträglich. Anyway. Wir spielten Karten, Fränki und Hoffi brutzelten Bratwürste, und ein paar Leute kickten auf der Wiese. Ich erinnere mich, dass es ungewöhnlich heiß war an diesem Samstag. Wir waren zu allem zu faul. Später würde aber wie immer im Glashaus noch eine Party steigen.«

»Oh ja, das waren die besten Feten. Auf dem Matratzenlager abhängen, rauchen und trinken.«

»Und Little brachte immer die neuesten Scheiben mit. Weiß der Teufel, wo er die immer her hatte.«

»Von seiner Schwester, soweit ich weiß. Manchmal hat er sie aber auch einfach beim *Riemer* mitgehen lassen.« Robert kannte Littles lockeren Umgang mit Eigentum und hatte ihn deshalb auch immer wieder kritisiert, aber seine Mahnungen waren an Little abgeperlt wie an einer Teflonpfanne. »Am schönsten war es, wenn du Gitarre gespielt hast. Ich bin fast zu jedem Konzert von Jessica oder den Schweinsohren, ihr ward einfach die Besten damals.«

Ernstl grinst. »Danke für die Blumen. Aus der Party wurde ja dann nichts. Soweit ich mich erinnere, war deine Mutter bei deinem Vater in der Klinik. Und dann kam plötzlich diese Durchsage mit dem Lautsprecher.«

»Ja, dann kam diese Durchsage. Sie holten eine Freundin meiner Eltern ans Telefon. Ich hatte damals sofort ein flaues Gefühl im Magen. Es dauerte nur ein paar Minuten, dann kam sie zurück. Bevor ich mich erheben konnte, hatte sie schon ihre Arme um mich geschlungen. Sie hat irgendetwas gesagt, ich kann mich nicht genau erinnern. Ich wusste nur sofort, was geschehen war.« Robert legt die Arme auf den Tisch, den Kopf darauf. Über dreißig Jahre ist das jetzt her. Aber es lastet immer noch schwer auf seiner Seele. Dabei verband er mit dem Verein wunderbare Erinnerungen. Schlittschuh fahren auf der vereisten Wiese, die Grillfeste und Johannifeuer, das gemeinschaftliche Aufräumen nach den schweren Hochwassern, das alljährliche Familienschwimmen, das Bocciaspiel der Alten, die Faschingsfeste der Kinder, das regelmäßige Schwimmtraining, das Mitfiebern bei den Wettkämpfen, die Freundschaften, das Verlieben und Verheiraten, und die all die unvergessenen Typen, die diesen Verein geprägt hatten wie der Theo, der ganze Säle unterhalten konnte, der Peter mit dem schicken Bäuchlein, der generös für die Jugend spendierte, der Philo mit den großen Reden und dem großen Durst und all die anderen aus der Generation der Väter und Großväter, meist heftige Trinker vor dem Herrn, Deserteure jeder Sperrstunde, Humoristen und Melancholiker, was sich in ihrem Verständnis nie ausschloss. Sie waren alle mit dem Wahnsinn auf die Welt gekommen, mussten Kinderspiele im Schützengraben spielen und ihre Jugend vor den Bomben retten. Kein Wunder, dass sie feiern wollten, bis die Totengräber kommen. Sie hatten gelitten und wollten versöhnt werden. Mit dem, was sie für das Leben hielten. Und doch mit einem gewissen Vorbehalt. Denn das Misstrauen, das sie früh erlernt hatten, war in einem Leben nicht zu tilgen. Dem Bier und den Freunden hingegen konnte man unbedingt vertrauen.

Dass sein Vater dieses Fest so früh verlassen musste, sitzt Robert immer noch wie ein Dorn im Herzen. Damals trauerten viele. Doch wie schnell gerät alles ins Wanken und Vergessen. Robert wurde jeden Tag an den Verlust erinnert, drei trauernde Frauen bürdeten ihm fortan die Last der Verantwortung für die Familie auf. Ein bisschen früh, wie er fand, hatte er doch kaum Flaum im Gesicht und selbst noch viele Fragen. Wenn ihm alles zu viel wurde, träumte er sich weg in das Land, wo die harten Jungs wohnten und das Bier eiskalt aus der Dose getrunken wurde. Fünf Sixpacks *Molson Ex* und *Labatts Blue* vom Liquor Store in den Wagen, die Ration fürs Wochenende. Wie er es kurz nach dem Tod seines Vaters erlebt hatte. Kanadische Holzfäller und Bergleute wie Roberts Onkel, kräftige Männer, die tranken das wie Wasser.

»Hey Alter, nun blas keine Trübsal, hörst du? Das ist lange her und lässt sich nicht mehr ändern. Du musst damit leben.«

»Tue ich ja.« Robert hebt den Kopf. »Aber manchmal kommt es eben wieder hoch.«

»Verstehe ich gut.«

»Außerdem war ich lange Zeit nicht mehr hier gewesen. Das ist noch mal was Besonderes.« Beide schweigen und schauen den Fußballern zu.

»Und was machst du überhaupt hier?«

»Ah so, habe ich ganz vergessen zu erzählen. Ich bin auf der Suche nach Little. Weißt du, wo er steckt?«

»Nein, keine Ahnung. Aber er soll ab und zu hier auftauchen, habe ich gehört. Ich kriege ja nicht mehr viel mit. Aber wenn ich ihn sehe, sage ich ihm Bescheid, dass er sich bei dir melden soll.«

Robert nickt. »Danke, das ist nett. Wie geht's eigentlich dir?«

»Ich spiele ja schon eine Weile mit Jimi, Janis und den anderen. Das macht Spaß. Nur das Publikum ist jetzt ein anderes.«

»Verstehe. Ich gehe jetzt eine Runde Schwimmen. Muss mich abkühlen. Also, man sieht sich!«

Sie stehen auf und umarmen sich. Dann nimmt Ernst den Gitarrenkoffer, den er neben die Bank gestellt hat, und läuft über die Wiese den kleinen Abhang runter zum Fluss. Schnell ist er verschwunden. Robert sieht ihm noch nach, dann geht er in die Umkleidekabine, zieht sich um und rennt hoch zum Becken.

Das Eintauchen, die ersten Meter, vertrautes Terrain. Nur ein massiger Rentner mit Bademütze schwimmt ein paar Bahnen weiter, prustend wie ein Walross. Robert zieht kräftig durch. Er ist nicht mehr so stark wie früher, aber die alte Geschmeidigkeit ist noch da. Das Wasser ist nicht zu stark gechlort; wenn er die Augen unter Wasser öffnet, sieht er die dunklen Bahnmarkierungen. Das Becken ist über dreißig Meter lang, eine gute Schlagdistanz zum Trainieren. Kein Sprungturm, nur acht Startblöcke. Es ist angenehm, in Ruhe gleichmäßig durchs Wasser gleiten zu können. Kein Element ist ihm so nah, vielleicht hat das mit seinem Sternzeichen zu tun.

Mit zwei kurzen Zügen taucht er auf den Grund des Bassins und streicht mit den Händen über die hellblauen Fliesen. Leider gibt es hier keine Muscheln und keine Korallenbänke, nichts los unter Wasser. Ganz anders als beim Wasserball, das sie als Jugendliche spielten und das über Wasser so fair aussieht. Aber unterhalb der Wahrnehmungsgrenze wurde gestoßen und gekratzt, nicht selten zerriss eine Badehose, und mancher Tritt in die Weichteile eines Abwehrspielers wurde auch noch mit einem Tor belohnt. Robert war das Gedresche meist zu hart, er schluckte literweise Wasser und sah vor lauter Gischt häufig kaum noch Schnauzbart und Kappe seines Gegenspielers. Er geriet leicht in Panik, wenn ihm die Luft unversehens wegblieb, weil sich ein fieser Geselle von hinten an ihn herangetastet und seinen Kopf kurzerhand mit aller Kraft unter Wasser getaucht hatte. Wenn schon irgendwann sterben, dann bitte nicht so. Nicht durch Ersticken. Weder in einer zu engen Röhre noch unter Wasser im Schwimmbecken. Das erschien ihm nicht nur stillos und entwürdigend, in all dieser Hilflosigkeit, er hatte auch fürchterliche Angst vor diesen röchelnden Schmerz, der nur noch ins Leere greift, einen zucken und zappeln lässt, bevor irgendwann auch das aufhört.

Einmal wäre ihm das beinahe passiert. Als er im Indischen Ozean abtauchte. Robert und Little hatten ihre erste Stunde bei Chrissie, der Amerikanerin mit den vielen Sommersprossen, die an der Tauchbasis auf der Insel arbeitete. Zum Glück nicht bei ihrem Partner, dem man ansah, dass täglich mehrere Tonnen Meerwasser auf seinem Kopf lasteten. Chrissie hatte genug Blei mitgenommen, um sie für alle Ewigkeit im Meer zu versenken. Und das tat sie dann auch und zog Robert zu schnell in die Tiefe, so dass ihm beinahe der Schädel geplatzt wäre. Er riss sich los und sauste an die Oberfläche. Später erinnerte er sich daran, dass neben ihm eine Kokosnuss vorbei trieb, in die Little ein nagelgroßes Loch bohrte und einen Strohhalm hineinsteckte.

Während Robert am Grund des Beckens taucht, nur noch ein paar Meter, länger wird seine Luft nicht reichen, ist ihm, als ob plötzlich schräg über ihm ein Schatten durchs Wasser gleitet. Er denkt sich erst nichts dabei, wahrscheinlich ist einfach jemand auf der Nebenbahn unterwegs. Aber irgendetwas lässt ihn doch stutzig werden. Viel kann er nicht erkennen, aber wenn man Hunderte von Kilometern im Training nebeneinander her geschwommen ist, dann entwickelt man ein klares Gefühl für den Nebenmann. Auch ohne Little sehen zu müssen, wusste Robert stets, wer neben ihm schwimmt. Ob da ein spezielles magnetisches Feld oder andere Kräfte wirken, spielt keine Rolle. Jetzt ist sich Robert sicher. Der da oben schwimmt, kann nur Little sein. Mit einem energischen Schub katapultiert sich Robert an die Wasseroberfläche. Mittlerweile hat die Dämmerung eingesetzt; die über den Bäumen am Fluss untergehende Sonne glitzert mit weißen Punkten in ihrem Halbrund und stichelt mit langen Fingern in das leicht bewegte Wasser des Schwimmbeckens, Mückenschwärme tanzen in einer wilden Choreografie über dem Wasser, der alte Mann hat das Becken längst verlassen, ihm ist die Luft ausgegangen. Robert versucht den Schwimmer einzuholen, der ihm einige Längen voraus ist. Mit kräftigen und gleichmäßigen Armzügen krault dieser durchs Wasser. Ein geübter Schwimmer, der hier sein tägliches Pensum verrichtet, so könnte man vermuten. Robert hat Mühe, ihm zu folgen. Er versucht, ihn am Ende der Bahn zu stellen. Aber er ist zu langsam, der Mann beherrscht die Rollwende perfekt, taucht die Wand an, seine fast gestreckten Beine schwingen nach vorne, werden gehockt und stoßen sich in leichter Seitenlage wieder ab. Mit den Händen über dem Kopf gleitet der schlanke Körper wie ein Geschoss an Robert vorbei, der erst jetzt die gekachelte Wand erreicht. Er muss sich kurz festhalten und durchatmen, bevor er die Verfolgung wieder aufnehmen kann. Diesmal wirst du mir nicht entkommen, spricht er grimmig lächelnd zu sich und stößt sich mit aller Kraft ab. Nach ungefähr der Hälfte des Beckens scheint es so, als ob den Mann die Kräfte verlassen würden, er wird deutlich langsamer. Robert holt auf, es sind nur noch wenige Meter, doch dann erhöht der Mann plötzlich das Tempo derart, dass ihm Robert nicht mehr folgen kann. Treibt er ein Spiel mit ihm? Little wäre das zuzutrauen. Wie ein übermütiger Delfin tänzelt der Mann vor ihm durch die kleinen Wellen, neckt und lockt seinen Verfolger, verlangsamt und erhöht das Tempo nach Belieben. Auch wenn er nie mehr als auf ein paar Meter an ihn herankommt, ist sich Robert ziemlich sicher, Little vor sich zu haben. Bislang hat keiner der beiden Männer ein Wort geredet. Keiner will sich eine Blöße geben, keiner will das Spiel vorzeitig unterbrechen oder gar beenden. Noch sind die Rollen klar verteilt, der Unbekannte hat die Regeln festgelegt, ohne dass sie jemals ausgesprochen worden sind. Außer ihnen befindet sich niemand mehr im Becken. Mittlerweile sind die letzten Zuckungen der Abendsonne hinter dem Campingplatz auf der anderen Flussseite in den Baumwipfeln versickert. Die Nacht hüllt die beiden Männer in ihren warmen Kokon, trügerisch friedlich zirpen die Grillen und funkeln die Sterne, als ob die Welt nie Blut und Tränen gesehen hätte. Wenn nach einem Erdbeben die Sonne über den verwüsteten Häusern scheint oder nach einem Wirbelsturm, der innerhalb weniger Sekunden Orte ausradiert, nur noch ein laues Lüftchen weht, schockiert diese scheinbare Unschuld Robert mehr als die eigentliche Katastrophe selbst. Die Natur bleibt immer rätselhaft. Doch von einem Erdbeben sind die beiden Männer weit entfernt, auch wenn Robert zunehmend an der Identität seines Widersachers zu zweifeln beginnt. Allmählich erlahmen die Kräfte der beiden Männer beim Kampf im freien Wasser. Wer wird als erster das Spiel beenden, beenden müssen?

»Little, bist du es?«

Aus dem Dunkel glaubt Robert ein leises Gelächter zu vernehmen.

»Komm, gib auf. Ich habe dich längst erkannt.«

Wieder erntet er nur Gelächter.

»Was soll der Unsinn? Nun komm schon her.« Robert schwimmt ein paar Meter auf den Mann zu, den er nur schemenhaft zu erkennen vermag. Doch der Mann hält den Abstand, Robert kommt ihm nicht näher.

Einige Minuten vergehen, ohne dass etwas passiert. Wie zwei wilde Tiere belauern sich die beiden, als ob sie auf einen Fehler des anderen nur warten würden.

»Okay, auch gut. Wenn du nicht willst, dann beenden wir das jetzt hier, und ich steige aus dem Wasser.«

Robert bewegt sich in Richtung der kleinen Aluminiumleiter und macht Anstalten, das Becken zu verlassen.

Eine dunkle Stimme, nicht allzu laut, brüchig. »Warte.«

Robert lässt den Holm der Leiter los und gleitet zurück ins Wasser.

»Wirst du endlich vernünftig?«

»Bleib, wo du bist.« Robert glaubt, ein leichtes Zittern in der Stimme zu vernehmen. Ob es tatsächlich Little ist, der spricht, kann er immer noch nicht eindeutig sagen. Aber er bleibt beim Gestus der Vertraulichkeit.

»Was ist denn los? Warum kann ich nicht zu dir rüberkommen?«

»Das kann ich dir nicht erklären. Aber es ist besser so. Für uns beide.«

»Aber ich bin doch dein Freund! Was willst du mir denn vorenthalten? Ich bin nicht so leicht zu erschrecken. Sind dir die Haare ausgefallen oder was ist passiert?« Robert bemüht sich um einen heiteren Ton in der Stimme, doch so recht mag es ihm nicht gelingen.

Von der anderen Seite kommt höhnisches Gelächter.

»Du hast keine Ahnung. Also sei lieber still, bevor du weiter Unsinn redest.«

Nun ist sich Robert ziemlich sicher, es mit seinem alten Freund zu tun zu haben. Der raue Tonfall kommt ihm ziemlich vertraut vor.

»Okay, ist schon gut. Ich verspreche dir, ich komme nicht näher. Auch wenn ich es nicht verstehe. Bist du in Ordnung? Geht es dir gut?«

»Du hast vielleicht Nerven. Wir haben uns jahrelang nicht gesehen, und dann tauchst du plötzlich auf und fragst mich, ob es mir gut geht. Was soll ich darauf antworten? Was erwartest du? Alles prima in Lima, Jacke wie Hose, gestern ging's noch, hahaha?«

»Entschuldige bitte, was soll das heißen – tauchst plötzlich auf? Ich habe dich die ganze Zeit gesucht. Aber du warst nirgendwo zu finden. Keiner wusste, wo du steckst. Ich habe überall herumgefragt, niemand hat dich in den letzten Jahren gesehen …«

»So ein Quatsch. Wenn du mich wirklich gesucht hättest, hättest du mich auch gefunden. Ich schwimme hier jeden Tag. Immer um dieselbe Zeit. Du hättest nur hierher kommen müssen. Aber du hattest sicherlich Wichtigeres zu tun.« Schon wieder dieser sarkastische Unterton, denkt Robert.

»Und woher hätte ich das wissen sollen? Gesehen hat dich niemand. Vielleicht trägst du ja eine Tarnkappe.«

»Nette Idee. Hätte ich gerne.«

Kurzes Schweigen auf beiden Seiten.

»Kannst du dir vorstellen, dass man mich nicht sehen wollte?«

»Eigentlich nicht. Warum sollte man dich nicht sehen wollen? Bist du aussätzig? Hast du wieder etwas angestellt?«

»Das musste ja kommen. Immer an den alten Geschichten rühren. Das liegt ja nahe. Einmal kriminell, immer kriminell. Kennen wir schon. Aber vielleicht machst du es dir etwas zu einfach, kann das sein?«

Robert schluckt. So hat er die Frage nicht gemeint. Er kann sich nicht erklären, warum Little so aggressiv reagiert. Aber im Grunde ist er schon immer ziemlich dünnhäutig gewesen.

»Du weißt, dass das nicht stimmt. Ich bin nur ratlos. Ich dachte, es sei dir danach eigentlich ganz gut gegangen.«

»Ganz gut?« Little äfft ihn nach. »Was soll das heißen, ›ganz gut‹? Es war eine einzige Demütigung.«

»Aber du hast doch von vielen Geld bekommen, um es anzulegen, um zu investieren …«

»Ja, Geld haben sie mir schon gegeben. Aber fast immer Schwarzgeld, das ich waschen sollte. Mit möglichst hoher Rendite, versteht sich. Das waren keine normalen Geschäfte. Die alten Freunde haben gedacht, der Little, der war im Knast, der kennt sich jetzt aus, da müssen wir uns die Finger nicht schmutzig machen. Wie Almosen haben sie mir ihr stinkendes Geld gegeben, mit großer Geste: Lieber Little, selbstverständlich helfen wir dir in deiner Not, du krankes Gehirn, du lausiger Dieb, wir bringen dich wieder auf die Beine, du wirst nicht ewig vor uns im Dreck rutschen müssen, nein, das wollen wir nicht, wir sind doch Kumpels auf Lebenszeit, auch wenn wir dich nicht kennen, wenn wir uns auf der Straße treffen, da schauen wir lieber weg, wir wollen das ja nicht so öffentlich machen, nicht wahr, das ist ja in unser aller Interesse, hahaha, und wir haben ja schon bei Herrn Bezold gelernt, du erinnerst dich, Cicero: In der Freundschaft darf nicht wie in anderen Dingen Sättigung eintreten; gerade die ältesten Freundschaften müssen – wie die Weine, die ihr Alter aushalten – auch die angenehmsten sein. Und so wollen wir es doch halten, mein Lieber, nicht wahr? Hier hast du ein paar Kröten, mach uns reich, und beeil dich, denn wir können für nichts garantieren, du weißt, die Wände haben Ohren und unser Gedächtnis Löcher, und sauf nicht so viel, hörst du? Servus und in vier Wochen kriegen wir die Kohle, sonst kriegst du Ärger, alles klar? So lief das ab. Nichts von wegen Hilfe und Vertrauen und auf Augenhöhe, verstehst du?« Little ist laut geworden, die letzten Sätze peitschen wie Granatfeuer durch die Nacht. Robert hört lautes Platschen, als ob jemand mit der flachen Hand wütend auf die Wasseroberfläche eindreschen würde.

»Okay, sorry, das wusste ich nicht. Warum hast du mich nicht gefragt? Ich hätte dir auf jeden Fall geholfen, auch wenn ich nicht viel Geld habe.«

»Du warst aber nicht da. Du bist schon lange nicht mehr da.«

Robert zögert. »Ich habe auch ein schlechtes Gewissen. Trotzdem ist es wahr, ich habe dich überall gesucht. Leider erfolglos. Du stehst in keinem Telefonbuch. Im Netz findet man dich nicht. Deine Eltern leben nicht mehr; wo deine Schwester geblieben ist, habe ich auch nicht herausfinden können. Und ich kann ja nicht ständig hierher fahren und durch die Straßen gehen, in der vagen Hoffnung, dass du mir über den Weg läufst.« Er macht eine Pause.

»Ich hatte wirklich die Befürchtung, dich endgültig verloren zu haben.«

»Seit wann suchst du mich?«

Robert zögert. »Schon lange. Natürlich nicht ständig, ich habe ja auch andere Dinge zu tun. Aber immer mal wieder. In den letzten Wochen verstärkt. In die Stadt zurückzukommen, zumindest für ein paar Tage, das habe ich, neben dem Job, schon in erster Linie wegen dir gemacht.«

»Ging es dir tatsächlich um mich?«

»Wieso fragst du das?«

»Ich habe zu viel in dieser Richtung erlebt. Hast du mich wirklich gesucht oder warst du nur ein bisschen sentimental? Vielleicht wolltest du lediglich wissen, ob dich die alten Freunde nicht vergessen haben. Wie haben wir doch gelernt: Wer auf einen wahren Freund hinsieht, erblickt gleichsam ein besseres Bild seiner selbst …«

Robert muss lachen. »Und ich dachte, du hast im Lateinunterricht nur geschlafen. Darauf kann ich nur sagen: Es erhebt sich an diesem Punkt die reichlich heikle Frage, ob nicht bisweilen neue Freunde, die unserer Freundschaft wert sind, alten vorzuziehen seien, – so wie wir betagten Pferden junge vorzuziehen pflegen. Ein menschenunwürdiges Bedenken!«

»Schon gut, du Streber, ich weiß, dass du schlauer bist als ich. Ich kann mir sowieso nichts mehr merken.«

»Vielleicht hättest du ein paar Biere und ein paar Pillen auslassen sollen.«

»Das geht dich einen Scheißdreck an. Verstanden? Es hat dich bislang nicht interessiert, dann musst du jetzt nicht den Oberlehrer spielen.«

»Ist ja schon gut, reg dich ab.« Robert stößt sich vorsichtig vom Beckenrand ab und versucht, sich unauffällig in die Richtung zu bewegen, aus der Littles Stimme kommt. Ganz langsam arbeitet er mit den Beinen unter Wasser und hält die Arme ruhig, um keinen Wellengang zu verursachen.

»Bleib, wo du bist! Ich bin nicht taub. Und auch nicht so verblödet, dass ich nicht merke, was du vorhast.«

Robert hört sofort auf, sich Little zu nähern, und gleitet möglichst lautlos zum Beckenrand zurück. »Ich habe überhaupt nichts vor.« Er wartet. »Warum darf ich dich bloß nicht sehen? Glaubst du, ich will dir schaden? Wir waren früher so dick miteinander, da war doch alles gut und echt. Warum soll das vorbei sein?«

Erst nach einer Weile antwortet Little. »Ich weiß es nicht. Was ist noch und was ist schon vorbei? Früher war eben früher. Time goes by, heißt es doch, oder? Woher soll ich wissen, woran ich heute bei dir bin? Viele Jahre sind vergangen. Wir haben uns aus den Augen verloren. Sicher kein Zufall. Halten die Nähte noch? Was zählt für uns und was ist nur Heuchelei? Man muss sich nichts vormachen …«

»Warum sollte ich dir etwas vormachen? Was würde es mir bringen? Wir sind doch alle frei …«

Little unterbricht ihn scharf. »Bist du dir da so sicher? Ich weiß nicht, ob wir frei sind. Vielleicht bilden wir uns das nur ein, weil wir daran glauben wollen. An all das, Freiheit, Vertrauen, Freundschaft und so weiter. Ist doch alles nur Kinderkram, völlig unnütz. Ich habe nicht gemerkt, dass mir das jemals weiter geholfen hätte.«

»Aber das stimmt doch nicht. Nur weil es für dich vielleicht in letzter Zeit nicht so gut gelaufen ist, heißt das doch nicht, dass das alles nichts zählt. Denk doch mal an unsere Kindheit, das war doch wunderbar.«

»Ich kann nicht ewig von der Kindheit zehren. Das ist lange her und vorbei. Verstehst du das nicht? Du bist ein romantischer Knochen, warst du schon immer. Und ein Glückspilz. Immer oben auf der Schaumkrone schwimmen. Du hättest wahrscheinlich auch Hornissenzucht und Binnenschifffahrt studieren können und wärst auch damit erfolgreich geworden. Aber das nützt mir nichts. Ich musste nur leider immer mein Maul aufreißen und mich aufregen. Das kommt nicht so geradlinig, da bist du ganz schnell im Asyl. Mein Fehler, weiß ich schon. Aber deshalb musst du hier nicht von Freiheit und Abenteuer faseln.«

Robert hört ein lautes Krächzen, wie wenn alte Türen knarzen. Little hustet anhaltend vor sich hin; er hatte schon immer geunkt, die *Gaulloises* würden seine Sargnägel werden.

»Es gibt keinen Plan B. Zumindest nicht für mich.« Robert schweigt124

.

»Diese Stadt frisst mich auf. Ich kriege hier keine Chance. Das ist wie dieses Spiel, das wir als Kinder immer gespielt haben: Die Reise nach Jerusalem. Kannst du dich noch erinnern? Solange die Musik spielt, rennen alle um ein paar Stühle herum. Dann bricht sie plötzlich ab. Und jeder muss sich blitzschnell einen Stuhl suchen und sich darauf setzen. Der Clou ist, dass es immer einen Stuhl zu wenig gibt. Einer bleibt übrig und scheidet aus. Dieser Idiot bin ich. Und ich bin wirklich ein Idiot, denn sie haben immer wieder so getan, als würden sie auch mir einen Stuhl anbieten, und als ich mich darauf setzen wollte, war doch keiner da. Und was haben wir uns dabei prächtig amüsiert. Das Spiel habe ich zu lange mitgespielt. Jetzt ist Schluss, endgültig Schluss, hörst du?«

Robert vernimmt ein zischendes Geräusch, als ob sich eine Klapperschlange drohend aufrichtet, um in der nächsten Sekunde zuzubeißen.

»Was hast du vor?«

»Das werde ich dir bestimmt nicht erzählen. Ihr werdet das alle schon rechtzeitig erfahren. Keine Sorge. Bald ist Zahltag, finito, Schluss mit lustig, dann kommt der alte Idiot und lädt alle zum Tanzen ein. Und dann wollen wir doch mal sehen, wer noch einen hochkriegt.« Little klingt so, als würde er gerade die Zähne fletschen und die Fäuste in den Himmel recken.

»Little, was soll das werden? Ich sehe es direkt vor mir: Die Heuballen wehen durch die leere Straße, die Tür vom Salon schlägt auf und zu, und der große Little geht raus, um in seinen Stiefeln zu sterben? Das ist doch albern, das bist doch nicht du. Jetzt werde doch mal wieder vernünftig. Wir gehen jetzt raus aus dem Wasser, mir ist arschkalt, und dann setzen wir uns hin, trinken ein Bier und reden miteinander. Es muss doch einen Weg geben. Es gibt doch immer einen Weg, oder?« Während Robert so redet, schwimmt er erneut in Littles Richtung. Der war ja gut zu verstehen gewesen, der kann nur ein paar Meter entfernt stehen und genauso schlottern wie er. Er wird ihn jetzt umarmen und ihn dann mit an den Rand ziehen, damit sie endlich aus dem Wasser rauskommen. Es ist mittlerweile so dunkel, dass er die Entfernungen nicht abschätzen kann. Wo ist denn der Kerl? Ganz vorsichtig, um ihn nicht wieder zu provozieren, sucht Robert die Ecke des Bassins ab, in der sich Little befinden muss. Aber er findet ihn nicht. Immer wieder kreist er um die vermutete Stelle, erhöht allmählich den Radius und ruft schließlich: »Mensch, Little, wo steckst du? Komm, hör auf mit dem Quatsch. Wir gehen jetzt raus. Ich will mit dir in Ruhe reden.« Nichts rührt sich. Das gibt's doch nicht, denkt sich Robert, der muss doch hier irgendwo stecken. Der kann sich ja nicht in Luft aufgelöst haben. »L-I-T-T-L-E!« Kein Laut, nur die Grillen zirpen immer noch, als gelte es, die Symphoniker an die Wand zu spielen.

Robert aber schwimmt ins Leere.

IV.

Der Morgen ist grausam. Robert hatte lange keinen Schlaf gefunden, sich durch eine Wand von Stimmen gewälzt, die ihn angebettelt und den Tod gefürchtet hatten, war immer wieder hoch geschreckt und hatte sich nicht ausgekannt, war wieder in sich zusammengesackt. Sein Gewissen hatte ihn gequält, ihn vor sich her getrieben, mit Bildern, die er nicht gemalt und nicht gesucht hatte. In seinen Träumen reichte ihm eine Wasserleiche, die Little nicht unähnlich sah, grinsend die labbrige Hand, um ihn im selben Moment mit aller Gewalt nach unten zu ziehen. Nur mit Mühe gelang es ihm, sich ihrem Griff zu entwinden. Dann war er aufgewacht, patschnass, als wäre er eben aus der Dusche gekommen. Erst in den frühen Morgenstunden war er allmählich zur Ruhe gekommen. Doch kaum war er in den Tiefschlaf gefallen, hatte sein Handy geklingelt und ihn geweckt. Heute ist der erste Tag an der Universität, um neun Uhr beginnt sein Seminar. Er sortiert seine Knochen und zieht die Nase hoch.

Ungewaschen schlurft er durchs Altersheim, er fällt nicht weiter auf. Auf dem Gehweg stehen schon wieder Mülleimer, blaue diesmal. Sie bilden einen Parcours, durch den er Richtung Hauptstraße torkelt. Dann schräg rüber durch die Warteschlange der Werktätigen, die in ihren funkelnden Statussymbolen mit kompakter Lautsprecherunterstützung und offenen Fenstern den Tag begrüßen. Das ist euer Montag, denkt sich Robert, nicht meiner. An der Bushaltestelle stehen Dreizehnjährige auf hohen Hacken und ziehen sich die Lidschatten nach, während halbstarke Toreros mit dreifach entspiegelten Brillen die Sonnenstrahlen bekämpfen und gelangweilt Zigarettenstummel durch die Gegend schnipsen. Bei euch sind doch nicht nur die Hosen tiefer gelegt, lästert Robert und hasst sich im gleichen Moment für diese einfältige Bemerkung. Er schnappt sich die Zeitung, schaut in die Runde nach vertrauten Gesichtern und will gerade den Rückzug antreten, als ihm einer der Kaffeetrinker zuwinkt.

»Was sehen meine geschwollen Augen? Herr Doktor Tehling. Welch Glanz in unserer kleinen Stadt.«

»Rudi Schmalenberg, ach nein. Es hätte so ein guter Morgen werden können ...« Robert geht auf den rundlichen Mann mit der Glatze zu und umarmt ihn. »Na, altes Haus, immer noch die dicke Lippe? Wie viele Frauen hast du heute schon unglücklich gemacht?«

»Ich sag es dir lieber nicht, sonst kriegst du noch Komplexe.« Schmalenberg rückt am Stehtisch zur Seite und macht eine einladende Geste. »Darf ich Herrn Doktor auf einen Kaffee einladen? Es wäre mir eine Ehre.«

»Jetzt hör auf, du Kasperl. Aber einen Kaffee trinke ich mit, vorausgesetzt, der ist überhaupt genießbar.«

»Hier gibt es den besten Cappuccino in town, mein Lieber! Und wenn er dir nicht schmecken sollte, was im Grunde ausgeschlossen ist, dann hetzt dir Francesco seinen Clan auf den Hals.« Schmalenberg geht in den Rundbau und kehrt kurz darauf mit zwei Kaffeetassen zurück.

»Nun erzähl mal. Was treibt dich in die alte Heimat? Du bist ja nicht zum Kaffeetrinken und Zeitungslesen herkommen, oder?«

»Ich bewundere deinen Scharfsinn, lieber Rudi. Ich gebe einen Literaturkurs an der Uni.« Robert hebt die Tasse, trinkt einen langen Schluck – »Hm, wirklich gut« -, setzt ab und schaut Schmalenberg nachdenklich an. Er kennt ihn noch aus der Schulzeit, zeitweise war er sein Banknachbar, sozusagen Littles Nachfolger. »Und du, spitzt du immer noch Bleistifte und verschandelst die Welt mit deinen Häusern?«

»Du hast dich versprochen, verschönern wollst du eben sagen, nicht wahr? Schau dir die Stadt an, immer noch charmant und anmutig, was willst du mehr?«

»Da braucht es schon noch ein paar mehr Architekten wie dich, bis hier das Licht ausgeht. Aber du bist ja fleißig, vielleicht schaffst du es noch zu Lebzeiten.« Nach einer kurzen Pause: »Sag mal, du hast doch überall deine Finger drin und die Ohren offen – weißt du was über Little?«

Schmalenbergs freundliches Gesicht verfinstert sich für einen Augenblick. »Wieso fragst du?«

»Ich suche ihn. Aber ich kann ihn nirgends finden. Er ist spurlos verschwunden. Keiner weiß was. Es ist äußerst merkwürdig.«

»Vielleicht ist er verreist. Oder weggezogen. Du kennst ihn ja, er ging schon immer seine eigenen Wege.« Schmalenberg sagt das so, als würde er es noch nachträglich missbilligen.

»Aber selbst wenn dem so wäre, müssten doch ein paar Leute davon wissen. Schließlich ist er in der Stadt ja nicht ganz unbekannt.«

Schmalenberg lacht kurz auf. »Das kann man so sagen. Es gibt ja kaum einen, den er nicht um Geld angepumpt hat.«

»Ich weiß, Little war immer knapp. Aber er wird's doch zurückgezahlt haben, oder nicht?«

»Mir jedenfalls nicht.«

»Gar nichts?« Schmalenberg schüttelt den Kopf. »Aber was hat er denn damit gemacht?«

»Anlegen wollte er es. Irgendwelche Immobilien- und Rentenfonds. Mit angeblich todsicherer Rendite. Hat er wenigstens gesagt. Aber ich glaube, er hat mit Aktien und Währungen spekuliert. Und das ist ja bekanntlich auf breiter Front schiefgegangen.« Schmalenberg hebt die Arme, tritt einen Schritt vom Stehtisch zurück. Er wirkt zunehmend nervöser, gestikuliert. »Er hat wahrscheinlich den Hals nicht voll kriegen können und hat nicht rechtzeitig die Reißleine gezogen. Tja, und dann war alles futsch.«

Robert zögert. »Mir hat er mal erzählt, seine Geldgeber wären so gierig gewesen und hätten ihn angetrieben. Schwarzgeld sei im Spiel gewesen und so. Stimmt das?«

»So ein Scheiß. Bei mir wäre fast die Firma hopps gegangen. Um ein Haar hätte ich alle Mitarbeiter entlassen und den Laden verkaufen müssen. Wenn wir nicht durch Zufall einen Großauftrag an Land gezogen hätten, der uns wieder einigermaßen saniert hat, wären wir erledigt gewesen. Glaubst du wirklich, ich hätte das wegen ein paar Kröten mehr riskiert?« Schmalenbergs Stimme zittert vor Aufregung. »Und das alles wegen Herrn Müller, der einen Dreck darauf gegeben hat, was seine Zockerei für Folgen für die anderen hat. Abgetaucht ist er damals, der Lump, auf seine Insel ist er gefahren, um sich zu entspannen. Er musste sich erstmal von dem Schreck erholen.« Bitterer Hohn trieft förmlich aus seinen Worten. »Und wir mussten die Arschbacken zusammenkneifen und schwitzen, während der feine Herr entspannt am Meer saß. Hör mir bloß auf!«

Schmalenberg ist laut geworden. An den anderen Tischen nimmt man davon kaum Notiz. Offenbar ist man seine Temperamentsausbrüche gewohnt. Robert legt ihm begütigend die Hand auf den Arm, geht an die Theke und kehrt mit zwei frischen Tassen zurück.

»Hier, zur Beruhigung. Es regt dich immer noch ziemlich auf, stimmt's?.«

Schmalenberg nickt. »Du musst das verstehen. Es war keine ganz kleine Summe. Und ich trage die Verantwortung für die Firma, für meine Mitarbeiter. Wenn dann so etwas passiert, wird man dünnhäutig. Ich fühlte mich einfach verraten. Und das noch von jemandem, dem man vertraut hat. Mit dem man seit vielen Jahren befreundet war. Dazu kam ...« Er unterbricht, zögert.

»Was kam dazu?«

»Ach, es gab halt Gerüchte. Ich war ja nicht der Einzige, der ihm Geld gegeben hatte. Auch die Sybille, die Mona, alle seine Ex-Frauen. Aber auch der Öli und der Helmut. Da kam schon eine ziemliche Summe zusammen. Und irgendwann hieß es, dass Little das Geld gar nicht verspekuliert hat, sondern für sich auf die Seite gebracht hat.«

»Das ist ja ein Ding. Konntet ihr ihm das beweisen? Was hat er dazu gesagt?«

»Er hat natürlich alles abgestritten. Hat uns irgendwelche Belege unter die Nase gehalten, aus denen hervorgehen sollte, wo er welche Summen investiert hatte.« Schmalenberg winkt ab. »Ich verstehe von dem ganzen Kram sowieso nichts. Er hätte mir sonst was zeigen können, eine Heizölrechnung aus Timbuktu, ich hätte es ihm auch geglaubt. Und ich vermute, dass es den anderen nicht viel anders ging.«

»Das ist komisch. Ich kenne Little ja schon seit ewigen Zeiten. Aus Geld hat er sich eigentlich nie viel gemacht. Deshalb kann ich es mir kaum vorstellen, dass er euer Geld für sich abgezweigt hat. Das passt so gar nicht zu ihm. Er hat ja auch keine besonderen Bedürfnisse, für sich hat er nie viel gebraucht.« Robert zuckt mit den Achseln. »Aber was weiß man schon.«

»Es war ja auch nur ein Gerücht. Keine Ahnung, wer es in die Welt gesetzt hat. Irgendwann haben alle die Kohle abgeschrieben und sich geschworen, keine Geldgeschäfte mehr mit Little zu machen. Das war's dann aber auch schon. Es wollte ihn ja deswegen keiner anzeigen oder vor Gericht zerren. Das war es nicht wert.«

»Verstehe. Du hattest danach wahrscheinlich keinen Kontakt mehr zu ihm?«

Schmalenberg schüttelt den Kopf. »Kann sein, dass ich ihn danach noch irgendwo in der Stadt gesehen habe. Aber frag mich nicht wann und wo. Ich hab ein ganz schlechtes Gedächtnis, darauf kann man sich nicht verlassen.«

»Manchmal ist es ja ganz hilfreich, wenn man sich nicht mehr an alles erinnern kann. Verdrängen und Vergessen hat ja durchaus positive Effekte. Wenn man den ganzen Mist, den man erlebt hat, ständig präsent hätte, das wäre ja nicht auszuhalten.«

»So sehe ich das auch. Auch wenn mir manchmal noch der Hut hoch geht, aber das ist halt so. Gut, mein Lieber, die Arbeit ruft. Ich muss weiter. Stay tuned!« Schmalenberg schnappt sich ein schwarzes Damenfahrrad und verschwindet fix hinter der nächsten Ecke.

Auf den Balkon setzt sich Robert nur, weil er durch eine große, grün-weiß gestreifte Markise weitgehend von möglichen Blicken Neugieriger geschützt wird. Wasser und trockenes Brot mit etwas Honig, mehr kriegt er jetzt sowieso nicht runter. Die Zeitung liest er wie immer von hinten nach vorne, vom Lokalen in die große Welt hinein. Und die ist voller Sensationen: Maria Kohnle aus Unterschneidheim im Ostalbkreis durchschritt um 13.24 Uhr das Drehkreuz der Bundesgartenschau und bekam dafür einen Blumenstrauß und einen Fresskorb (ob es dieses prachtvolle Wort auch in anderen Sprachen gibt, dachte sich Robert), vom Sportplatz in Zettmannsdorf werden acht Tore gemeldet, bei *Honer* läuft der Ausverkauf, und die Kripo fasst zwei junge Männer, die bei einer alten Frau angerufen haben, sich als Sohn und Rechtsanwalt ausgaben und mit einer abstrusen Geschichte, angeblich hätte der Sohn ein Mädchen die Treppe hinuntergeschubst und müsste jetzt zehntausend Euro für deren Operation bezahlen, Geld forderten. Da die Frau bislang nie ein Kind geboren hatte, kam man den Ganoven schnell auf die Spur. Am spektakulärsten erscheint Robert aber der Fall eines siebzehnjährigen Altenpflegers, der verdächtigt wird, »mit dem Tod einer Heimbewohnerin in Zusammenhang zu stehen«. Die alte und kranke Frau war morgens tot in ihrem Zimmer in einem Altenheim in Scheßlitz aufgefunden worden. In der Zeitung heißt es, »im Rahmen der durchgeführten Vernehmungen räumte er ein, den Tod der Frau herbeigeführt zu haben. Er beruft sich hierbei darauf, der Frau auf ihren nachhaltigen und mehrfach geäußerten Wunsch hin Sterbehilfe geleistet zu haben. Am sechsten Juli hat das Landgericht gegen ihn wegen des dringenden Verdachts der Tötung auf Verlangen einen Unterbringungsbefehl erlassen. Seitdem befindet sich der Siebzehnjährige in einer bayerischen geschlossenen Jugendhilfeeinrichtung. Die Kriminalpolizei ermittelt in enger Zusammenarbeit mit der Staatsanwaltschaft die Einzelheiten der Tat und deren Hintergründe. Hierbei ist es für die Staatsanwaltschaft nach wie vor offen, ob nicht über die vom Beschuldigten eingeräumte Sterbehilfe hinaus doch ein gezieltes Tötungsdelikt vorliegt. Deshalb sind noch sehr umfangreiche und zeitintensive Ermittlungen durchzuführen. Um diese Ermittlungen nicht zu gefährden, so kündigt die Staatsanwaltschaft an, wird sie derzeit keine weiteren Auskünfte erteilen.« Robert geht online, sucht den Artikel. Bereits jetzt am Morgen stehen zwölf Kommentare im Netz, Sterbehilfe pro und contra, die ersten beschimpfen sich schon. So kann der Tag beginnen.

Jetzt aber hurtig. Robert zögert kurz an der Garderobe, Sakko oder nicht, entscheidet sich dagegen, rast los. Am Busbahnhof Schulschwänzer und Rentner, auf dem Weg zur Universität sind nur wenige Leute unterwegs. Die meisten sind schon im Büro, und die anderen drehen sich gerade nochmals auf die andere Seite. Robert geht zum Schwarzen Brett des Lehrstuhls, das hatte er am Freitag vergessen. Seine Veranstaltung ist, zu seinem großen Erstaunen, als Proseminar angekündigt:

»Dr. Robert Tehling
Formen der Literaturvermittlung (Proseminar)
Mo – Fr 9 s.t. – 10:30 Uhr
Der Literaturbetrieb verändert sich rasant. Ökonomische Zwänge im Markt, die gewachsene Bedeutung der Medien und eine gewandelte Erwartungshaltung beim Lesepublikum haben die Wahrnehmungsformen für Literatur in neue Zusammenhänge gestellt. Die klassischen Vermittlungsformen wie Buchrezension und Autorenlesung werden zunehmend abgelöst und durch andere Wege der Kommunikation zwischen Autor und Leser ersetzt. Das Seminar analysiert diese veränderte Situation in den Bereichen Literaturkritik, Literaturveranstaltung und Literaturausstellung und gibt praktische Hinweise für die entsprechenden Berufsfelder.

Anmeldung unter mail@robert-tehling.de oder in der ersten Stunde«.

Das ändert alles. Proseminar bedeutet auch Seminararbeiten verteilen, korrigieren, Scheine vergeben. Ein zusätzlicher Aufwand, den Robert nicht betreiben wollte. Schließlich hat er hier auch noch andere Dinge zu erledigen. Er ruft sofort Professor Horstmann an, erreicht ihn nicht, schreibt ihm eine SMS. Horstmann antwortet umgehend:

»Lieber Herr Tehling, ich weiß auch nicht, wie es zu der Einstufung ›Proseminar‹ gekommen ist. Die Veranstaltung steht jedenfalls unter den alten, auslaufenden Studiengängen, so dass es nur wenige Teilnehmer geben dürfte, die einen Schein benötigen. Der Scheinerwerb erfolgt ganz klassisch durch eine schriftliche Hausarbeit (Umfang zwölf bis fünfzehn Seiten), die Sie durchsehen müssten. Die Entscheidung liegt bei Ihnen, ich würde selbstverständlich bei eventuellen Problemen helfen. Wollten wir nicht auch Ihre Kleist-Präsentation in mein Hauptseminar implantieren? Ich habe das so in Erinnerung, weiß aber nicht mehr, ob wir schon einen konkreten Termin ins Auge gefasst hatten. Die letzte Zeit war sehr turbulent, ich hatte die schöne, aber auch strapaziöse Aufgabe, eine Platen-Tagung in der Villa Vigoni am Comer See durchzuführen. Ihr Buch hat mich inzwischen erreicht, ein schönes, amüsantes und rundum gelungenes Bändchen. Es würde mich freuen, wenn wir uns bei Gelegenheit treffen könnten. Ich grüble gerade über einem Projekt, das Sie interessieren könnte … Einstweilen ganz herzliche Grüße, Ihr Horst A. Horstmann.«

Bändchen? Ist seine dreihundertseitige monographische Studie über Kleist ein Bändchen? Robert schüttelt den Kopf. Drei Jahre hat er an dem Thema gearbeitet, im Grunde konnte er sich diese Aufgabe gar nicht leisten, ohne Stipendium und bei dem geringen Vorschuss des Verlages, dazu noch der Termindruck wegen des bevorstehenden Kleist-Jahres, unzählige Stunden Nachtschicht, aber es ist eine Herzensangelegenheit, er hatte immer davon geträumt, schon als Student, einmal einen fundamentalen Beitrag zur Kleist-Forschung liefern zu können. Er hatte auf die Zähne gebissen, auch wenn Emma und die Kinder protestiert hatten, er war dran geblieben, bis zu den Endkorrekturen, war fertig geworden, und war dann, als er abgegeben hatte und fast ein halbes Jahres auf das Erscheinen warten musste, in ein tiefes Seelenloch gefallen, in eine seltsame

Leere, antriebslos und unleidig war er geworden, und es hatte einiger Wochen bedurft, bis ihm Emma eines Abends, seiner schlechten Laune überdrüssig, ordentlich den Kopf gewaschen hatte. Er sah alles ein, versprach Besserung. Doch erst als ein paar Tage später ein Brief des Lektors eintraf, dem ein Gutachten von Professor Horst A. Horstmann, dem renommierten Kleist-Forscher, beilag, und beide mit wohltönenden Worten ihre Anerkennung für seine Arbeit zum Ausdruck brachten, beruhigte sich allmählich sein Gemütszustand. So war er an Professor Horstmann geraten, der ihm zwar weder eine Stelle noch ein lukratives Forschungsprojekt anbieten konnte, ihn aber für eine Woche an die Universität einlud, um mit seinen Erfahrungen aus dem Leben eines freien Publizisten und Wissenschaftlers die Studenten ihrer letzten Illusionen über ihre Berufsaussichten zu berauben. Robert zögerte damals, hatte er doch die Alma Mater als Hort der Unfreiheit erlebt. Unzucht mit Abhängigen, lautet sein harsches Urteil, wenn er gefragt wird, warum er nach der Promotion nie versucht habe, die akademische Laufbahn einzuschlagen. Er hat die Grabenkämpfe zwischen den Lehrstühlen miterlebt, die auf den Rücken der Doktoranden und Habilitanden ausgetragen werden, ohne dass irgendeine neutrale Institution diese grotesk anmutenden Geplänkel beendet. Nicht wenige seiner Kommilitonen hopsen seit Jahren eifrig von Vertretung zu Vertretung, bekommen aber nie eine Berufung und ertränken nun ihren Frust, im Schlick professoraler Ambitionen steckengeblieben zu sein, an den Holztischen im *Atzinger* und im *Schelling-Salon*. Robert sieht sie zuweilen, graubärtig, mit flackernden Blick, leicht verranzt und immer allein, auf dem Fahrrad in Schwabing oder in einem der letzten Antiquariate der Stadt, ewige Assistenten der Lehre, hilflos flatternde Vögel, denen über die Jahre die Kraft zum Abheben ausgesaugt wurde. Diesen Weg hat er nie gehen wollen. Und so hangelt er sich von Monat zu Monat, viele Jahre schon, ein kleiner Desperado, ein Prinz der Sackgassen, wie Emma manchmal spöttelt. Mit ihrem Job in der Gemeindebibliothek sichert sie das Auskommen der Familie, da bleibt ihm nur, den Kopf einzuziehen und mit den Kindern zu spielen.

Doch nun erst mal das Proseminar. Vielleicht behält Horstmann Recht und es will sowieso niemand eine Prüfung ablegen. Dann doch die Version »Mobiles Arbeitsamt« mit täglicher Sprechstunde zu den Fragen des Alltags. Aus dem Leben eines milde verzweifelten Praktikers oder so ähnlich.

Im Raum B 202 sitzen fünf Studenten weniger, als sich angemeldet haben. Aber immerhin drei bärtige Wesen. Das war nicht unbedingt zu erwarten gewesen, Männer sind in diesem Studienfach Mangelware. Robert hatte vorab schon Mails bekommen, in denen er gefragt wurde, was für einen Scheinerwerb zu leisten sei, da man im UniVis nichts über die Anforderungen finde. Der Student von heute, das ist Robert schnell klar geworden, plant höchst ökonomisch und zielorientiert. Erledigt wird, was konkret für Prüfungen anfällt. Was darüber hinaus geht und nicht im Lehrplan steht, interessiert offenbar kaum. Denn dann beginnt die Freizeit, der höchsten Stellenwert eingeräumt wird.

Zur ersten Stunde soll eine Rezension mitgebracht werden. Katherina Bauer mit dem blonden Haar und dem moosgrünen Pullover meldet sich: »Es hat lange gedauert, bis ich eine Rezension gefunden habe, die annähernd den Anforderungen entspricht. Allerdings muss ich zugeben, dass ich nicht genau wusste, woher ich eine Rezension bekommen sollte, daher habe ich in der *Süddeutschen Zeitung* nach einer Passenden gesucht und bin auf eine Rezension zu *Politik der Paranoia* von Robert Misik gestoßen. Ich hoffe, das Buch ist passend für unseren Zweck. Ich kenne weder Buch noch Autor, da mein Auswahlkriterium lediglich die Zeichenanzahl war.«

Robert schaut zur Decke. »Da haben Sie offenbar etwas missverstanden. S i e sollten eine Rezension schreiben, nicht eine besorgen.«

Frau Bauer hatte sich als Studentin im sechsten Semester des Studiums für das Gymnasiallehramt der Fächer Deutsch und Geschichte vorgestellt. Ihre Schwerpunktthemen des Fachs Geschichte bilden das Mittelalter und die Neueste Geschichte. Für das Fach Deutsch Linguistik. Ihr Berufswunsch ist es, wie sie schreibt, eine gute Lehrerin zu werden, die ihren Schülern beide Fächer mit Freude vermitteln kann.

»Kein Problem, Frau Bauer. Schreiben Sie doch, wenn es Ihnen möglich ist, bis morgen eine kleine Rezension und reichen Sie sie nach.«

Alexandra Hartung hat über *Das Buch Dahlia* von Elisa Albert geschrieben, und der nette Austauschstudent aus Madagaskar begeistert sich für Volker Borbeins und Marie-Claire Lohéac-Wieders Lernkrimi *Der Mond war Zeuge*. Die anderen haben vergessen, etwas mitzubringen. Oder ihre Kinder waren krank, Gott sei Dank keine Schweinegrippe, oder sie mussten Nachhilfeunterricht geben oder die Katze zum Tierarzt bringen. Robert hält einen Vortrag mit dem Titel »Das Luder Literaturkritik. Anmerkungen zu einem Bedeutungswandel«, bei dem keiner mitschreibt. Hinterher fragen alle, ob er den Vortrag nicht online stellen könnte. Kann er, will er aber nicht, und erklärt dies mit einem weiteren Vortrag über den Wert des Urheberrechts, über den Schutz eigener Leistungen und den Sinn eines Studiums im Allgemeinen. Dafür erntet er kein Verständnis. Wahrscheinlich hat er, das bildet er sich zumindest ein, soeben die Zahl der Teilnehmer an seinem Seminar erfolgreich halbiert.

Nach dem Seminar fährt Robert zum Friedhof. Viel zu selten kann er hier sein. Er mag Friedhöfe, vor allem wenn sie schön eingewachsen sind. Auf dem Nordfriedhof in Schwabing hat er in seiner Studienzeit viele Stunden verbracht. Zum Spazierengehen ist die Anlage zu klein, aber sich auf eine Bank in den Schatten setzen, lesen und nachdenken, das ist eine feine Sache. Manchmal redet er auch mit den Toten, die sich freuen, wenn sie Gesellschaft haben. Am Grab seiner Eltern, auf dem der Stein von einem Kirschbaum überdacht wird, steht keine Bank. Trotzdem bleibt er lange, betrachtet sorgfältig die grünen Hartlaubgewächse, die roten und weißen Blumentupfer und die Grablaterne mit dem kleinen Licht, das er auswechselt und neu anzündet. Vorne am Stein steht nur der Familienname, die Namen der Verstorbenen und ihre Lebensdaten sind auf der Rückseite eingraviert. Das Grab wirkt schlicht und doch gepflegt; die

Gärtnerei, die Robert beauftragt hat, macht ihre Sache augenscheinlich sehr ordentlich. Was soll er seinen Leuten heute erzählen? Dass sie ihm fehlen? Dass die Welt nicht besser geworden ist? Das wissen sie schon. Gleichgültig wäre es ihnen bestimmt nicht, auch wenn sie ihre Enkel nicht mehr erleben durften.

Wenn sich Robert umsieht, vom Eck, an dem er steht, den Blick die Reihe der Gräber entlang schweifen lässt, bemerkt er, dass auch hier, wo alles endgültig zu sein scheint, die Dinge in Bewegung sind. Drei Grabstellen weiter ist ein Erdhügel aufgeworfen, der Grabstein entfernt und ein Holzkreuz provisorisch neben eine Vielzahl von Blumengebinden und Kränzen gesetzt worden. Aha, denkt Robert, ein Neuzugang. Er schaut nicht nach, um wen es sich handelt. Seit im Grab gegenüber erst ein junges Mädchen und ein Jahr später offenbar auch ihr Freund beerdigt wurden, will er es nicht mehr so genau wissen. Zur letzten Ruhe betten, seinen Frieden finden, aus dem Leben gerissen, Abschied nehmen. Was verrät das schon? Da steht ein marmorner Fußball auf einem Sockel für den alten Kameraden, ein weißer Engel faltet die Hände auf einem Kindergrab, hier liegt eine »Theaterdirektorsgattin« begraben und dort ein Mann mit vier Professorentiteln. Daneben eine schwere, alles bedeckende Marmorplatte mit einem scheußlichen Geranientopf, dann eine Grabstätte, auf der das Unkraut wuchert und das Kreuz umgefallen ist. Die Friedhofsverwaltung bittet um sofortige Rückmeldung, die Mietzeit ist bereits deutlich überschritten. Robert hebt das Laub auf, das auf der gekiesten Umrandung liegt und zupft ein paar Büschel Löwenzahn aus. Hinter dem Grab steht wie immer die grüne Plastikkanne, er geht zum Steinbrunnen und gießt, da es schon ein paar Tage nicht mehr geregnet hat, die Blumen.

Er betet fast nie am Grab seiner Familie, erzählt lieber, was sie interessieren könnte. »Erinnert ihr euch noch an Little? Den Jungen aus der Nachbarschaft, der immer zu uns kam und um Essen bettelte? Sicher erinnert ihr euch, vor allem du, Mama. Ich habe so Hunger, Frau Tehling, könnte ich nicht ein Butterbrot bekommen, bitte? Du hast gelacht und ihm immer etwas gegeben. Er gehörte schon fast zur Familie, er hat sich richtig auf uns verlassen. Wir sind dann auch immer gemeinsam zur Schule gelaufen. Manchmal machtest du so Andeutungen, als ob er nicht der ›richtige Umgang‹ für mich sei, wegen all der Dummheiten, zu denen er mich angeblich angestiftet habe. Aber ich habe das nicht ernst genommen, dazu mochte ich ihn zu sehr. Außerdem, das kann ich dir ja jetzt sagen, war ich nicht so unschuldig, wie du vermutet hast. Nicht selten hatte sogar ich die besseren Einfälle, was wir anstellen könnten. Ich denke nur an die Zwisteln, die wir uns gebastelt hatten. Da klirrten schon manchmal die Fensterscheiben der Häuser, an denen wir auf dem Heimweg vorbei gingen. Naja, ist lange her. Er ist mir über die Jahre abhanden gekommen, und jetzt suche ich ihn in der Stadt. Bislang leider vergebens. Wisst ihr, wo er stecken könnte? Ich hoffe, nicht hier in der Nähe.«

Robert wartet nicht auf Antwort. Wie immer geht er nicht direkt zum Ausgang, sondern macht den kleinen Schlenker in die Abteilung des Friedhofs, die neben der Aussegnungshalle liegt.

Vor mehr als dreißig Jahren standen sie alle hier und hatten Helme in der Hand. Walter hatte seine 650er Yamaha um den einzigen Baum in einer lang gezogenen Kurve gewickelt. Er war der erste aus der Clique, den es erwischt hatte. Robert, Little und ihre Freunde hatten gerade ihre Mopeds gegen Norton Commander, MV Augusta und ähnliche Kaliber eingetauscht, trugen nun Lederjacken, verehrten Steve McQueen in *The Great Escape* und prügelten sich mit den Kuttenträgern der Arrows und Dragons aus den Vororten. Little hatte sich eine Triumph TT 650 Special zugelegt, wie sie McQueen im Film fährt und war dafür extra mit seinem Freund Walter nach England getrampt. Er hatte über dunkle Kanäle von einer Maschine, Baujahr 1967, erfahren, die in einem Schuppen bei Bournemouth vor sich hin gammelte. Little fand sie, brachte sie mit Walters Hilfe zum Laufen und voller Stolz nach Deutschland.

Inga Rumpf schrie Robert ins Ohr: *Das einzig Starke an Dir ist Deine Moto Guzzi / Aber sonst bist Du ja so ein Fuzzi.* Trotzdem musste die grün-metallene Maschine genau an seinem achtzehnten Geburtstag gekauft werden, die einzige Guzzi weit und breit, eine Augenweide und ein Albtraum für seine Mutter. Stummellenker, Speed 7-Verkleidung, goldene Streifen am Tank, ein Traum. Nicht so ein japanischer Jogurtbecher oder ein bayerischer BMW-Duttlbär mit Hängetitten, wie ihn die Spießer fuhren.

Die Begegnung mit einer ganzen Rockerhorde auf einer abgelegenen Landstraße, bei der jede Maschine einen Herzschlag lang neben ihm fuhr, würde Robert wohl ebenso wenig vergessen wie die Klassenfete, als sein Vater, der netterweise die Aufsicht übernommen hatte, mehrere dieser rüden Gesellen mit Mühe daran hindern konnte, den Partyraum der Pfarrei in der *Funzel* auseinanderzunehmen.

Sie hatten keine »Bräute« oder »Torten« wie die Rocker auf St. Pauli, aber wenn seine süße Freundin mit ihrem kleinen Schulranzen hinten aufstieg und sie dann mit lautem Geknatter und wehenden Haaren losfuhren, genoss er die Blicke. Sie waren nur Abiturienten mit sozialromantischen Gefühlen, aber es gab dieses unbestimmte Empfinden eines Andersseins, diesen Gestus der Revolte, mehr aber auch nicht. Dem Taugenichts mit seiner Geige, der sich in die schöne Aurélie verliebt hatte, fühlte sich Robert näher als dem Rebellen, der mit seiner Gang eine Kleinstadt tyrannisierte.

Black Rebels Motorcycle Club, das war eher Littles Welt. Wie Marlon Brando mit Schildmütze und der schwarzen Lederjacke mit dem Totenkopf-Zeichen. Sie waren zwar kein Club und trugen keine Farben, aber Little faszinierte immer wieder der Anblick einer Rockerclique. Wenn in Lembkes Film der Tross die Straße hochfährt, schauen die Kerle abscheulich aus. Auf diese alten Öfen hätten sich Robert und Little nicht setzen wollen, und trotzdem hatte diese Szene etwas von einer kruden Herzlichkeit. Robert hat den Film erst kürzlich wieder gesehen. Als die Szene kommt, in der ein Trucker ein Motorrad absichtlich zu Schrott fährt, erinnert er sich, wie Little damals im Kino aufgesprungen war und dem Kerl am liebsten an die Gurgel gegangen wäre. Und natürlich hatte es ihm imponiert, wenn Gerd mit seinen Kumpanen die Zuhälter aufmischt, die den großen

Bruder seines kleinen Freundes auf dem Gewissen haben. Das Bild saß und wirkte intuitiv, erst der Kopf sortierte die Bedeutungen.

Look out the saints are comin' through / And it's all over now, Baby Blue. Den Song sollen sie auch mal auf meiner Beerdigung spielen, sagte Little. Als sie damals an Walters Grab standen, hatten die Eltern ihren Anblick in der Motorradkluft nicht lange ertragen und sie gebeten zu gehen. Sie hatten es verstanden und schweigend den Friedhof verlassen. Niemand wollte jetzt alleine sein. So fuhren sie mit den Maschinen an den Fluss, machten ein Feuer und rauchten und tranken und hörten Musik. Geredet wurde nur das Nötigste, die Worte wären an ihrer Trauer zerschellt. Roberts Freundin hatte ihre Jacke ausgezogen und trug darunter ihre blaue Indienweste mit den goldgewirkten Stickereien und der Bordüre, die er so liebte. Mit ihren braunen Haaren und den langen Beinen, die in engen Jeans und schwarzen Cowboyboots steckten, erwärmte sie immer sein Herz. Doch an diesem Tag war alles anders.

Seit diesem Tag war alles anders. Sie hatten einen Freund verloren, dessen breites Grinsen jedem im Gedächtnis bleiben wird. Der die besten Papierflieger baute und ein Bier auf einen Zug leeren konnte. Der immer half, wenn einem die Karre verreckte. Der so lange und unerbittlich schraubte, bis er den Motor wieder zum Leben erweckt hatte, und den es nicht störte, wenn er dabei ölverschmierte Hände davontrug. Dieser eine war nicht mehr, nur weil Sand auf der Straße lag und weil genau da, wo es ihn auf das Feld hinaustrug, dieser Baum im Weg stand. Weit und breit nichts, nur Acker und freie Fläche. Wenn er dort gelandet wäre, hätte es ihn wahrscheinlich böse zerlegt, aber niemals wären die Rippen in seine Lunge gestoßen wie scharfe Klingen in Pergamentpapier, wie es war, als er frontal auf diesen verdammten Baum gekracht war. Little schrie: »Welcher Idiot ist nur auf die Idee gekommen, genau an dieser Stelle einen Baum zu pflanzen? Der steht doch völlig nutzlos in der Gegend herum, ohne Sinn und Verstand!« Als ob er vergessen worden wäre. Es war auch völlig nebensächlich, ob es sich um eine Birke oder Eiche oder eine Buche gehandelt hatte, es war einfach ein großes Stück Holz gewesen, hart und unnachgiebig. Dass nach dem Unfall durch die Wucht des Aufpralls auch der Baum zerfetzt worden war, mitten im Stamm geknickt und alle Äste wie lahme Flügel hängen lassend, tröstete niemanden. Der Baum war jetzt ein Todespfahl, aus der Ferne sah er wie ein kaputtes Kreuz aus, dem man die seitlichen Balken abgeschlagen hatte. Er stand nicht lange so, ein paar Tage nach dem Unfall sägte ihn eine barmherzige Seele entzwei, damit er die eigene Schande nicht länger ertragen musste. Soweit Robert wusste, hatte Little seine Maschine trotzdem nie verkauft. Sie verlebten den restlichen Sommer beim Baden und auf den Bierkellern, und im Herbst wurden sie von zwei Polizisten mit Maschinenpistolen im Anschlag auf dem Berliner Ring gestoppt, nur weil Roberts R4 einen »Atomkraft – nein danke!«-Aufkleber trug.

Nachdem er den Friedhof verlassen und im Altenheim eine längere Siesta gehalten hat, läuft Robert den schmalen Bürgersteig in der engen Kopfsteinpflasterstraße entlang. Die fast fensterlosen Häuser stehen sich so dicht gegenüber, dass kaum Licht einfällt. Steil geht es die Straße bergauf, die im Mittelalter kaum anders ausgesehen haben dürfte. Robert durchkeucht die Eisgrube; die Sporttasche, die über der Schulter hängt, hat ihr Gewicht. Nach einer scharfen Linkskurve steht er vor dem lachsfarbenen Haus mit den grauen Fensterumrandungen; das Apfelweib am Knauf der Haustür lächelt ihm mit geschlossenen Augen schelmisch zu, als wolle es ihn ins Innere des Hauses locken. Ein paar Meter weiter am Oberen Stephansberg umgrenzen große, schmiedeeiserne Tore und Zäune die von Kastanien und imposanten Eichen bewachsenen Höfe der Stadtpaläste. Hier steht Pracht neben Abbruch, die gepflegte Fassade des Herrenhofs des Kollegialstifts aus dem vierzehnten Jahrhundert neben der Ruine des ehemaligen Chorherrenhofs, in dem früher die Dienstboten untergebracht waren und der seit langem in Privatbesitz ist. Vieles war und ist noch in Bistumshand, auch die Kapelle St. Johannis unter den Linden, die gerade saniert wird. Robert schlendert am *Stöhrenkeller* mit seinem weiß-blauen Fachwerk vorbei, wo der Zinser nach den Jahren in der Sandstraße sein letztes Refugium fand. Irgendwann hat der Chronist ihm erzählt, dass das Anwesen vor 250 Jahren von der Kurie St. Stephan an einen Johann Baptist Kaurer aus Burgebrach, genannt Stöhr, verkauft worden war. Der hat dann dort den *Stöhrenkeller* betrieben, die dazugehörende Stammwirtschaft war der *Eckenbüttner* am Maxplatz. Lokalgeschichte, denkt sich Robert und zieht die immer schwerer werdende Tasche auf dem Rücken zurecht.

Zum verlockendsten Ort der Stadt führt nur eine hässliche, steile Gasse, in der allerdings gerade ein Bierlaster den Weg versperrt. Die Aufschrift »*Spezial-Bräu*, Rauchbier, Gegr. 1536« als schwungvoller Schriftzug in Rot-Schwarz, von Gerste und Hopfen umrahmt, sagt auch dem Fremden, dass er hier richtig ist. Auf der Bergkuppe neben der Sternwarte übte man sich früher im Anstehen am Ausschank, eine bewährte Probe, ob man noch standfest war. Heute wird man auf dem Keller bedient und muss die Busladungen ertragen, die auch mal was Ordentliches trinken und den Ausblick auf die Stadt genießen wollen. Spätestens nach der dritten Halbe lieben es alle, das bernsteinfarbene Lagerbier mit dem rauchigen Aroma. Heute gibt es nichts dergleichen für Robert. Er hat sich mit alten Freunden zum Basketball verabredet. Mal sehen, was noch geht.

Das Spiel hat ihm stets viel bedeutet; nichts hielt ihn davon ab, sein kleines Talent mit großer Begeisterung regelmäßig an Zwei-Meter-Hünen abprallen zu lassen. Früher ging er mit Little zu den Amerikanern, in die Mayhall oder in die JFK-Hall, in der sich ein Boxring direkt neben dem Spielfeld befand. Little sprach noch nicht über Antiimperialismus und Kolonialpolitik, Vietnam war weit weg und der Herbst in Deutschland lediglich eine bunte Jahreszeit. Die Wachsoldaten interessierten sich nicht für kleine Jungs, die einen Basketball unter dem Arm trugen. Die Tore waren offen, in der *PX* konnte man weiße Chucks kaufen, und die Studenten hörten Jazz im Offiziersklub.

Als sie achtzehn waren, sattelte Robert auf Schiedsrichter um und leitete vorzugsweise sonntags Spiele in Hallen, die am Abend zuvor noch mit Tanzfett für die Dorfdisko präpariert worden waren. Alte Spieler um die dreißig haderten mit seinen filigranen Entscheidungen und drohten ihm mit Freiheitsberaubung nicht unter zehn Jahren. Robert trotzte diesen Anfeindungen, auch wenn er nach dem Spiel zuweilen sein Mofa erst nach Stunden in einem Gebüsch wiederfand. Er lernte nun das Zittern ausgefranster Nervenenden kennen, wenn baumlange Rüpel ihm ihren bedrohlich riechenden Achselschweiß unter die Nase rieben. Robert versuchte, fröhlich zu bleiben und entledigte sich ihrer Nähe souverän mit einem »Wo ich gewesen bin, werdet ihr nie hinkommen.« Das ließ Raum für Gedankenspiele und verschaffte ihm den nötigen Vorsprung.

Am Schönsten waren die Turniere, wie damals in Koblenz. Der Rhein stand in Flammen und sie hatten ihn angezündet. Gelöscht wurde mit Sekt, die fünfte Flasche war schnell bestellt. Sie warfen die Hunderter in die Luft, *Brick House*, die Mädchen zuckten aus und die Party kam ins Laufen. Das Herz war geduldig und die Geliebte weit weg, Bewegung war alles und wurde ausgelebt. Gesucht wurden kleine Anarchistinnen mit Hüftschwung, die gerne auf Seifenblasen reisen und den Schalk in den Augen haben. Tamara und ihre Freundinnen würden morgen heiraten, aber heute war heute, *you got to have the feeling sure as you‘re born / get it together, right on, right on,* der Nahbereich des häuslichen Lebens konnte warten. Otti versenkte seine Brille im Bierglas, jetzt gab es kein Halten mehr.

»Ich werde dich nicht küssen«, sagte Tamara und rieb ihren Körper an seinem. »Ich weiß«, erwiderte Robert und hielt dem Schub ihrer Hüften stand.

Die Bar war umlagert, die Terrassen am Deutschen Eck glühten, und Kaiser Wilhelm wollte kein Denkmal mehr sein. Lange Fackeln als Speere im Spalier, bengalisches Feuer am Himmel und unten auf dem Wasser, wo die Rheindampfer wie zierliche japanische Papierschiffchen im Konvoi in den Sonnenuntergang schwammen, während auf der Tanzfläche rote und schwarze Pole aneinander klebten. Spitze Schuhe und schnelle Drehungen betörten die Frauen, Bernd bestand stoisch auf Nahtanz, Little textete sein Mädchen so lange zu, bis es sich freiwillig ergab.

»Bilde dir bloß nichts ein«, sagte Tamara und schob ihre Hand unter Roberts Hemd, »ich werde morgen heiraten.«

Es zündelte in jeder Ecke, die Lautsprecher dampften, und der Fluss war die süße Hölle, in die alle stürzen wollten. Der Beat ließ die Herzen springen, fauchende Tiere und glühende Augen, die Frauen trugen die Haare offen und einige zogen die Schuhe aus.

Robert nahm Tamaras Hand, eine kleine, kräftige Hand, deren sanfter Druck ihm wie ein Versprechen erschien, und führte sie an seine Wange. Sie roch intensiv nach einer Mischung aus Vanille, Mandarine und Jasmin, Opium für seine Sinne. Er drehte ihre Hand, küsste sanft die Innenfläche und blies so leise über ihre Haut, dass sich die blonden Härchen aufrichteten und ihr ein wohliger Schauer den Rücken hinunter rann. Tamara lächelte mit den Augen, machte einen Schritt zurück und legte den Kopf leicht schief: »Du bist vielleicht ein Spinner«, und nach kurzem Zögern: »Aber ein süßer«, und sprang ihn an wie ein Quarterback der Pittsburgh Steelers, so dass er sich nicht mehr auf den Beinen halten konnte und allmählich mit ihr nach hinten ins Gras kippte. Keiner nahm Notiz davon, jeder war mit jedem beschäftigt. Robert wollte nicht spießig sein und dachte nur für einen Augenblick an die grünen Flecken auf seiner Hose.

Zwei Freunde konnten nur mit Mühe davon abgehalten werden, die Bar nach Farben auszutrinken. Die Abendsonne umschmeichelte die Tanzenden und die Liebenden, *Soul II Soul*, der Ramazotti wärmte die Blutbahnen, alles wurde weich und fließend, der Rhein nahm sie auf in sein Bett und stöhnte mit ihnen um die Wette. Am Ende stellten sich alle tot und wollten reanimiert werden.

Der nächste Morgen war grausam. Alles war entgleist, im Schlafsack auf der Iso-Matte in der städtischen Turnhalle, klebriger Lustschweiß und eine andere Nähe, unvorbereitet und so nicht bekannt. Tamara war schon lange weg, war vielleicht nie da gewesen. Robert rieb sich den Tag herbei, blinzelte durch eine schlierige Frühe an die Hallendecke, von der grobe Taue, seltsam verknäult, herab baumelten und metallene Ringe und Stangen ihn an die quälenden Turnstunden seiner Kinderzeit erinnerten. Wie bei einem großen Menschen-Mikado entwirrten sich die Schläfer, sortierten Muskeln und Gebein, bedacht um Diskretion und ein Mindestmaß an möglicher Anmut. Dass mittlerweile auch die amerikanischen Freunde ins Spielgeschehen eingreifen wollten, merkte man daran, dass zwei Nestflüchter schon am frühen Morgen für Stimmung sorgten. Während zweihundert Mann mit den Ohren am Boden der Turnhalle lagen, prüfte der eine unermüdlich, ob sein Ball auch gut aufgepumpt ist. Der andere fing an, mit Hingabe sein Trikot auf einem eigens mitgebrachten Bügelbrett zu bügeln, und weil ihm das zu stupide war, hatte er seinen Ghettoblaster mitgebracht und erfreute alle mit den Straßengeräuschen aus der Bronx. Sie machten sich keine Freunde. Wenn einem am Morgen nichts weh tut, ist man tot, dachte Robert damals und zählte die Bisse der Nacht.

Und dann wollten sie es ihnen heimzahlen. Im Endspiel Ramstein Air Base. Es ging ums pure Überleben. Zehn schwarze Männer, die gestern Abend weniger Spaß gehabt hatten als sie. Das wollten sie jetzt nachholen. Die US-Boys spielten hart und schnell, aber die Tribüne pushte Roberts Truppe nach vorne. Es gelangen plötzlich Spielzüge, die sie so noch nie gespielt hatten.

Das ist ja besser als Sex, dachte Robert, und schickte den Ball zu Little auf die Reise. Nach dem Spiel kollektives Wundenlecken, Schlachtgesänge und Abschiedsbier. Robert suchte Tamara. *Never met a girl could make me feel the way that you do. / (You're all right). / Whenever I'm asked what makes my dreams real, I tell 'em you do. / (You're outta sight).* Ja, außer Sichtweite, klar, so würde es für immer bleiben. Doch da war sie plötzlich, wie aus dem Nichts, mit großer Sonnenbrille, schmiegte sich verstohlen an ihn. Nochmals tief in die Augen gesehen, die Hände griffen und verloren sich und dann doch ab zum Bahnhof. Little war so kaputt, dass er sich auf den Boden setzte und einschlief. Sie stellten einen Hut vor ihn hin und legten zwei Geldstücke hinein. Eine ältere Frau kam, schaute erst irritiert, schließlich sah er nicht wie ein Bettler aus, sie zückte dann doch ihr Portemonnaie und legte ein Zwei-Mark-Stück hinein. Das würde für die Fahrt nicht reichen, aber sie legten grinsend zusammen und nahmen ihn mit.

Damals waren sie noch Vorturner, sehnig und stark, jetzt schmerzt ihn schon beim Warmmachen jeder Knochen. Ein paar Liniensprints, Korbleger, leichte Defense, das ist das Maximum. Ich muss unbedingt mehr machen, nimmt sich Robert vor. Er ist heilfroh, das Training mit komplettem Skelett beenden zu können. Von den Jungs kennt er kaum jemanden mehr, auch das Bier danach trinkt offenbar jeder woanders.

Robert zuckt mit den Schultern und macht sich auf den Heimweg den Stephansberg hinunter. Wilder Wein an den sanierten Fachwerkhäusern, Geranienfuror und Blumen in Kästen, überall körperschmale Durchgänge und verwinkelte Gassen, die über verrutschte Stufen zum Fluss hinunter führen. An der *Galerie am Stephansberg* winkt ihn ein Mann zu sich auf die Holzbank.

»Hallo, Herr Tehling, das ist ja eine Überraschung. Sie habe ich ja lange nicht mehr gesehen. Kommen Sie und setzen Sie sich. Hier gibt es die letzten Sonnenstrahlen.«

Robert zögert einen Moment, weil er den Mann im Zwielicht nicht gleich erkennt. Erst als er näher tritt, erinnert er sich an das markante Gesicht und die schmale Figur.

»Guten Abend, Herr Rose. Entschuldigen Sie bitte, ich hatte Sie nicht gleich erkannt.«

Robert setzt sich artig, ungefragt bekommt er ein Glas Weißwein hingestellt.

»Vielen Dank. Ja, ich bin nur noch selten in der Stadt.«

»Wie schade. Sie haben immer so schöne Berichte über unsere Vernissagen im *Studio M* und hier in der Galerie geschrieben. Ich erinnere mich noch an ihre Schlagzeile über Lydia Hasselt – eine Malerin reinsten Wassers. Oder über den Greiner Toni und die Erika

Bauer. Und ein paar Mal auch über mich. Wir hatten immer das Gefühl, dass uns da einer versteht. Zumindest ernst nimmt.«

Robert deutet eine Verbeugung im Sitzen an. »Das ist sehr freundlich. Habe ich nicht verdient.«

»Doch, doch. Keine falsche Bescheidenheit. Wenn es hier nicht wenigstens ein paar Menschen wie Sie gegeben hätte, wäre es nicht zum Aushalten gewesen.« Mike Rose schüttelt sich, als ob er eine unsichtbare Last abwerfen wollte. Durch sein jugendliches Gesicht, in dem lediglich zwei schmale Falten über den Wangen innere Verwerfungen vermuten lassen, geht ein kaum merkliches Zucken, als ob ein tief sitzender Schmerz einen Stromschlag durch den ganzen Körper jagen würde.

»Aber warum denn? Ist es so schlimm?«

»Schlimm? Nein. Aber schauen Sie, hier gibt es eben viele akademische Spießbürger. Die Reflexion der Menschen auf die Kunst ist sowieso meist negativ, weil die Künstler, egal was sie machen, durch ihre Schöpfung etwas von dem Wesen der anderen in Frage stellen. Die Menschen sehen sich aber ungern in Frage gestellt, und wie in meinem Fall, sie nehmen diese Perspektive gar nicht wahr.«

»Aber das ist doch total deprimierend. Warum sind Sie nicht weggegangen?«

»Ja, warum bin ich nicht weggegangen? Das sagt sich so einfach. Es gab und gibt ja immer wieder Leute, die von außen gekommen sind und versucht haben, in der Stadt etwas in Gang zu setzen. Das nährte auch meine Hoffnungen. Hier kann man ganz gut leben und für seine Arbeit etwas leisten, aber für die Stadt ist das nur ein historisches Faktum und trägt nichts bei. Man lebt für sich, es gibt kaum Auswirkungen, die Aufgeschlossenheit bewirken. Als Künstler begreift man, mit welcher Isolation und Verzweiflung manche in dieser Stadt gelebt haben. Aber ich will sie doch nicht mit meinen Gedanken belasten. Lassen sie uns lieber etwas trinken und fröhlich sein.« Rose quält ein Lächeln heraus und hebt sein Glas.

Zögernd prostet ihm Robert zu. »Sie sind nicht der erste, der mir das sagt. Ich war lange weg.« Er streicht sich mit der linken Hand eine Strähne aus der Stirn. »Man denkt das nicht, wenn man hierher kommt. Alles wirkt so ....« Er sucht nach dem passenden Wort. » ... so harmonisch.«

»Der Schein trügt. Das ist alles Fassade. Man sieht hier nur die Schwächen der Leute, aber nicht, was sie machen. Es herrscht eine Situation, in der nichts passiert. Nur der zehnte Aufguss von nichts wird noch honoriert. Progressive Dinge werden nicht gefördert. Das einzige, was man hier machen kann, ist entweder wie ein Wahnsinniger arbeiten oder sich besaufen. In diesem Sinne!« Rose trinkt sein Glas in einem Zug aus und geht in die Galerie, um kurz darauf mit zwei gefüllten Gläsern zurückzukehren.

Er bleibt vor der Bank stehen. »So wie ich das sehe, geht in die Menschen nichts hinein. Das wird sich nie ändern. Wenn jemand hierherkommt, um was zu machen, dann kann er das für sich machen, die anderen interessiert das nicht.«

»Aber Sie haben doch auch als Lehrer gearbeitet, soviel ich weiß, sogar im Knast, mit Kindern Malkurse gemacht, dazu das Studio als didaktische Galerie – und jetzt sagen Sie so etwas! Ich kriege das nicht zusammen.« Robert zieht die Schultern zusammen und sieht Rose fragend an, der immer noch vor ihm steht und ihn nun freundlich lächelnd mustert.

»Aber das muss doch kein Widerspruch sein. Schauen Sie, ich bin ziemlich viel herumgekommen, war ein paar Mal verheiratet, habe sechs Kinder. Irgendwo musste ich ankommen, wollte ich mich niederlassen. Hier konnte ich mich auf meine Arbeit konzentrieren, hier fand ich die nötige Ruhe. Und konnte als Lehrer die Brötchen für mich und meine Familie verdienen. Das ist auch viel wert.« Rose macht eine Pause, setzt sich zu Robert auf die Bank. »Man muss ja mal eins sehen: Ich habe mich ja allmählich in die Stadt eingeschrieben. Bevor ich hier herkam, habe ich meist abstrakt gemalt. Dann habe ich immer mehr mit Schriften experimentiert, sie in meine Bilder eingebaut, Bilderschriften entworfen. Die Pariser Lettristen wurden da ganz wichtig für mich. Ich habe eine eigene Zeichensprache entwickelt, die auch mit Perspektiven und Räumen spielte. Wenn

Sie so wollen, aus Buchstaben und Zeichen meine spezifische Ikonografie. Als Künstler arbeite ich immer gegen das Vergessen, gegen den Tod an. Es ist ja eine Illusion zu glauben, mit Worten käme man dem Leben bei. Die Worte lügen. Sie kennen den Spruch, nichts ist älter als die Zeitung von gestern. Was heute gesagt wird, kann morgen nicht mehr stimmen. Moderne Zeichen lösen alte Zeichen ab, alles lädt sich immer wieder aufs Neue mit Bedeutung auf. Und doch muss ich mich gegen diese Verzweiflung wehren, denn nur so kann das Leben seine Schönheit entfalten, kann ich Teil von ihr werden. Auch wenn alles vergeblich scheint, gibt es diesen Kern an Wahrheit, dem sich alle Kunst nähern will. Dabei muss sie alle Register ziehen, muss radikal sein. Sonst hat sie keine Chance. Sonst bleibt sie beliebig, reines Dekor. Dann kommt sie nie an diesen Kern unserer Existenz heran. Um diesen Weg für mich zu finden, spielten die Umgebung, meine Erfahrungen in der Stadt schon eine wichtige Rolle. Schließlich komme ich ja noch von der Aufklärung her, auch wenn ich für 68 im Grunde schon zu alt war.« Rose lacht kurz auf. »Es gibt ja immer zwei Seiten einer Medaille. Auch wenn ich vorhin so geschimpft habe über die allgemeine Ignoranz, die ich erlebt habe, so muss ich doch sagen, dass ich hier auch gute Möglichkeiten gefunden habe, viel auszuprobieren. Zum Beispiel auf dem Feld der Kalligraphie. Das habe ich wahnsinnig gerne gemacht. Waren auch schöne Ausstellungen. Oder die Auftritte im *Jazzclub*, wie zum Beispiel mit Yuko Gulda und Rainer Glas. Das war schon toll!«

»Das kann ich mir gut vorstellen«, sagt Robert und erhebt sich. »Es war sehr schön, Sie mal wiedergesehen zu haben. Aber jetzt muss ich allmählich weiter. Und die Sonne«, sagt er und deutet in den Abendhimmel, »die ist auch schon verschwunden.«

Rose nickt. »Passen Sie auf sich auf, Tehling, hören Sie. Damit Sie nicht auch verloren gehen. Das kann in diesen Mauern schnell geschehen. Ich weiß, wovon ich spreche.«

»Keine Sorge, das geht schon in Ordnung.« Robert drückt ihm die Hand, verlässt, sich mehrfach umsehend, den kleinen Vorplatz vor der Galerie und geht die schmale Straße zum Böttingerhaus hinunter.

Er wendet sich nach rechts, belächelt vor dem Haus zum Einhorn kurz den fröhlich pinkelnden Cupido und läuft ins Mühlenviertel hinein. Mit dem holprigen Kopfsteinpflaster, den alten Lagerhäusern der *Klosterbrauerei* und den fein herausgeputzten Wohnhäusern würde man sich nicht wundern, wenn plötzlich ein Nachtwächter mit Stab, Laterne und Horn auftauchen würde. Alles nur Kulisse für Touristen und Filmheinis, würde Little verächtlich brummen. Aus ehemaligen Mühlen und Mehlhandlungen wurden Hotels und Studentenwohnungen, überall lehnen Fahrräder und hängen rote Geranien von den Fenstern.

An einem alten Kran am Kanal besticht die Mechanik der Zahnräder, Kurbeln und Stangen, behütet von einem eisernen Schirmdach, während der Ausleger wie eine geballte Faust revolutionär in die Welt hinaus ragt. Dazu passt, dass die ursprünglich acht Mühlen früher genossenschaftlich organisiert waren und immer dann, wenn Hochwasser und Brände wüteten, von der Gemeinschaft wieder aufgebaut wurden. Hier mahlten die Arbeiter Getreide, pressten Öl, zerkleinerten Eichenrinde zu Gerberlohe, schliffen Steine und walkten Tücher. Später wurde das unrentabel und alles verfiel. Robert genießt die ruhige Abendstimmung mit ihrer blausamtenen Luft; mittlerweile ist es dunkel geworden. Im Schein der Laternen schlendert er an Gasthäusern vorbei, vor denen Menschen auf Holzbänken sitzen und Bier trinken. Man kann sich eigentlich nicht vorstellen, dass hier jemand spurlos verschwinden kann, denkt sich Robert und lächelt eine junge Frau an, die ihm entgegen kommt. Sie lächelt zurück. Noch scheint nichts verloren.

V.

Der Morgen verlangt nach kräftiger Nahrung. Dafür gibt es in der Stadt um diese Uhrzeit nur eine Lösung. Auch wenn der Weg weit ist. Nach zwanzig Minuten öffnet Robert die Tür zum weiß gekachelten Verkaufsraum der Metzgerei *Liebold* und atmet tief ein. Der Geruch der geräucherten Würste, von Presssack, Salami und Blut- und Leberwurst, die an Schnüren und Haken von der Decke hängen, die gestapelten Pfefferbeißer und der fein aufgeschnittene Zwetschgenbames, die hausgemachten Sülzen und das Griebenschmalz, die geringelte Knoblauchwurst und die Gelbwurst für die Kinder – so nüchtern der Laden trotz der rotgeschürzten Bedienungen wirkt, die hinter der verglasten Verkaufstheke stehen, so anheimelnd und verführerisch wirkt das Angebot auf Robert. Gerade will er seine Wünsche äußern, als ein Mann mittleren Alters den Laden betritt und ohne zu zögern neben ihn an die Theke tritt.

»Verzeihen Sie, aber mein Anliegen duldet keinen Aufschub. Ich habe die ganze Nacht gearbeitet, und nun muss ich meine Erschöpfung umgehend durch leibliche Nahrung kompensieren. Andernfalls«, der Mann dreht sich mit einem freundlichen Lächeln zu Robert um, »und ich entschuldige mich ad hoc für mein ungebührliches Auftreten«, er wendet sich von Robert ab und der verständnisvoll schauenden Verkäuferin zu, »andernfalls geniere ich mich nicht zu sagen, hält die Wirklichkeit nicht aus, was mein Reich der Vorstellung bereits in Besitz genommen hat, und Sie, meine Liebe, wissen längst, wovon ich rede, wonach ich so dringend verlange, nicht wahr?«

»Aber natürlich, Herr Professor Hegel, ich weiß schon Bescheid. Wie viele Wecken soll ich Ihnen denn einpacken? Und dann wie immer gleich eins auf die Hand?«

»Fünf, meine Teure, und natürlich gerne eins zum sofortigen Verzehr. Denn nur das Ganze ist das Wahre, das wissen Sie ja. Nur in seiner Absolutheit, in seiner wahren Vollendung zeigt es sich als wirkliches Wesen.«

Während die Verkäuferin Scheibe um Scheibe vom frisch dampfenden Leberkäse abschneidet und in Kümmelwecken legt und einzeln in Alufolie verpackt, dreht sich Hegel zu Robert um. »Wissen Sie, mein Herr, es gibt Tage, da brauche ich einfach diese wohlfeilen Lebensmittel. Hier ist nicht nur das Bier ein gar köstlich Getränk, auch dieser unvergleichliche Leberkäse bringt mich geradezu um den Verstand.«

»Das kann ich gut verstehen. Mir geht es ja ähnlich.«

»Ach ja? C'est merveilleux! Sie sind ein Bruder im Geiste, ein fränkischer Napoleon. ich sehe das sofort. Wollen wir uns nicht in die Morgensonne setzen und uns gemeinsam an diesen Kostbarkeiten erfreuen?«

»Sehr gerne. Ich muss nur noch schnell bestellen.«

Robert folgt Hegel auf die Straße, wo die Metzgerei zwei Tische mit Stühlen vor die Auslage gestellt hat. Insgeheim amüsiert er sich etwas über die Exaltiertheit dieses Wurstliebhabers, aber dessen gutmütiger, leicht schwäbelnder Zungenschlag verbunden mit einer koketten Höflichkeit verspricht eine angenehme Unterhaltung. Hegels leicht gewelltes, halblanges Haar mit dem Linksscheitel, der spöttische Mund, die markante Nase stehen in Konkurrenz zu einem forschen, fast stechenden Blick, der aber nicht unfreundlich wirkt. In den hohen Kragen seiner hellen Jacke hat er ein blaues Tuch gewickelt, was ihm einen leicht aristokratischen Touch verleiht.

»Ich weiß, es ist wider alle Vernunft, zu solch früher Stunde bereits Bier zu trinken, aber ich würde Sie gerne zu einem Glas einladen. Dann schmeckt die Würze dieses Leberkäses noch vortrefflicher. Wäre das in Ihrem Sinne?«

Robert kaut mit vollem Mund und kann nur dankend nicken.

Kurz darauf stehen zwei Flaschen Bier auf dem Tisch. Sie stoßen an, und Hegel nimmt einen langen Zug.

»Das Bier ist hier gut, am besten muss man sich tränken an der Quelle im Felsenkeller. Aber hier mundet es auch. Wissen Sie, gegenwärtig wird viel auf die Bierbräuer hinein regiert, die sich sehr widerspenstig bezeigen. Wenn dies edle Produkt dadurch leiden sollte, so wäre es vollends um die liebe Stadt schade; doch wer weiß, ob seine Leiblichkeit nicht etwas vermindert und ins Geistige hinübergetrieben würde.«

»Wie meinen Sie das?«

»Wissen Sie, hier in der Stadt habe ich es wohl angetroffen, einige artige Bekanntschaften gemacht, mit Damen L'hombre gespielt, woraus zu ersehen ist, um wie viel die Kultur hier weiter vorgerückt ist, da sogar die Jenenser Damen noch nicht auf dieser Höhe stehen. Ich kann auch nur die gesundheitliche Wirkung des Biers rühmen, das jedoch erst durch menschliches Zusammensein und geistvolle Gespräche seine eigentliche Würze empfängt. Mein Freund Schelling hatte mir das auch so empfohlen.«

»Das klingt aber doch so, als erlebten Sie die Stadt höchst komfortabel.«

»Ach, wissen Sie, in der Natur geschieht nichts Neues unter der Sonne und insofern führt das vielförmige Spiel ihrer Gestaltungen eine Langeweile mit sich.«

»Und was tun Sie dagegen?« Eine kleine Pause entsteht. Mittlerweile fingern die Schatten über die Holztische und spielen ihr lockeres Spiel an den Hauswänden der engen Straße. Hegel scheint kurz in Gedanken abzugleiten, fast so, als hätte diese Frage nicht gestellt werden dürfen oder bedürfe doch zumindest einer tieferen Überlegung.

»Das ist nicht leicht zu beantworten. Ich bin jetzt seit März in der Stadt, kurz zuvor bin ich, etwas unerwartet, noch Vater geworden, muss also für ein Auskommen sorgen. Auf Vermittlung von Freund Niethammer habe ich die hiesige Zeitung übernommen. Schwer ist die Sache nicht. Ich arbeite nur wenige Stunden am Tag, um ansonsten meiner wissenschaftlichen Arbeit fortzuleben. Trotzdem fängt das Organisieren jetzt von Neuem bei uns an, nicht nur um den Dr. Schlendrian, dem soviel Böses nachgesagt wird, völlig auszurotten. Damit etwas mehr Geist in die Zeitung einfließt, hat mir Niethammer sogar eine Rumfordsche Kaffeemaschine aus München schicken lassen. Mein Zeitungsleben geht daher seinen vegetierenden Gang ohne weitere Anfechtung ziemlich ruhig fort.«

»Und jenseits der Arbeit? Sie werden ja nicht den ganzen Tag in der Redaktion verbringen? Dazu bietet die Stadt doch zu viel.«

»Mein junger Freund, Sie haben zweifellos recht. Sommers ist der Teezirkel zwar nicht so organisiert; dafür bin ich öfters bei Ritter und Frau von Jolli; auch mit Dirufs gehe ich um. Wenn ich nichts tun wollte als Bekanntschaften zu kultivieren, so würden die Gelegenheiten zu dieser Zerstreuung nicht fehlen, und man findet hier mehr Verführung dazu, wo sich in der Tat viele ebenso gutartige wie achtungswürdige Familien befinden. In die Bekanntschaft der Frau Gräfin Rotenhan bin ich ebenfalls gebracht worden; dies ist eine besonders achtungswürdige Frau, und ihre Töchter ebenso natürlich und gutartig als auch gebildet und voller Talente. Aber die theoretische Arbeit, überzeuge ich mich täglich mehr, bringt mehr zustande in der Welt als die praktische.«

»Und welche Konsequenz ziehen Sie daraus?« Robert findet Gefallen an dem Professor, der zwar auf den ersten Blick etwas behäbig und schrullig wirkt, aber ein eleganter Genießer und skrupulöser Denker zu sein scheint.

Hegel schaut hinauf zu der roten Hausfahne mit der Inschrift »Seit 1897«, die über ihren Köpfen weht. »Zum einen will ich meine Schrift über die Phänomenologie des Geistes vollenden und dem Druck übergeben, zum anderen hat sich ein kleiner Kreis von Schülern geformt, mit denen ich fast täglich diskutiere. Es geht zuweilen etwas unordentlich zu, als befänden wir uns in einem Taumel, in welchen alles hineingerissen wird. Aber ich liebe diese jungen Menschen, ihre Begeisterung für das Denken. Denn das wahre Bedürfnis der Philosophie geht doch wohl auf nichts anderes als darauf, von ihr und durch sie leben zu lernen. Wir sehen die Weltgegebenheiten, wir wollen nicht erbaulich sein, denn Philosophie ist ihre Zeit in Gedanken erfasst. Wir müssen davon überzeugt sein, dass das Wahre die Natur hat, durchzudringen, wenn seine Zeit gekommen ist. Davon sind auch meine Schüler überzeugt.« Hegel lehnt sich zurück und trinkt die Flasche aus.

»Und wer sind diese Schüler? Wie kommen sie zu Ihnen?«

Hegel lacht kurz auf. »Das weiß ich auch nicht. Eines Tages waren sie anwesend und seitdem sitzen sie mir im Pelz und kujonieren mich. Aber auf eine dienliche und ungenierte Weise, die mich fordert und freut. Wir sind einfach alle Sträflinge der großen Galeere, der Geschichte, deren verborgene Seite wir finden wollen. Das ist, was wir nicht etwa vergessen, sondern nie erinnert haben. Umso unverzeihlicher, dass ich mir kaum ihre Namen merken kann.«

»Das ist ja auch nicht so wichtig«, beschwichtigt Robert, leert ebenfalls seine Flasche und bringt beide in die Metzgerei zurück. »Ich würde ja zu gerne einmal an ihrem Gespräch teilnehmen. Darf ich? Ich würde auch den Leberkäs mitbringen.«

Hegel, der gerade aufgestanden ist und sich den Rock zurecht gezupft hat, lacht schallend. »Was für ein Angebot! Sie sind ein edler Geist! Eine Speisung ist immer willkommen. Es ist ja ein Kampf gegen einen Feind vorhanden, sagen meine Schüler, und das macht hungrig. Im Augenblick setzen wir wegen des Sommers allerdings aus, ich bedauere. Vielleicht später einmal?«

»Ich bin leider nur kurz in der Stadt, das wird wohl nicht klappen. Schade.«

Sie schütteln sich die Hände, versichern sich gegenseitiger Wertschätzung und wollen gerade ihrer Wege gehen, als Hegel innehält und sich mit der flachen Hand auf die Stirn schlägt. »Jetzt fällt es mir wieder ein, ich muss nur gründlich hirnen, dann geht es schon.«

»Was ist Ihnen eingefallen?« Robert geht nicht zu ihm zurück, fragt aus einigen Metern Entfernung.

»Die Namen der Schüler natürlich. Fritz, Dieter, Werner, Rudi, Wolfgang, Gerd und Edith. Die brachte bislang fast immer ihren kleinen Bruder Little mit. Fast alles Männer, erstaunlich!« Sagt es und geht, die Tüte mit den Leberkässemmeln fröhlich über dem Kopf schwenkend, die Straße hinunter. Robert ist zu verdattert, um schnell zu reagieren. Und als er Hegel hinterherlaufen will, wird er von einem Pulk amerikanischer Touristen blockiert, der aus der Kasernstraße wie ein Hummelschwarm strömt und nun bockig mitten auf dem Weg stehend dem Vortrag des Fremdenführers lauscht, ohne sich einen Meter nach links oder rechts schieben zu lassen. Es ist kein Durchkommen, Robert verzweifelt und gibt schließlich auf. Als sich die Horde endlich den Katzenberg hinauf wälzt, ist Hegel verschwunden. Robert kauft eine Zeitung und geht ins Altenheim zurück.

Ergiebige Morgenlektüre. Bei den Todesanzeigen Dürers *betende Hände* und ein Bernd aus Walsdorf, Netzwerker und Feuerwehrmann, sogar ein Jahr jünger als Robert. Bedenklich, zumal er auf dem Farbfoto so zuversichtlich aussieht. Gestern ist auch Jon Lord gestorben, in London, ein Mann der ersten Stunde. Das ist richtig bitter. Robert hört sich sofort *Lazy* auf seinem Handy an, sein privates Requiem. Ansonsten lässt Karlsruhe Merkel zappeln, sie darf Griechenland noch nicht retten.

Viel wichtiger erscheint Robert, dass auf der ersten Seite gemeldet wird, dass der seit genau vierzig Jahren bestehende Obere Hollerbach mit dem Hufeisenwehr gemäß einer EU-Richtlinie, die die »aquatische Durchgängigkeit« von Gewässern vorschreibt, in eine »naturnahe Flusslandschaft« umgestaltet werden soll. Freie Fahrt für die Fische, kostet nur 1,1 Millionen. Dafür darf sich eine Staatssekretärin feiern lassen. Beim Ausfischen des Beckens fanden sich immerhin achtzehn Fischarten, darunter so seltene wie Stichling und

Bitterling, aber auch ein kapitaler Waller, Brachsen und armdicke Aale zappelten im Käscher. Bevor sich Robert aufregen kann, sucht er noch schnell nach dem Siebzehnjährigen, der einer alten Frau auf ihren Wunsch hin zum Tod verholfen haben soll. Der dumme Junge hat offenbar seinen Freunden davon erzählt und ist verpfiffen worden. Nun hat man die Frau obduziert und eine unnatürliche Sterbeursache festgestellt. Angeblich hat er bei seiner Einstellung ein Führungszeugnis vorgelegt. Ohne Einträge. Das nützt ihm jetzt auch nichts mehr, er sitzt im Jugendknast. Die Polizei ermittelt weiter. Robert schlürft seinen Kräutertee und sieht auf die Uhr. Verdammt, schon wieder so spät.

Heute geht es im Seminar um den Bereich »Veranstaltung«. Ein Bereich mit Zukunft. Robert referiert über »Poetenfest und Eventkultur. Literaturveranstaltungen zwischen Anspruch und Wirklichkeit«. Aus den Augenwinkeln beobachtet er herzhaftes Gähnen und heftiges Liderzucken, seine Studenten haben offenbar am Vorabend schon mal praktische Feldforschung betrieben. Auf einer Lesung waren allerdings bislang die wenigsten gewesen. Als er nach den Gründen fragt, kommt Halbgares. Das wird schwer. Vielleicht durchschauen sie ihn bereits. Wenn ihn Little so sehen könnte, würde er ihn entweder auslachen oder wegen Hochstapelei verhaften lassen. In so einer Situation ist es am besten, die Studenten in Arbeitsgruppen einzuteilen und ihnen ein Thema zu übertragen. Das lenkt erst einmal ab. Sie sollen ein neues Festival konzipieren, mit Marketingplan und dem ganzen Schnickschnack. Das erdet sie sofort, die Strategen diskutieren mit den kühlen Rechnern, Robert nimmt sich aus der Schusslinie.

Als die Doppelstunde zu Ende geht, haben sich einige der Studenten so in Rage geredet, dass sie gar nicht bemerken, wie sich Robert fast unbemerkt verdrückt. Aber als eine Dunkelschöne, die leider nicht in seinem Kurs ist, mit der schweren Tür zum Treppenhaus kämpft, beendet er seine Scheinhaftigkeit und eilt ihr zu Hilfe. Old School! würde Little spöttisch sagen. Aber das muss so sein, weiß Robert. Darüber hatten sie sich noch nie verständigen können.

»Wenn das Leben nur etwas übersichtlicher wäre«, sagte Robert einmal zu Little. »Hier wohnen nur Außerirdische und die wollen mit den Realitäten offenbar nichts zu tun haben.« Das war, als er seinen Freund O. J. unangemeldet zum Mittagessen mitbrachte. Seine Mutter nahm ihn beiseite, schimpfte ihn und fragte besorgt, ob der Schwarze auch Klöße essen würde. Robert beruhigte sie mit unterdrückter Wut, O. J. aß vier und eroberte das Herz der Köchin. Robert hatte sie in letzter Sekunde davon abbringen können, O. J. eine Wolldecke unter die geflickten Jeans zu legen, bevor er sich auf ihr Sofa setzte. Sie tat das bei all seinen Freunden, bei Little speziell, selbst wenn der einmal eine erkennbar saubere Hose trug, was zugegeben nicht allzu oft vorkam. Sie blieb unerbittlich, nur nicht beim Herrn Pfarrer, wenn der einmal im Monat seinen Hintern zu Wein und Schnittchen auf die heilige Chaiselonge platzierte. Das dann doch nicht, dazu war sie nicht mutig genug.

Little beschimpfte damals die Scheinheiligkeiten, zitierte empört Marcuse, Fromm und andere neue Götter und hängte sich trotzig Hendrix mit Afro und schwarzer Rose auf die orange-gelb gestreifte Tapete übers Bett. Seine goldene Kommunionuhr vertickte ab sofort in der untersten Schublade, das bronzene Wandkruzifix schlug er ans Kreuz seiner Überzeugungen und las allen Heuchlern und Sündern mit rigorosem Eifer die Leviten. Little wurde unbestechlich, vor Publikum geradezu moralisch und – für einen Augenblick interessant. Sein Furor, seine Unbedingtheit und sein schnelles Wissen imponierten in der Gunst des Augenblicks, doch wie jeder Missionar verlor er sich auf den weißen Seiten seiner Bibel und in den schwarzen Seiten seines jungen Lebens. Jäh verzog sich die Gemeinde der falschen Freunde, Little lernte Einsamkeit und schrie auf langen Wegen seinen Zorn in den Wald. Nur Robert blieb stets in der Nähe.

Ihre Eltern waren meist ein Halt für sie, auch wenn sie sich dagegen sträubten. Deren Ängste waren nicht die ihren. Das konnte auch gar nicht sein. Trotzdem legten ihnen ihre Mütter ihre Fürsorge jeden Tag um den Hals, es beengte, schnürte sie ein, dieser Ordnungsfimmel, diese Beflissenheit gegenüber allem, was nach Amt und Würde aussah, vor allem aber diese Angst, dass ihnen etwas zustoßen könnte. Es nervte und belastete sie, und sie begannen, sich ihnen zu entziehen. Es wurde notwendig, den inneren Kreis zu erweitern und etwas Neues in ihr Leben zu lassen.

So gingen Robert und Little während der Schulferien in die Fabrik. Robert hatte sowieso nie Geld und sparte auf ein motorisiertes Gefährt. Little, der von Zuhause besser ausgestattet wurde, interessierte sich für die Arbeitswelt aus ideologischen Gründen. Sie stellten ihn zuerst an eine Fräsmaschine, die Düsenhalter für Motoren herstellte. Little musste darauf achten, dass sich nichts verkantete und reichlich Schmierflüssigkeit für den Fräsvorgang vorhanden war. Ein monotoner Vorgang, den er schnell begriffen hatte und alleine bedienen konnte; er musste nur auf seine Hände aufpassen. Er hatte Wallraff gelesen, seine *Industriereportagen*, das hatte ihn neugierig gemacht auf eine Welt, die nur aus *Bild*-Zeitung und Maloche zu bestehen schien.

Trotzdem war es ein kleiner Schock, als gleich am zweiten Tag eine Frau auf einer Trage von zwei Sanitätern durch die Werkhalle getragen wurde. Die Frau lag völlig verhüllt unter einer Decke, niemand konnte sie erkennen. Als Little sah, dass Maria, die die Maschine neben ihm bediente, breit grinste, als die Frau vorbei getragen wurde, fragte er irritiert, warum sie lache.

Maria, eine kleine Neapolitanerin mit einem Sinn für derbe Witze, meinte nur: »Ich habe gehört, dass sie es mit einer Colaflasche auf der Toilette gemacht hat. Und dann hat sie wohl einen Krampf bekommen und ist die Flasche nicht mehr losgeworden. Warum macht die blöde Ziege auch so etwas auf der Arbeit? Selbst schuld.«

Maria wandte sich wieder ihrer Maschine zu, während ein völlig verdatterter Little diesen Einblick in die weibliche Sexualität erst mal verdauen musste. Dann wurde er in die Galvanik geschickt, wo sonst nur Gastarbeiter eingesetzt wurden. Fortan musste er Metallkörbe mit Düsenhaltern mit Hilfe eines Seilzugsystems in mehrere Säurebäder tauchen, um die Teile zu härten. Außer ein paar Handschuhen und einer Arbeitsjacke gab es keine Schutzkleidung. Ätzender Dampf hing in dem von der Werkhalle abgetrennten Raum, jede Stunde musste er an die frische Luft, anders war es nicht auszuhalten. Robert hatte Glück gehabt und durfte im Lager aufräumen.

Eine Woche arbeitete Little schon in dieser Giftsauna, dann passierte das Unglück. Emilio, sein Vorarbeiter, ließ einen Korb zu schnell vom Haken, dieser platschte aus knapp zwei Meter Höhe mit voller Wucht ins Becken. Die Säure spritzte in hohen Fontänen aus dem Bad und Emilio in die Augen, der um sein Leben schrie. Dragan griff sich sofort den Wasserschlauch und hielt den dicken Strahl seinem Kollegen direkt ins Gesicht. Emilios Schmerzen mussten unerträglich gewesen sein, so gellend war sein Klagen. Little war konsterniert. Er hatte keine Schutzbrille erhalten und keine besondere Anweisung; das hätte genauso ihm, der unerfahrenen Aushilfskraft, passieren können. Emilio wurde ins Krankenhaus gebracht; ob sein Augenlicht gerettet werden konnte, hatten sie nie erfahren. Little hatte umgehend gekündigt und das Werk verlassen. Robert arbeitete bis zum Ende der Ferien und kam seinem Ziel einen entscheidenden Schritt näher.

Das waren ihre ersten Erfahrungen auf dem Arbeitsmarkt. Der Nachhall von 68 bewegte noch immer die Jugend; die Schulsprecher wollten sie, die jüngeren Jahrgänge, mit Selbstverwaltung, Protestaktionen und Parolen auf dem Pausenhof politisieren; bleiche Gesichter versteckten sich im Selbstgestrickten, Little verteilte Flugblätter für Willy Brandt, und die Polizei kam zu kleineren Einsätzen. Die Bevölkerung wurde um sachdienliche Hinweise gebeten. Mit Parka und Cordhosen glichen Little, Robert und die anderen einer uniformierten Eingreiftruppe und wären gerne anarchisch und subversiv gewesen. Meist reichte es nur zu Schwarzfahrten und Schimpfgesängen. Schmidt kämpfte währenddessen für die Kernenergie und ließ aufrüsten, Strauß beschimpfte Intellektuelle als »Ratten und Schmeißfliegen« und Demonstranten als »Tiere, auf die die Anwendung der für Menschen gemachten Gesetze nicht möglich ist«. Robert trat ab sofort für den Tierschutz ein und arbeitete bei der Schülerzeitung mit. Für Little kam das nicht in Frage; er gab den

Anarchoclown, fand die APO klasse und machte spontan mit, als am Gabelmann Zeugnisse verbrannt wurden. Schon zuvor hatte die Stadt ungewohnte Aktionen erlebt. Im Untergrund kursierten Handzettel, die zu einem Treffen in der Nähe aufriefen:

»Die radikale Mehrheit aus Westberlin und dem übrigen Bundesgebiet trifft sich ab 15.7. in Ebrach. Wir haben dort gemietet: eine Wiese, ein Riesenzelt und ein Kino. Ein Bauer spendet 60 l Milch pro Tag und ein Schwein. Zwei Beat-Bands spielen: Amon Düül und Tangerine Dream. Ein blaugekacheltes Schwimmbad wurde vor 14 Tagen eingeweiht. JUSTIZOPFER ALLER LÄNDER VEREINIGT EUCH!

mit dem joint in der hand / revolution auf dem land!

Mitbringen: farbe, papierrollen, handabzugsmaschinen, musikinstrumente, kinder, kleinere zelte, decken, schlafsäcke, luftmatrazen, streichhölzer, kameras, filme, pinsel, proviant, hasch, trips, wasserfeste kleidung für waldspaziergänge, ölfarbe, plakafarbe, fotoapparate, tonbandgeräte, steinschleudern, granatwerfer, viel farbe, ärzte, verbandszeug, wassereimer, kochtöpfe, messer, häftlingskleidung (blaue arbeitshose und -jacke), bereitschaftspolizeiuniform, saugpostpapier, richterroben, spraydosen, knaller, megaphone, lautsprecheranlage (von den frankfurtern), busse, sportgeräte, bälle und so weiter. KNAST CAMP EBRACH – 15. – 21. JULI 1969«. Unterzeichnet mit

»Zentralrat der umherschweifenden Haschrebellen«.

Reinhard Wetter war in Ebrach inhaftiert worden, und mit vielen anderen fanden sich Fritz Teufel und Irmgard Möller beim Knast-Camp der APO vor Ort ein. Natürlich auch Dieter Kunzelmann, ehemaliger Ministrant und Sohn eines Sparkassendirektors der Stadt, und die beiden Stadtguerillas Thomas Weisbecker und Georg von Rauch, die beide ein paar Monate später erschossen wurden. Weil seine Schwester Edith auch an der Aktion beteiligt war und ihrem Bruder von ihren Plänen erzählt hatte, wurde Little Augenzeuge, als Teile dieser Truppe das Landratsamt an der Promenade besetzten und Akten aus den Fenstern warfen. Als die Polizei das Gebäude stürmte und die Aktivisten festnahm, bekam Little Gänsehaut. Er blieb auf der Straße und bezog Posten. Ungewöhnliche Dinge taten sich in der braven Stadt, nichts sollte ihm entgehen. Auf den Plätzen und Straßen rotteten sich spontan Menschen zusammen, entrollten Plakate und skandierten Parolen, die er nicht verstand. Wer sollte dieser Mao sein? Little kannte nur Maoam, darüber würde er nie so viel Aufhebens machen. Allmählich eskalierte die Situation; Little bekam mit, dass ernsthaft erwogen wurde, eine Bürgerwehr einzurichten. Vor allem ältere Menschen riefen nach Polizei und Ordnung. Eine Abordnung stürmte den Politladen »*Smash*« in der Kleberstraße, ohne dass die Ordnungshüter eingriffen. Alice kannte keinen Pardon und wehrte sich lautstark gegen einen groben Klotz, der ihr auf die Füße getreten war. Die Einrichtung wurde demoliert, es gab Verletzte. Doch endete der Spuk schnell, als die Polizei die Demonstranten auseinandertrieb und jeglichen Protest unterband. Kunzelmann sagte später, er hätte dort zum letzten Mal Baader, Ensslin und Proll in der Legalität gesehen. Mit dieser Niederlage sei allen klar geworden, dass ihr Aufbegehren innerhalb der Gesellschaft keine Chance haben würde und sie ab da andere Wege einschlagen mussten. Robert weiß nicht, ob diese Erlebnisse auch Little beeinflusst hatten. Wahrscheinlich war es so.

Am Gabelmann sitzen heute die Krähen des Tages und hacken sich gegenseitig die Augen aus. Ein Pockennarbiger hält Volksreden, die Schar der verlorenen Jünger kauert ihm zu Füßen und hält sich an Flaschen fest. Keiner darf ausreden, sie haben keine Zeit und wissen nicht, wohin damit. Nur die Zottelhunde sind entspannt und fläzen in der Sonne. Zwei netzbestrumpfte Gothic-Babys rauchen aus allen Poren und pokern um ihr Leben, von dem sie nur ahnen, dass es ihnen bevorsteht. Auf den Steinplatten lungerten früher die Hascher und Gammler herum; als Robert noch Akne im Gesicht trug, ergoss sich der Volkszorn über diese nichtsnutzigen Töchter und Söhne, die immer nur die Töchter und Söhne der anderen waren. Um den Brunnenplatz machen die Geschäftigen einen großen Bogen, als sei hier die Seuche ausgebrochen. Das ist hier kein Schlupfwinkel, das ist die große Bühne, mitten in der Stadt, zu Füßen des heiligen Nepomuk, aber die Krähen stört das nicht. Inmitten von Scherben und Müll zelebrieren sie lautstark ihre Messe mit Wein und Kraut, streiten und scherzen und buhlen um die Gunst ihres Predigers, der auch nicht mehr weiß, als dass morgen die Sonne nicht aufgehen wird. Zwei junge Altmänner kommen sich ins Gehege, zerren und ziehen und stolpern über Flaschen und Steine, bis sich einer die Stirn blutig schlägt. Wenn Blut fließt, wird es immer anders, meistens kehrt Ernüchterung ein. Aber hier verkeilt sich die Meute erst recht in das waidwunde Opfer, am heftigsten wüten die gotischen Schwestern, die keifen und hetzen, bis der Prediger ein Machtwort spricht, das schwarze Meer mit einem Handkantenschlag teilt und dem Ärmsten die Flucht ermöglicht. Robert vermutet, dass sie ihn auch totschlagen hätten können; kein Passant wäre wohl auch nur zu einem Augenaufschlag fähig gewesen. Einer weniger von diesen Parasiten, was soll's. Das ist eine andere Härte, eine andere Schlagzahl als zu den Zeiten, als hier noch barfüßige Flötenspieler mit beseeltem Blick ihr Nirwana suchten und dabei nur eine Uschi oder eine Monika aus Burgwindheim fanden.

Robert wendet sich ab und will gerade zu einem Marktstand laufen, um ein paar Kirschen zu kaufen, als ihm zwei Männer fast auf die Zehen treten. Sie sehen aus wie Pat und Patachon, die zwei dänischen Komiker aus der Stummfilmzeit, deren Abenteuer Robert als Kind über alles geliebt hatte. Pat so groß wie ein Baum und Patachon wie der kleine Apfel, der eben heruntergefallen war. Die beiden Freunde wirkten immer so, als wären sie eben einer Mülltonne entstiegen, abgerissen und schäbig, zwei liebenswerte Tölpel auf dem steinigen Weg ins Glück. Dabei häufig zankend und mit ihren unterschiedlichen Temperamenten und Talenten hadernd. Genauso wie der vorlaute Django und der schüchterne Eckermann.

»Da schau her, der Django und der Ecki. Mit euch hab ich jetzt gar nicht gerechnet.«

»Gut so«, sagt Django. »Niemand soll mit uns rechnen.« Eckermann nickt eifrig.

Robert schmunzelt. »Ich seh schon, noch immer ganz der Alte. Und auch immer noch keine Monatskarte, oder?«

»Was dachtest du denn? Wir sind militante Radfahrer. Anders kommt man auch nicht durch die Stadt.« Django trägt wie früher einen schwarzen Baxter mit der breiten Krempe und dem Schlangenlederband; sein Musketier-Bart und die grauen Haare, die er zum schmalen Zopf zusammengebunden hat, lassen ihn als den fröhlichen Anachronisten erscheinen, der er immer sein wollte. Einer von der Sorte, denkt sich Robert, von denen es immer heißt, der ist ganz bei sich, aber von was lebt er eigentlich? Dabei geht Django unter dem Namen Willy Bauer dem ehrbaren Beruf des Elektromeisters nach und repariert alles von der Steckdose bis zur Satellitenanlage. Solche Leute zu kennen, ist manchmal wichtiger, als einen guten Arzt oder Rechtsanwalt zu haben. Der kugelige Ronald »Ecki« Eckermann ist der ruhende Pol in dieser Beziehung, ein kluger, von vielen Hemmungen gezügelter Denker, der sich aus Schopenhauerscher Weltsicht übergangslos mit der internationalen Finanzkrise wie auch dem Kulturhaushalt der Stadt beschäftigen kann. Er arbeitet halbtags in der Staatsbibliothek, die restlichen Stunden privatisiert er mit allerlei gelehrten Dingen.

»Die katastrophale Verkehrsführung in der Stadt habt ihr aber nicht verhindern können, oder? Nur Frankfurt mit seinen vielen Einbahnstraßen ist schlimmer.« Robert denkt mit Schaudern an die Höhe seiner Taxirechnungen während der Buchmesse, die allein durch das permanente Kreisen und Herumschleichen der Fahrer aufläuft, bis man nach Stunden an sein Ziel kommt.

»Nun mach mal halblang.« Django fühlt sich sofort persönlich angegriffen. Ecki zupft ihn nervös am Ärmel seiner Fransenjacke. »Du weißt doch gar nicht, was hier läuft. Wir haben hier ne Menge erreicht. Aber du bist doch nie da, das kennst du alles gar nicht.« Er schüttelt verärgert Eckis Hand von seinem Arm, als wolle er die Dinge erstmal gerade rücken. »Lass mich. Ist doch wahr.«

»Django, so war es doch nicht gemeint. Ist ja gut. Ich weiß doch, dass ihr euch stets engagiert habt. War doch schon immer so. Die Leute sollen froh sein, dass sie euch haben.«

»Sind sie aber nicht«, raunzt Django. »Für die sind wir doch nur die lästigen Querulanten, die immer alles besser wissen.«

»Na ja«, wendet Ecki ein, »immerhin drucken sie jetzt schon unsere Leserbriefe in der Zeitung ab. War ja früher nicht so. Und ab und zu fragt sogar jemand aus der Lokalredaktion bei uns nach, wenn sie zu einem kontroversen Thema in der Stadt recherchieren.«

»Ach was«, erwidert Django, »das ist doch nur so ein vordergründiges Gekuschel, damit wir das Maul halten. Hier gibt's doch gar keine richtige Opposition mehr, seitdem sich die Schwarzen selbst lahmgelegt haben. Überall wird nur drüber gezuckert, dabei knirscht es genauso im Gebälk wie früher.«

Jetzt wird sogar der ansonsten so zurückhaltende Ecki ungemütlich. »Jetzt hör aber auf, Django. Du bist einfach mit gar nichts zufrieden. Jetzt haben wir, seit ich denken kann, gegen die Schwarzen gekämpft, nun sind die endlich da, wo sie hingehören, nämlich im tiefen, schwarzen Loch, und jetzt ist es dir auch wieder nicht recht.«

»Was ich will? Das weißt du doch. Ein bisschen mehr Leben in der Bude. Nicht diese verdammte Selbstgenügsamkeit.«

»Was meinst du denn damit?«

»Hier steigen die Mietpreise extrem. Viele Studenten finden keine vernünftigen Buden mehr. Auch die Alten und Armen nicht. Alles wird knapp. Und dann müssen wir auch darauf achten, dass die Kasernen, die bald frei werden, nicht von irgendwelchen Immobilienhaien gekauft und teuer vermakelt werden. Da muss die Stadt die Hand drauf halten. Unbedingt. Sonst könnte es für alle eng werden.« Während Django spricht, ist er ständig in Bewegung, tänzelt unruhig auf der Stelle, hippelt und schlenkert, als wolle er seinen Ausführungen noch ein paar Stromstöße hinterherschicken.

Robert muss unwillkürlich an die Redaktionssitzungen im *Plaka* denken, über dreißig Jahre ist das jetzt her, aber schon da hielt es

Django kaum auf seinem Stuhl. Wenn sie über Artikel und Aktionen wie eine Friedenswoche, das Pressefest oder den bevorstehenden Wahlkampf diskutierten, war Little nur selten dabei. Ihm waren diese Treffen ein Gräuel, viel zu langatmig und umständlich. Auch wenn er viele Positionen teilte, die die Gruppe in der Zeitung vertrat, bevorzugte er das, was er unter »direkter Demokratie« verstand. Einen Artikel schreiben, ein Podium organisieren, das war nichts für Little. Er liebte möglichst spektakuläre Handlungen, die wie feine Nadelstiche wirksam die Herzen der Menschen punktierten. Für ihn lief immer alles über die Emotionen ab; nur auf diese Weise, so sein Credo, ließen sich Menschen erreichen und begeistern. Man müsse erst ihr Herz erreicht haben, erst dann schalteten sie ihr Hirn ein. Sofern sie eines besäßen, würde Little hinzufügen. Aber Little war sowieso nicht der Typ für Arbeitskreise in Teestuben und griechischen Tavernen, rocken wollte das nicht.

Den *Goblmoo* gab es nur drei Jahre. Die alternative Stadtzeitung wollte »basisorientierte« Nachrichten für die Menschen und Initiativen in der Stadt liefern, die nach einer Gegenöffentlichkeit verlangten. Alles, was friedensbewegt, ökologisch, tierschützend, feministisch, progressiv, lokalkritisch, antimilitaristisch und antikapitalistisch war, fand auf den sechzehn, im Klebelayout angefertigten Altpapier-Seiten eine Heimat. Rock gegen Strauß, Wallraff im Audimax, August Kühn im *Pelikan*, Rosa Frosch und Teestube *Sonnenblume*, *Der Laden* und das *KOMM*, *Eurasia* und *Regenbogen*, DFG-VK, autofreie Sonntage, die Bots aus Holland und Kirchenschelte mit Karl-Heinz Deschner, gegen Ausländerfeindlichkeit und für Abrüstung, Grün-Alternative Listen und die ersten Erfolge – aber bald war der jugendliche Schwung dahin, die Arbeit wuchs allen über den Kopf, man köchelte im eigenen Sud, erreichte die Menschen nicht im erhofften Maß, die Auflage ging zurück, die Konkurrenz bot sich kostenlos feil und schnappte sich die Anzeigenkunden.

Robert hatte kritische Artikel geschrieben, und der Freundeskreis seiner Eltern hatte begonnen, Fragen zu stellen. Seiner Mutter war das unangenehm gewesen. Auch als er festgenommen worden war, weil er beim Verteilen ihres Zentralorgans gegen die Fußgängerzonenordnung verstoßen hatte. An dem Herrn, der zur gleichen Zeit zwanzig Meter weiter am NPD-Stand die *Deutsche Stimme* anbot, hatte sich niemand gestört.

Robert blinzelt in den sonnigen Tag, verabschiedet sich von Django und Eckermann und beschließt, beim *Collibri* vorzuschauen. Vielleicht wissen die etwas von Little; Buchhändler sind ja die Friseure der bürgerlichen Mitte. Als er die Tür zum Laden aufmacht, tritt ihm auf der kleinen Treppe ein Mann entgegen, den er sofort erkennt. Wenig Haare, markantes Gesicht, Vollbart, randlose Brille. »Mensch, Ludwig! Grüß dich.« Der Angesprochene stutzt kurz, dann leuchtet ein Wiedererkennen in seinen Augen. »Der Robert, da schau her. Unser Kriegsreporter! Was gibt es Neues von der Front?« Robert lacht auf und legt ihm die Hand auf die Schulter. »Welche Front? Mein Lieber, der einzige Krieg, in den ich noch verwickelt bin, ist der mit meiner Frau. Aber Emma hat mir verboten, darüber zu berichten. Sonst hackt sie mir die Hand ab.«

»Puh, das sind ja strenge Sitten. Aber warum soll's dir anders gehen? Schau, dass du es überstehst. Woanders ist es auch nicht besser.«

»Du meinst, solange sie keine Pershing im Schlafzimmer aufstellt, ist alles noch in Ordnung.« Nun schmunzelt Ludwig und klopft ihm auf den Rücken.

»Es wird schon nicht so schlimm sein.«

Robert schrieb in seinen letzten Schuljahren für die Lokalzeitung harmlose Artikel über das Innungsfest der Maler und Lackierer, die Generalversammlung des Haus- und Grundbesitzervereins, Schulfeste, Fahrradsternfahrten und Kundgebungen des Bundes Naturschutz. Dort hatte er Ludwig Trautmann kennengelernt, der der Kreisgruppe vorstand und so ganz anders war, wie sich Robert einen Vorsitzenden vorgestellt hatte. Über ihn kam er auch in den Kreis des *Goblmoo*, für den Ludwig immer das *Gewaaf* geschrieben hat, eine freche Kolumne zum Lokalgeschehen.

»Ich muss in die Volkshochschule. Hast du Zeit?«

»Ich komm gerne mit.«

Ludwig streicht erfreut über seinen grau gewordenen Bart, der sich an den Seiten ganz leicht zu den Ohren kräuselt. Mit seinem schmalen, stets gut gebräuntem Gesicht und seiner beweglichen Erscheinung wirkt Ludwig wie ein Tiroler Skilehrer, der mit unerschütterlichem Selbstbewusstsein das Leben genießt. Während sie über den Markt gehen, wird Ludwig ständig von links und rechts gegrüßt.

Als sie an der Humsera vorbei laufen, deutet Robert auf die Stelle: »Wenn du dich hier in die Ecke stellen würdest, auf ne Obstkiste, und wieder dein *Gewaaf* wie früher in der Zeitung an die Leute richten würdest, ich glaube, da blieben immer noch viele stehen.« Ludwig schüttelt lachend den Kopf und rollt furchterregend mit den Augen. »Erstens bin ich kein Marx und kein Lenin, die konnten das nämlich ziemlich gut. Und zweitens vergiss nicht, dass an der Stelle, wo die Leute im Hyde Park sprachen, früher auch die Galgen von Tyburn standen, wo die Verurteilten ihre letzte Rede halten durften. Danach ist mir eigentlich noch nicht, mich gruselt es hier im Leben schon genug.« Er zieht Robert am Jackenärmel weiter und deutet mit dem Finger die Franz-Ludwig-Straße hinunter. »Du weißt schon, dass hier das Malefiz-Haus stand, über das sie jetzt alle wieder reden. Wo der Fuchs von Dornheim vor vierhundert Jahren die vermeintlichen Hexen foltern und verbrennen ließ. Du hast bestimmt davon gelesen.«

»Ja, doch, das ging sogar bei uns durch die Presse. Kam irgendwie seltsam rüber. Weil alle – Kirche, Stadt, Staat – das Thema nur mit spitzen Fingern anzufassen schienen und dann von einem zum anderen schoben. Niemand wollte anscheinend damit etwas zu tun haben. Oder täusche ich mich da?«

»Nein, das stimmt schon. Es ist halt wie immer. Warum soll man sich damit beschäftigen, was vor vierhundert Jahren passiert ist? Auch wenn es die eigenen Vorfahren waren, das ist doch heute den Leuten völlig egal. Die haben andere Sorgen. Deckel drauf, Schwamm drüber. Passt schon.«

Ludwig zuckt mit den Schultern. Robert ist sich nicht sicher, welche Meinung Ludwig letztlich vertritt. Als sie von der Kettenbrücke auf die Volkshochschule schauen, deren Langbau mit den hohen Fenstern und dem schiefergrauen Dach in der späten Nachmittagssonne in einem hellen Beige herüber schimmert, registriert Robert mit leichter Verwunderung fast so etwas wie Rührung bei sich. Gut, ohne ihren Einsatz im Februar 1981 wäre das alte E-Werk abgerissen worden. Dass dieses Industriedenkmal aus der Gründerzeit am Flussufer nun die Volkshochschule beherbergt, ist im Grunde vor allem den Besetzern des leerstehenden Gebäudes zu verdanken.

Seit damals ist Robert nicht mehr hier gewesen. Was er nun sieht, als Ludwig vor ihm die Tür öffnet, verschlägt ihm die Sprache. Ein futuristisch missgestaltetes Treppenhaus in Lila, das aussieht wie ein Sprungturm im Freibad, Flure, die wie Kaugummi an den Wänden kleben, an der Wand ein blechhässlicher, schwarzer Lift, neun Glaskugeln, die verloren von der Decke hängen, im Erdgeschoss eine mit zwei Plakaten notdürftig beklebte Litfasssäule und eine Glasvitrine mit bunten Faltpapieren, die so uninspiriert herumliegen, als hätte man einen Mülleimer ausgekippt. Darüber ein holzgeschnitzter König Heinrich an der Wand, dessen Gesichtsausdruck verrät, dass er sich im permanenten Schockzustand befindet. Robert kann es nicht fassen. Die achtziger Jahre waren stilistisch eine einzige Verirrung, aber hier war ein Meister am Werk gewesen und die Zeit seitdem stehen geblieben. Robert hätte sich nicht vorstellen können, wie man aus den hohen, fast sakral wirkenden Räumen des alten E-Werks Licht und Charme so konsequent hätte vertreiben können. Es erwischt ihn wie ein kalter Tagtraum und lässt ihm fast die Sinne schwinden. Ludwig bemerkt seinen Zustand nicht und verschwindet hinter einer Beamtentür. Robert schnappt sich einen Stuhl und klemmt sich in eine Ecke.

Wofür hatten sie damals gekämpft? Ist es das gewesen, was sie gewollt hatten? In all den Jahren, seit er die Stadt verlassen hatte, hatte er den von außen eindrucksvoll renovierten Bau mit den Ketten- und Kranelementen und dem Freisitz am Wasser nur aus der Ferne bewundert und sich weiter keine Gedanken gemacht. Was für ein Versäumnis! Ganz benommen hockt er auf dem weißen Alustuhl und weiß nicht, wohin er schauen soll. Eigentlich müsste er sofort aufstehen und davon laufen. Aber irgendetwas lähmt ihn, fesselt ihn an diesen unheilvollen Platz. Als würden aus den Wänden neblige Bilder fließen und sich leise Stimmen auf ihn herabsenken, verschwimmen die Formen und Farben des bizarren Interieurs mit den blassen Erinnerungen an diesen Samstag im Februar vor dreißig Jahren, als sich Little und er am frühen Morgen vor dem Eingang in der Tränkgasse eingefunden hatten.

Die meisten, die damals in kleinen Gruppen scheinbar zufällig herumstanden und Selbstgedrehte rauchten, schoben die Hände fröstelnd in die Taschen ihrer Parkas und Lederjacken und warteten ab. Robert kannte kaum ein Gesicht. Little hingegen schob sich durch die allmählich anwachsende Zahl von Leuten, klopfte Schultern und schüttelte Hände, redete schnell und deutete in alle Richtungen. Wie Robert später von ihm erfuhr, hatte er sich besonders um junge Arbeiter und Lehrlinge bemüht, damit die Aktion in der Öffentlichkeit nicht unter Eliteverdacht und studentischen Dünkel geraten würde. Es handelte sich schließlich um ein alle sozialen Schichten betreffendes Problem, und das musste klar kommuniziert werden. Die Stimmung vor der Halle knisterte wie im Kino, alle schienen nervös und doch voller Vorfreude auf das nun Kommende zu sein.

Dann ging es sehr schnell. Wer die Tür aufgemacht hatte, konnte Robert nicht erkennen. Jedenfalls war der Eingang plötzlich offen, die ersten schleppten sogleich Matratzen, Bänke und Tische ins Haus. Little war in seinem Element, dirigierte hier, korrigierte dort, war Mittelpunkt der erstaunlich organisierten Übernahme des Hauses. Little war es auch, der mit einem Helfer über den Dachboden und eine Luke nach draußen kletterte und ein Transparent am sich am First befindenden eisernen Schriftzug befestigte: »Dieses Haus ist besetzt und wird instandgesetzt«. Vor der Tür hielt ein VW-Bus und brachte eine Musikanlage für die geplanten Kulturveranstaltungen. Immer mehr Leute trugen Schlafsäcke, Kühltaschen, Rucksäcke und Körbe voller Verpflegung herein. Bierkisten durften nicht fehlen. Django und Ecki versuchten, die Heizung in Gang zu setzen und das komplizierte Stromnetz zu durchschauen. Bei einem Rundgang zeigten sich die Räume in den oberen Stockwerken in erstaunlich gutem Zustand, unten waren die Zimmer fast alle verschlossen. Aber selbst der große Herd in der Küche neben der Halle funktionierte noch. Das bestärkte alle in ihrer vielleicht anfangs noch wackligen Überzeugung, das Richtige getan zu haben. Plötzlich Aufregung, die Tür knallte zu, alle rannten zu den Fenstern. Die Polizei war da. Zwei Zivilbeamte, offenbar von der Nachbarschaft alarmiert, inspizierten von außen das Gebäude, blieben aber auf Distanz.

Eine Gruppe machte sich auf den Weg in die Innenstadt, um Flugblätter – die *E-Werk-Nachrichten* – zu verteilen. Robert war mit von der Partie, im Nu hatten sie fünftausend Zettel unter die Leute gebracht. Die Hausbesetzer forderten die Stadt auf, das Gebäude zu erhalten und den Besetzern Mietverträge zu geben. »Das E-Werk für alle« skandierten sie und zeigten ihre Plakate. Die Ordnungsmacht hielt sich noch zurück. Passanten verwiesen auf weitere leerstehende Häuser. Kurz vor elf erschien der Oberstadtdirektor in Begleitung der politischen Polizei. Da er verhandeln wollte, wurde er ins Haus gelassen. Die Herren von der Polizei mussten draußen bleiben. Little führte ihn in den Kreis der Besetzer. Der mit Krawatte, Hut und schwarzem Wintermantel akkurat gekleidete Beamte forderte mit knappen Worten die unverzügliche Räumung des Gebäudes. Als die ersten zu murren und zu pfeifen begannen, brach er sofort ab und wandte sich zum Gehen. Kurz bevor er die Eingangstür erreichte, versuchte er, Little den Bund mit den Schlüsseln des E-Werks, die man in einem Kasten neben der Tür gefunden hatte, aus der Hand zu reißen. Doch Little wehrte ihn entschlossen ab. Dann war er auch schon draußen und verließ mit seinen Beamten das Gelände. Die Besetzer erwarteten nun ein hartes Durchgreifen der Behörden. Würde die Polizei das Haus stürmen und mit Gewalt räumen? Robert sah in seiner Vorstellung schon mit Helmen, Brustpanzern und Schildern gewappnete Kommandos auf das Haus zukommen. Doch draußen blieb es vorerst ruhig. Aber kurz danach drehte die Stadt den Strom ab.

Mittlerweile war die Zahl der Hausbesetzer auf fast einhundert angewachsen. Ein bunter Haufen langhaariger Menschen, dick vermummt, rauchend und diskutierend. »Wir sind die Leute, vor denen uns unsere Eltern immer gewarnt haben«, stand auf einem Plakat. Aha, die Jusos waren also auch da. Ein Stadtrat erschien, machte sich klein, wollte dann aber doch versuchen, mit dem Oberbürgermeister zu sprechen. Ein tollkühner Bursche!

Bei der ersten Vollversammlung im Haus versuchte er, die Besetzer zur Aufgabe zu bewegen. »Ich appelliere ernsthaft an euch. Wenn ihr euch jetzt gegen einen Räumungsbefehl stellt, wenn das Ganze in die Mühlen der Justiz gerät, dann schafft ihr dermaßen vollendete Tatsachen, dass sich kein Gesprächspartner mehr für euch findet.« Zwei uniformierte Polizisten überbrachten die Nachricht, dass die Stadt nun einen Strafantrag gegen die Hausbesetzer gestellt hätte. Sie hätten zwei Stunden Zeit, das Haus zu räumen. Little scharte die Leute um sich. Robert bewunderte stets an ihm, wie er es immer wieder verstand, mit klaren Worten schnell eine Entscheidung herbeizuführen. So einzelgängerisch er sich zuweilen gab, so talentiert war er in kritischen Situationen, mit kühlem Kopf voranzugehen und das Richtige zu tun. Er hatte zweifellos Führungsqualitäten, aber das war ihm, wenn er es überhaupt an sich wahrgenommen hatte, gleichgültig.

Schnell war klar, dass man das Haus nicht freiwillig verlassen wollte. Einige bauten einen Kohleofen auf, um der Kälte entgegenzuwirken. Alle warteten. Zur zweiten Vollversammlung erschien wieder die Polizei. Offenbar war Schichtwechsel gewesen, denn zwei bislang unbekannte Uniformierte standen plötzlich in der Tür. Sie überbrachten das Ultimatum, dass das E-Werk bis achtzehn Uhr verlassen werden musste. Ob dann auch die Strafanträge zurückgenommen würden, konnten sie aber nicht versprechen. Die Unruhe verstärkte sich. Es gab aber nur wenige militante Stimmen, Little gehörte zu Roberts Erstaunen dazu, die im Falle einer polizeilichen Räumung Widerstand leisten wollten. Die Mehrheit plädierte für eine friedliche Lösung, so hätte man die Aktion ja auch geplant.

Der Vermittlungsversuch eines Gewerkschaftlers scheiterte. Eine gütliche Lösung war damit vorerst vom Tisch. Die Leute setzten sich an die Biertische und packten ihr Abendessen aus. Kerzen wurden aufgestellt, der Kohleofen brummte vor sich hin und gab nur Wärme an die ab, die in unmittelbarer Nähe saßen. Der Raum war einfach zu groß und zu hoch. Alle rückten nahe zusammen, Bier und heiße Getränke wurden schnell notwendig, Rauchwaren machten die Runde, einer spielte Gitarre. Robert besaß keinen Schlafsack und entschied, die Nacht nicht hier zu verbringen. Little beschimpfte ihn, umarmte ihn aber trotzdem. Robert versprach, morgen gleich in der Früh mit Kaffee und frischen Brötchen wieder aufzukreuzen. Im Haus war es eiskalt. Ein Ofendienst wurde eingeteilt. Mit Decken und dicken Pullovern richteten sich die Leute für die Nacht ein. An Schlaf war kaum zu denken.

Als Robert am nächsten Morgen mit zwei Thermoskannen und einem Sack frischer Brötchen an der Tränkgasse auftauchte, war die Straße abgesperrt. Er stellte den Wagen ab und lief über einen Schleichweg zum Haus. Aber er war zu spät gekommen. Wütend biss er sich auf die Knöchel. Eine Hundertschaft hatte in den frühen Morgenstunden das E-Werk geräumt. Die meisten waren ohne Widerstand herausgekommen, ein paar Mädchen hatten sich tragen lassen. Der Gitarrist hatte wieder gespielt, alle hatten *We shall overcome* gesungen. Im Haus waren Matratzen, Biergarnituren und Lebensmittel zurückgeblieben. Überall waren Mannschaftswagen gewesen, die die Hausbesetzer abtransportiert hatten. Auf der Wache waren über siebzig Besetzer erkennungsdienstlich behandelt worden. Nach nur vierundzwanzig Stunden war die Besetzung des E-Werks beendet worden.

Im Juni liefen die Prozesse vor dem Amtsgericht. Der Gerichtssaal war überfüllt. Die Anklage lautete auf Hausfriedensbruch. Der Staatsanwalt sprach von ungerechtfertigter Selbstjustiz, der Richter billigte den Besetzern zumindest zu, dass sie auf soziale Missstände hatten hinweisen wollen. Das änderte nichts daran, dass alle Strafbefehle durchgesetzt wurden.

Jemand rüttelt an seinem Arm. Robert schreckt hoch und schaut in Ludwigs lächelndes Gesicht. »Komm, du Träumer. Dich hat wohl die Erinnerung übermannt. Lass uns ein Bier trinken gehen.« Er zieht den noch völlig benommenen Robert hoch und legt den Arm stützend um seine Schulter. »Das *Spezi* ist doch gleich um die Ecke. Falls du das noch weißt ...«.

»Klar weiß ich das noch. Das *Spezi* finde ich auch noch, wenn ich blind und taub bin.« Robert berappelt sich allmählich. Als sie im Durchgang zur Gaststätte stehen, merkt er, dass er dringend pinkeln muss. Auf Anhieb fällt ihm eine Karikatur ein. Ein Toilettenraum. Der Oberbürgermeister muss dringend, rüttelt an der Tür. »Besetzt«, sagt eine Stimme von innen. »O Gott, O Gott! Ich kann's nicht mehr hören!« Ehrliche Verzweiflung sieht fast so aus.

Dann sitzt er schweigend Ludwig gegenüber, der von der Klimakatastrophe und der verfehlten Energiepolitik der Regierungen spricht, und ertränkt seinen Kummer im dunklen Hopfenblütentee. Wenn Ludwig den Bogen spannt von Tschernobyl bis zur WAA, von erneuerbaren Energien und Energieeffizienz spricht, leuchtet das selbst Robert ein, der von technischen Dingen keinen Schimmer hat.

»Stell dir nur vor, Bayern hat bei der Windkraftnutzung die rote Laterne im Vergleich aller Flächenländer. Landesweit sind bei uns nur vierhundertfünfzig Anlagen am Netz, von denen viele veraltet sind. Das führt zu der kuriosen Situation, dass wir in Bayern fünf Mal mehr Solarstrom im Netz haben als Windstrom. Das gibt es in keinem anderen Bundesland.«

»Und warum ist das so?«

Ludwig hebt die Schultern. »Die Stadtwerke engagieren sich nicht genug. In Bayern laufen in den kommenden Jahren viele Konzessionsverträge aus. Es ist aus meiner Sicht unverzichtbar, dass die Gemeinden die Stromnetze zurückkaufen.«

»Wenn der Bund Naturschutz in Bayern den Windkraftausbau unterstützt, hat das keinen Einfluss auf die Politik und auf die Kommunen?«

»Das wünsche ich mir. Bislang ist dieser Wunsch aber unerfüllt geblieben.« Ludwig lehnt sich zurück. Resigniert sieht er aber nicht aus.

»Denkst du noch manchmal an die Hausbesetzung zurück?«

»Oh, ja. Im Grunde war das ja der Anfang der Grün-Alternativen Liste mit eigenem Programm und Rudi als Kandidat für den Rathausposten. Parlamentarische Arbeit und so.« Ludwig hebt die Stimme. »Wer hätte das damals gedacht? Aber als bei den Aktionen auf der Straße zunehmend der Effekt ausblieb, ging man eben konsequent einen anderen Weg.«

»War Little da eigentlich auch dabei?«

»Ich glaube, nur am Anfang. Das war nicht sein Weg. Ich habe ihn jetzt lange nicht mehr gesehen.« Sie heben die Krüge, das hilft für den Moment und für die Nacht im Altersheim, wenn wieder die Stimmen kommen und um Hilfe rufen.

Kaum dass sie die Krüge wieder abgesetzt haben, betreten zwei Männer den Schankraum und sehen sich nach freien Plätzen um. Ludwig winkt sie an ihren Tisch, ohne zu zögern folgen sie der Einladung und setzen sich zu ihnen. »Das sind Fritz und Dieter«, stellt Ludwig sie vor. »Zwei alte Kämpen, du wirst von ihnen gehört haben. Und das ist Robert, der früher bei uns war. Ist auf Besuch hier.« Die Männer nicken freundlich und bestellen Bier und ein paar Käsebrote.

»Sport macht hungrig«, sagt Fritz mit vollem Mund.

»Habt ihr wieder Pingpong gespielt?» Ludwig wendet sich Robert zu. »Die beiden sind nämlich fanatische Tischtennisspieler. Seit Dieter in Moabit Gefängnismeister wurde und Fritz sich bewegen muss, damit seine Schmerzen besser werden, liefern sie sich täglich stundenlange Duelle. Wo spielt ihr eigentlich?«

»Meine Eltern hatten noch eine Platte im Keller stehen«, erwidert Dieter. »War etwas verstaubt, aber seit ich wieder in der Stadt bin, übe ich regelmäßig. Und als jetzt Fritz zu Besuch kam, flitzt der Ball wieder wie in alten Zeiten. Stimmt's, Fritz?«

Fritz streicht sich mit der Hand über den haarlosen Kopf. »Ja, stimmt. Mir tut es gut, und ich muss keinen verhaften, dass er mit mir spielt. In Berlin kenne ich zwar ne Menge Leute, die ich zwangsverpflichten kann, aber mit Dieter, diesem hinterlistigen Gnom, macht es besonders viel Spaß.« Als er das sagt, richtet er sich im Sitzen leicht auf und streckt seinen gekrümmten Körper, als wolle er demonstrieren, welch positive Wirkung das Spiel auf sein Wohlbefinden habe.

»Und, Dieter, wie lebt es sich wieder in der Heimat?«

»Relativ normal. Ich besuche gute Freunde, war auch schon auf zwei Veranstaltungen, wo mich niemand erkannt hat. Ich bin nicht der einzige Illegale in der Stadt, glaube ich.«

Ludwig lacht auf. »Da hast du vermutlich recht. Diese Stadt ist fürs Abtauchen geradezu prädestiniert.«

»So schließt sich eben der Kreis. Wir haben damals nur gemacht, was viele Jugendliche wollten: weg von zu Hause und mit ihresgleichen anders leben. Nichts Besonderes. Berlin war die große Bühne, dazu gab es keine Alternative, da mussten wir alle hin. Aber jetzt bin ich gerne wieder hier.«

Fritz pflichtet ihm bei. »Heute bin ich zu alt und habe hier keine Wurzeln, aber wenn ich noch etwas mobiler wäre, käme ich auch hierher. Das Essen ist sehr anständig, die Luft ist gut und hier kann man vor allem wunderbar Fahrrad fahren. Hier würde ich vielleicht sogar noch als Kurier arbeiten, ich soll mich ja viel bewegen. Die Zeit als Fahrradkurier in Berlin war zuletzt nicht mehr das Gelbe vom Ei. Es ist ein Beruf, der in einer Stadt wie Berlin Menschen kaputt macht. Wie sich der Verkehr da entwickelt hat mit den aggressiven Benzinesen, das ist schon hart.« Fritz hat beim Sprechen Schwierigkeiten mit dem Gebiss, nimmt es jetzt raus und steckt es in seine Hosentasche.

»Ich bin eben ein Mensch, der gern zehn Schritte voraus denkt. Das habe ich als Kind beim Schachspiel gegen meinen Vater gelernt.

Ich war übrigens 1956 mit der DJK Don Bosco Bayerischer Jugendmeister im Tischtennis. Nur aufgrund dieser frühen Erfahrung kann ich dem Fritz heute noch Paroli bieten.« Dieter zieht ein Foto aus seinem Geldbeutel, den er in der Innentasche seiner Windjacke verstaut hat. »Das trage ich immer bei mir. Schaut mal. Da, der dritte von rechts, das bin ich.« Er reicht das Bild an Robert mit der Aufforderung, es herumzugeben. Auf dem Schwarzweiß-Foto stehen sechs junge Männer – »Siebzehn war ich damals« – mit Tischtennisschlägern in den Händen beim Siegerfoto zusammen. »Ich war geradezu süchtig nach dem weißen Ball. Und wurde in der Schule immer schlechter. Wenn ich nicht aufgehört und mit dem Lesen begonnen hätte, kein Bücherschrank war mehr vor mir sicher, wer weiß. Trotzdem bin ich dauernd sitzengeblieben und habe zahllose Verweise bekommen. Bis meine Familie ein Einsehen hatte und mich vom humanistischen Gymnasium runter nahm und mich eine Banklehre machen ließ. Das habe ich aber auch nur zwei Jahre durchgehalten und bin im Mai '59 nach Paris abgehauen.« Dieter beginnt ausgiebig von seinem Leben als Clochard und Lebenskünstler in Paris und Schwabing zu erzählen.

»Ja, und eines Tages im Sommer 1969 hat uns Fritz dann zu diesem Knastcamp nach Ebrach gelotst. Weil dort ein Münchner Militanter eingebuchtet worden war, sollte ein Zeltlager errichtet werden und eine Art Gefängnisbelagerung stattfinden. Aus Berlin setzte sich eine Karawane in Bewegung und selbst aus Rom kamen Genossen. Es war ziemlich chaotisch. Die einen waren dauernd bekifft, die anderen wollten stärker agitieren, von den angekündigten Bands war keine am Start, am Ende kam gar nichts raus. Die Leute aus der Stadt wollten uns sogar lynchen, die haben gedacht, das wäre ein kommunistischer Putsch. Na ja, ihr kennt ja die Geschichte.« Dieter lehnt sich zurück und blickt lächelnd in die Runde. »Auf die alten Tage! Prost!«

Robert hat seine Erzählungen aufmerksam verfolgt. »Ich weiß, es ist verdammt lange her. Aber könnt ihr euch vielleicht an eine Edith erinnern, die damals auch dabei war? Mittelgroß, dunkle Haare, ganz hübsch ...«

»War die aus Berlin?«

»Nein, sie ist die ältere Schwester eines Schulfreundes. Soviel ich weiß, war sie bei eurer Aktion im Landratsamt dabei. Vielleicht auch in Ebrach.«

Fritz schüttelt den Kopf. »Ich kann mir vieles nicht mehr merken. Zur Krankheit gehören leider Vertrottelung und Vergesslichkeit dazu.« Er schaut Dieter an.

Auch der winkt ab. »Das ist über vierzig Jahre her. Und es gab so viele hübsche Kommunardinnen, da träumst du heute noch von. War denn irgendetwas Auffälliges an ihr? Wieso willst du das überhaupt wissen?«

»Ich suche diesen Freund und vielleicht finde ich ihn über seine Schwester. An der war eigentlich nichts besonders auffällig. Höchstens, dass sie ihren Bruder fast überall mit hingeschleppt hat. Auch zu Demos, Diskussionen, Agitprops und so weiter. Der war damals gerade mal zehn, zwölf Jahre alt.«

»Tut mir leid, aber da springt in meinem Hirn nichts an. Bei uns liefen immer auch Kinder rum, das war damals nichts Besonderes.«

Fritz beginnt nervös in seinen Taschen zu wühlen. »Suchst du dein Gebiss?« flachst Ludwig.

»Nein, meine Pillen. Die muss ich alle drei Stunden nehmen. Wie viel Uhr ist es? Mist, ich bin schon über die Zeit. Ich habe sie wohl bei Dieter vergessen. Wir müssen rasch los.«

»Na, dann.« Auch Dieter steht auf und setzt seinen Hut auf. »Könnt ihr mal eben übernehmen? Wir müssen uns beeilen, sonst fällt mir der alte Mann noch vom Rad.« Sekunden später sind sie schon verschwunden. Robert schaut verdutzt, während Ludwig heiter gestimmt ist. »So sind sie, die alten Stadtguerillas, schnelles Auf- und genauso schnelles Abtauchen, das lange Training zahlt sich auch noch im Alter aus.«

VI.

Nun sind schon fünf Tage vergangen und immer noch keine Spur von Little. Er scheint wie vom Erdboden verschluckt zu sein. Dabei gehörte er früher zum festen Inventar der Stadt. Zumindest innerhalb einer bestimmten Szene. Robert schlürft seinen Kräutertee und lässt den Blick nachdenklich durchs Zimmer schweifen. Häuslich eingerichtet hat er sich nicht, lebt nur aus dem Koffer. Er wird hier keine Wurzeln schlagen. Die vielen Begegnungen mit alten Freunden sind schön, aber Robert merkt, dass er nur an der Oberfläche kratzt. Die Zeit lässt sich nicht zurückdrehen. Er ist zwar ein sentimentaler Knochen und schwelgt gerne in Erinnerungen, aber seit damals hat sich viel geändert. Ist es für ihn nun eine fremde Stadt? Ist es überhaupt noch seine Stadt? Robert seufzt innerlich und lässt die Frage stehen. Beim Blättern in der Zeitung stößt er im Landkreis-Teil auf einen Bericht über den einstimmigen Entscheid im Kreistag, sich für den Ausbau der Windenergienutzung einzusetzen. Gestritten wird aber noch um die Standorte, vor allem in Landschaftsschutzgebieten. Erstaunlich findet Robert, wie viele Gemeinden offenbar gerne in den Genuss eines Vorranggebietes kommen wollen. Dabei dachte er immer, die Leute finden das zwar prinzipiell gut, bloß nicht vor der eigenen Haustür. Ludwig wird das freuen. Die Todesanzeigen überfliegt er nur. Ein junger Mann mit 35 Jahren und eine Frau seines Jahrgangs aus Frensdorf. Hallo, wer klopft da?

Das Seminar ist eine Katastrophe. Wo früher manisch gestrickt wurde, wird heute ausgiebig geschlafen oder gemailt. Keiner hat Lust, sein Nichtwissen über Literaturausstellungen kundzutun. Robert rächt sich und referiert in gnadenloser Monotonie über »Die Endlichkeit von Raum und Zeit. Möglichkeiten und Grenzen von Ausstellungen zur Literatur«. Ohne eine Pause zu machen, verordnet er, eine Konzeption zu einer Ausstellung über die literarische Postmoderne zu erstellen. Mit Marketing- und Kostenplan. Alles stöhnt. Obwohl es noch früh am Tag ist, steht die Hitze im Raum. Robert bleibt unerbittlich. Er weiß, dass sie sich eines Tages an ihm rächen werden. Hoffentlich schafft er es in die Rente, bevor sie ihn kriegen.

Am Nachmittag wird er den Schriftsteller Hans Wollschläger besuchen und ihn nach Little fragen. Little hat ein paar Jahre für ihn gearbeitet. Als eine Art Privatsekretär. Recherchen, Bürokram, Händchen halten. Vielleicht hat der eine Ahnung, wo sich Little versteckt hat. Denn das vermutet Robert: Dass Little untergetaucht ist. Weil er mal wieder etwas ausgefressen hat. Und nun in einem Erdloch wartet, bis die Strafverfolgung ausgesetzt wird. Bis die Verjährungsfrist abgelaufen ist. Worum es auch immer gehen mag, das kann, bei seinen Vorstrafen, dauern.

Der Weg zu Wollschläger führt ihn die Karolinenstraße an der sandfarbenen *Hofapotheke* und am ehemaligen *Feuerbach-Buchladen* vorbei den Berg hinauf. Am Schaufenster drückt sich ein Mann die Nase platt. Seitlich hat er seine Hände vors Gesicht gelegt, um trotz der Sonne ins Innere sehen zu können. Das Schaufenster ist leer, der Laden ausgeräumt, neben einem Bierkasten steht eine silberne Klappleiter, am Boden liegen Werkzeuge verstreut. Robert sieht mit Verwunderung, wie der Mann sich vor dem Fenster krümmt und windet, nur um einen besseren Blick in das Geschäft werfen zu können.

»Kann ich Ihnen irgendwie behilflich sein?«

Der Mann dreht sich ruckartig um, als wäre er bei einem Einbruch ertappt worden. Ein riesiger Vollbart ziert das längliche Gesicht, die kurzen Haare sind zurückgekämmt, zu einem Gehrock aus dunklem Tuch trägt er ein weißes Hemd mit einem rot-weißen Plastron.

»Sehr freundlich, vielen Dank. Ich glaube nicht. Vielleicht unterliege ich auch einer Täuschung, aber befand sich an dieser Stelle nicht einst eine Buchhandlung?«

»Das stimmt. Es ist allerdings schon eine Weile her. Nannte sich *Feuerbach-Buchladen*. Er wurde einst von einem kommunistischen Aktivisten betrieben, der heute als internationaler Kunsthändler vorzugsweise auf dem Chinesischen Markt reüssiert.«

»Das nenne ich kurios.« Der Mann schüttelt leicht den Kopf. Ob er unter dem Vollbart lächelt, kann Robert nur vermuten. »Sie müssen wissen, dass ich mit meiner Familie ganz in der Nähe, in der Domprobstei, zwei Jahre lang gewohnt habe, und hier täglich vorbei ging. Es waren leider nur zwei Jahre, dann wurde mein Vater ans Appellationsgericht in Ansbach versetzt. Aber ich erinnere mich gerne an den großen, verwilderten Garten und den schönen Blick, den wir auf den Dom hatten. Wer hätte das gedacht, dass ich angesichts dieser Nähe zu den Pfaffen so unorthodox über die Kirche schreiben würde?«

Eigentlich ist Robert mit Hans Wollschläger verabredet, aber die Zeit drängt nicht und was der fremde Mann erzählt, weckt seine Neugier. »Das ist ja interessant. Sind Sie Schriftsteller? Sie heißen nicht zufällig Deschner?«

»Nein, nein«, der Mann schmunzelt, »ich beschäftige mich mit Logik, Metaphysik und Theologie. Mein Vater war ein nicht ganz unbedeutender Strafrechtler und wurde aufgrund seines liberalen Geistes von Montgelas ans hiesige Gericht abgeschoben. Ich besuchte mit meinen Brüdern das Alte Gymnasium und war gar kein so schlechter Schüler, wenn ich das in aller Bescheidenheit anmerken darf. Mein Vater hatte leider eine Affäre mit einer gewissen Nanette, die in der Sutte wohnte und zeitweise auch bei uns, was unsere Familie letztlich zerstörte. Trotzdem habe ich an die

Stadt die angenehmsten Erinnerungen, zumal hier auch Hegel lebte, der kurz vor unserer Ankunft weiter nach Nürnberg zog. Ich habe dann später in Berlin seine Vorlesungen gehört, der hat mich immens beeinflusst.«

»Hegel? Den Herrn habe ich auch kennengelernt. Wir haben uns beim Metzger getroffen und gemeinsam Leberkäs gegessen und Bier getrunken.«

Der Mann lacht kurz auf. »Das passt gut zu ihm. Er ist ein so scharfsinniger Denker, aber er ist eben auch ein Schwabe. Da kommt das Genießerische nie zu kurz. Ich habe in jeglicher Hinsicht viel von ihm profitiert. Seine Thesis, dass Mensch und Geschichte nur Erscheinungsformen des göttlichen Geistes seien, habe ich aufgegriffen und um eine sinnliche Komponente erweitert. Wissen Sie, ich glaube erkannt zu haben, dass der Mensch häufig nur funktionieren soll, um einem Höheren zu dienen. Das erscheint mir als entfremdetes Dasein, als ideell und materiell ausgebeutete Existenz. Was durch die Religion«, der Mann wendet den Blick Richtung Domberg – »der Erzbischof wird es nicht gerne hören – verfestigt und legitimiert wird. Dabei muss sich der Mensch, so sage ich, emanzipieren, muss die Energien, die er nur ins Transzendente projiziert hat, in sein Dasein zurückholen. Erst dann wird er sich wieder als ganzes Wesen empfinden können.« Der Mann tritt einen Schritt vor und gibt Robert die Hand.

»Ich muss mich entschuldigen. Was müssen Sie bloß von mir denken? Ich schaue wie ein Dieb durch ein Fenster und belästige Sie anschließend mit meinen wirren Ideen. Verzeihen Sie mir, aber zuweilen, zumal im Anblick von so viel Klerikalität, übermannt mich der Furor und ich verliere mich.«

»Aber ich bitte Sie! Ich finde das höchst anregend, was Sie sagen. Ich hatte in den letzten Tagen das Glück, einer Reihe interessanter Menschen begegnen zu dürfen. Vieles, was gesagt wurde, hat mich berührt. Ich bin dankbar, dass Sie mit mir gesprochen haben. Zumal wir uns überhaupt nicht kennen, und nur durch diesen komischen Buchladen aufeinander getroffen sind. Ich heiße Robert Tehling.«

»Ich freue mich, Ihre Bekanntschaft gemacht zu haben, Herr Tehling. Darf ich Ihnen meine Karte geben? Ich bin eigentlich in Eile und muss mich verabschieden. Leben Sie wohl!« Der Mann überreicht Robert seine Karte, deutet eine kurze Verbeugung an und geht schnellen Schrittes die Straße hinunter.

Komisch, denkt sich Robert, immer wenn es spannend wird, gehen die alle. Hoffentlich hat das nichts mit mir zu tun. Er blinzelt in die Sonne, dreht sich in den Schatten, um die Karte besser lesen zu können: »Ludwig Feuerbach, Privatdozent Universität Erlangen«.

Jetzt muss er sich erst mal kurz am *Café Residenz* auf die Sonnenterrasse setzen und verschnaufen. In diesem ehemaligen Domherrenhof hatte Ingo, der Teufelsgeiger der Stadt, regelmäßig Konzerte gegeben und ausgestellt. In sein Palais und in den Rosengarten lud der Berganza-Jünger alle Kaffeeschlürfer und Serenadenfreunde; Robert hatte zuletzt ihn und den Pianisten Johann Sengstschmid mit Werken von Georg Kreisler und Henryk Wieniawski gehört. Obwohl sich Ingo viele Jahre in der südlichen Hemisphäre herum trieb, kam er immer wieder in die Stadt zurück. Aber auch hier fand er sein Glück nicht. Robert schlürft eine kalte Schorle und erlangt allmählich das Bewusstsein wieder. Noch vierzig Minuten, dann muss er bei Wollschläger klingeln.

Trotz der gebotenen Eile hat Robert noch die Muße, sich beim Hochlaufen zum wiederholten Mal von der Architektur des Dombergs beeindrucken zu lassen. Schon Wilhelm Turner hat vor fast zweihundert Jahren das prächtige Ensemble rund um den Dom in seinem Skizzenbuch festgehalten. Die Kirchtürme ragen wie altertümliche Mobilfunktürme empor, überall späte Gotik in Bausch und Bogen, schöne Pforten und reiches Renaissancedekor, dreifache Pilaster und Asymmetrie in Vollendung. Hier wurden Kutschen und Seelen repariert, wurde residiert und Hof gehalten, über glühende Kohlen gelaufen und unterm Krummstab gelebt, gelitten und verdaut. Robert scannt die Außenhaut der mächtigen Kirche und begeistert sich für die Veitspforte mit ihren kleinen Säulen und Kapitälchen und den seltsamen Aussparungen darüber, als würden dort Kapuzenmänner heraustreten können. Alles prunkt und blendet, nicht nur im Sonnenschein oder im Scheinwerfer der Touristenbusse. Wenn diese hier nicht halten und ihre Menschenladungen abkippen, wirkt der riesige Pflastersee vor Dom und Residenz trostlos und picklig, wie eine vulkanische Oberfläche mit kleinen Hoppelkratern und einer Spurrille, in der ein riesiger Traktor über das Steinfeld gepflügt ist. Ansonsten hat alles seine Ordnung, Fenster reiht sich an Fenster, Portal an Portal, Dientzenhofers Präzision und Pedanterie.

Im Inneren der Kirche sieht das Chorgestühl aus wie gekränzte Spitzen, ein liturgisches Waffendepot für schlechte Zeiten. Der kleine König mit dem festen Blick, am Nordpfeiler des Georgenchors, tot fotografiert und doch nicht zum Leben erweckt. Was Robert immer irritiert hat, ist dieses Festungsgebilde über seinem Kopf, eine Stadt vielleicht, die ihm im Kopf herumgeht. Alles schlicht und machtvoll zugleich. Im Rosengarten dann ein blanker Busen und der Blick über alles, was schief und krumm ist an dieser Stadt. Lose Ziegel, klapprige Dächer, Schlöte in seltsamen Variationen, alles unter der Last der Jahrhunderte mittig eingesackt. Robert löst sich vom rot-schwarz getupften Wimmelbild aus Ziegeln und Antennen, in dem an allen Ecken und Ende unversehens Türme und Türmchen wie freche Pilze durch diese Stein- und Blechlandschaft brechen und die Silhouette der Stadt in eine seltsam frivole Topographie verwandeln.

Die Straße windet sich durch die alten Mauern der kaiserlichen Pfalz und der bischöflichen Amtsgebäude, an der Domschule vorbei über den kleinen Platz, bis Robert, etwas erschöpft vom Anstieg, stehenbleibt und durch ein Fenster schaut. Er sieht zwei Tische, alte Werbeblechschilder an der Wand, einen Tresen. Gaststätte *Torschuster.* Vier taubenblaue Fensterläden, eine Bierlaterne, eine Stufe. Sieht nach harmloser Eckkneipe aus. In grauer Vorzeit diente das Haus einem Schuster, dessen unschuldige Tochter der Legende nach als Hexe verbrannt werden sollte und auf dem Weg zum Scheiterhaufen von zehn barmherzigen Dachziegeln erschlagen wurde. So dass ihr der Foltertod erspart geblieben ist. Die Geschichte, die ihm Little einst erzählt hatte, der ein Faible für derart missliche Schicksale hatte, hätte nach Roberts Auffassung auch glücklicher ausgehen können. Hier war das westliche Haupttor der Stadt gewesen, der einzige Zugang zum Domberg, Nadelöhr und Staufalle zugleich.

Drei spaßige Jungs hatten vor vielen Jahren an dieser Stelle eine üble Spelunke mit weißen Spanplatten, einem quirligen Deckenventilator und schrägen Spiegeln in ein großstädtisches Neonparadies auf zwanzig Quadratmetern verwandelt. Im *Torschuster* gab es New Wave und geschüttelte Milch am Glasbeton-Tresen, in dem ein farbiges Röhrensystem den Laden chamäleonhaft ausleuchtete. Das Wasser lief von den Wänden, die Ramones klatschten den Beat in das erzbischöfliche Palais auf der anderen Seite, und die fünfzig Leute in der Bar lernten sich richtig gut kennen. Hier hörten Robert und Little zum ersten Mal die Sonics und die Seeds, die Buzzcocks und die Sex Pistols. Little lebte den Punk, experimentierte mit Ketten und Nadeln und erfand den Traktorentanz. Er wurde noch hagerer als Iggy Pop und nihilistischer, als er ohnehin schon war. Einmal sagte er, hier gebe es das Zubehör zum Leben, einfach alles, was man nicht brauche.

Die Wochenenden waren für sie die Gegenwelt zur Schule, Balsam für Hirn und Seele. Die schwarz-weiß karierten oder gestreiften Hosen holten sie sich aus dem Fachgeschäft für Berufskleidung, bei den T-Shirts schnitten sie die Ärmel ganz oben ab und trainierten die Oberarmmuskulatur mit dem Expander. An den Füßen trug Little jetzt Chucks oder schwarze Lederschuhe mit Seitennaht, die vorne spitz zuliefen. Pfundweise Gel in die Haare, manchmal einen Kajal um die Augen, Sicherheitsnadeln verzierten die Lederjacken, einer hatte sich kurzzeitig ein Schaschlikstäbchen durch die Backe gejagt. Die Mädchen zeigten Netzstrümpfe mit Löchern, kurze Röcke und klobige Boots oder – als Disko-Variante – Nuttenschuhe für den Nahkampf. Sie waren nicht ernst zu nehmen. Die härteste Provokation vollzog sich in Form nächtlicher Ruhestörung. Die meisten waren allenfalls Mode-Punks, Schaufensterpuppen für den konfektionierten Underground. *What ever happend to all the heroes* verkam zur Zappelnummer, sie tranken *Milk & Alcohol* wie geiles Weihwasser und schlurften halbstark mit Don Krawallo durch die romantischen Gassen der Altstadt. Hier war nichts ätzend, nichts faschistoid, Ratten blieben Ratten und New Wave gab es bald bei C & A. Die Bullen wohnten im Nachbarhaus, und die Lehrer entnahmen ihren Bildungsauftrag aus der Satzung der GEW. Die Landschaft war lieblich und schön, die kleinen sozialen Brennpunkte hatte man an den Stadtrand ausgelagert, Berlin war weit weg und »no future« ein Zitat.

Die Villa Aja liegt in einem dicht eingewachsenen Garten, um den die abfallende Straße einen eleganten Linksbogen macht. Eine kuriose Mischung aus Jugendstil und Fachwerk mit überbauten Terrassen im ersten und zweiten Stock, die die Hanglage des Grundstücks ausgleichen. Das schwarze Eisentor, durch das Robert geht, ist nur angelehnt und hängt zwischen wuchtigen Steinsäulen. Aja heißt die Frau des sumerischen Sonnengottes Šamaš, aber auch ein Album der amerikanischen Band Steely Dan. Nein, die hatte Hans Wollschläger wohl eher nicht im Blick, als er sein Haus benannte.

»Kommen Sie nur rein«, ruft es aus dem Inneren. Robert öffnet die Tür, betritt den Hausflur und steht mitten in der Wohnung. Neben ein paar Sesseln lehnt ein Fahrrad an der Wand, eine junge Frau wechselt halbnackt das Zimmer, der wuschlige Wollschläger kommt mit weißem, lässig aufgeknöpftem Hemd und Jeans barfüßig auf ihn zu und reicht ihm freundlich die Hand.

»Setzen Sie sich doch. Möchten Sie einen Tee?«

»Sehr gerne.« Wollschläger verschwindet in einem Nebenraum. Robert sieht sich um. Regale mit alten Büchern, Enzyklopädien, ein paar Drucke, meist Aktstudien, wo noch Platz ist an den Wänden, zwei Notenständer.

Wollschläger, schlaksig und leger, kommt mit einer Kanne Tee und gießt ein.

»Den trinke ich zu jeder Jahreszeit, auch im heißesten Sommer.« Er lacht wie ein großer Junge. »Das kommt vielleicht von meiner orientalischen Seite.«

Robert rutscht unruhig auf dem etwas klapprigen Stuhl hin und her. »Entschuldigen Sie bitte, wenn ich so direkt frage. Wissen Sie, wo Little steckt?«

»Nein, keine Ahnung.« Wollschläger wirkt erstaunt. »Mit Ihrer Frage sind Sie mir zuvorgekommen. Ich dachte, Sie kämen in seinem Auftrag und wollten mir sagen, warum er nicht mehr vorbei gekommen ist. Sie sind doch befreundet, nicht wahr? Mögen Sie noch Tee?« Er hält die halbvolle Kanne in der Hand und schaut Robert fragend an.

Der wehrt ab. »Nein, danke. Ich habe seit einiger Zeit den Kontakt zu ihm verloren. Nun bin ich seit ein paar Tagen in der Stadt und frage herum. Aber niemand weiß etwas. Es ist wie verhext.«

»Ich lebe hier in ziemlicher Abgeschiedenheit meine Neigungen aus und bekomme gar nicht so viel mit, was in der Stadt passiert. Das ist auch gut so. Ich gehe abends mal ins Konzert oder zu einem Vortrag. Kommt aber eher selten vor. Denn um diese Zeit arbeite ich am Besten. Tagsüber fahre ich mit dem Rad in die Natur oder gehe spazieren. Mein Freund Hoffmann hat ja eifrig vorgespurt, im Hain, an der Regnitz entlang.«

Robert zögert. Kaum wagt er, die Frage zu stellen. »Dann fühlen Sie sich hier also sehr wohl?«

»Kann man so sagen. Ich bin ein sehr wärmebedürftiger Mensch, und die Sonnentage fallen hier einfach reichlicher an als anderswo. Außerdem ist das eine alte, sehr schöne Stadt.«

»Das klingt so versöhnlich. Ich hatte es anders in Erinnerung.«

»Hat Ihnen Little etwas erzählt?« Wollschläger winkt ab. »Es ist ja kein Geheimnis, dass ich hier auch meine Probleme hatte. Die Stadt hat ein Janus-Gesicht. Hier fristen viele ihr Dasein im Bierdunst und im Weihrauch und kommen irgendwie über die Runden. Eine Weltprovinz, wenn Sie so wollen, aus toten Glocken geläutet. Und die Lebensverschmutzer, die Erzhirten und die taubstummen Lemuren aus der Geschäftshalbwelt. Ein Sammelsurium von toten Elementen, im grauen Taumel bürgerlicher Beflissenheit, wenn ich das so sagen darf.« Wollschläger schenkt sich nach und legt ein Bein über das andere. »Und das Grässlichste daran ist, dass alles unverändert bleibt. Man hat viel Kindheit nötig, um sorglos hindurch zu stampfen.«

»Meiden Sie deshalb den Umgang mit den Menschen hier?«

»Das tue ich ja gar nicht. Little war so etwas wie mein Anker in der Gesellschaft, mein verlängerter Arm. Deshalb fehlt er mir auch so. Aber diese verstopften Mitmenschen haben mir schon manchmal einen gehörigen Schrecken eingejagt.«

»Wieso? Was ist passiert?«

»Als ich zum Beispiel diese Rede zum Stadtjubiläum gehalten habe, die dann auch im Radio zur besten Sonntagmittagszeit gesendet wurde, als überall die Klöße dampften und die Behaglichkeit feierte, da dauerte es nur ein paar Stunden und dann haben sie mir die Fenster eingeworfen. Und das obwohl ich im Schlagschatten des Doms wohne.« Wollschläger steht auf und zeigt aus dem Fenster im Osten, in dem sich die Türme spiegeln. »Andererseits: Wo das Gedächtnis sich aufmacht, zurückzusehen, da sieht es im Mittelpunkt langer geistlicher Herrschaft zwangsläufig zurück auch in finsterste Räume des Wahns, der Unterdrückung, der Schmerzen.«

»Das klingt ja so, als bestehe die Geschichte der Stadt aus einem ständigen Kampf ihrer Bewohner mit der Obrigkeit?«

»Ist es nicht genau so gewesen? Erst die Verfolgung der Juden im Zusammenhang mit den Kreuzzügen, dann die Verfolgung der Ketzer Mitte des vierzehnten Jahrhunderts, dann der Bauern und Bürger im Bauernkrieg, als der Prediger Johann Schwanhausen, Custos zu St. Gangolf, um 1520 herum aus dem Stift verwiesen wurde. Worauf vom Zinkenwörth aus die Bürger aufstanden und die Stadttore besetzten, die in bischöflicher Gewalt waren. Sie wollten das Domkapitel entmachten, achttausend Bauern solidarisierten sich, aber das Bundesheer gewann, die Rädelführer wurden hingerichtet. Dann kam die Verfolgung der Hexen und Druden im Zuge der Inquisition, ich sage nur: Malleus maleficarum, der »Hexenhammer«, ist ja gerade Stadtgespräch. Kaum sind vierhundert Jahre vorbei ... Und so weiter und so fort.«

»Aber ist das nicht ein Widerspruch? Sie werden beschimpft, obwohl sie auf die Missstände hinweisen.«

»Es brach ein Getümmel der Affekte los, das selbst mir, der die Schlaftiefe des Bürgertums voll zu würdigen weiß, überraschend kam.«

»Und das hat sie nicht verärgert?«

Wollschläger streicht sich die dicke Haarsträhne aus dem Gesicht. »Ach wo. Es ist mit der Literatur, ob sie nun kritisch das Bürgertum oder die politischen Verhältnisse aufs Korn nimmt, immer das Gleiche. Die Leute, die das angeht, die getroffen werden, die lesen diese Literatur ja nicht. Sie nehmen sie nicht zur Kenntnis. Das findet auf einem anderen Planeten statt. Und die, die es lesen, gehören ohnehin meist zum ferneren Umkreis dieser Literatur selbst, die denken schon so, bringen im Grunde die Bereitschaft, so zu denken, schon mit. Sonst würden sie diese Literatur nicht lesen. Der Grund dafür, dass Kunst oder Literatur nicht zur Kenntnis genommen wird, liegt doch wohl jenseits des Materiellen. Denn Bücher sind als Waren doch etwas unglaublich Billiges, das sich jedermann ohne weiteres leisten könnte. Es ist aber irgendwo im Hintergrund doch entscheidend die Insuffizienz, sich mit abstrakten Dingen auseinanderzusetzen. Mit immateriellen Vorgängen und Phantasiewelten oder wie man das nennen mag.«

»Und was bleibt dann für Sie?«

»Ich mache mir mein geistiges Klima selbst und leide keinen Mangel.«

»Das regt Sie nicht auf?«

»Alles, was wir auf Erden machen, ist irgendwo idiotisch, es kommt nur auf den Lustgewinn an, den der Einzelne daraus zieht. Aber ich bin ein hartnäckiger Liebhaber und betrachte den besagten Wirbel in äußerster Muße.«

Dabei blitzen seine dunklen Augen kampfeslustig, und Robert gewinnt eine Vorstellung davon, was »äußerste Muße« für diesen Mann bedeutet. Wollschläger pflegt seine Feindschaften. Dass Little für ihn als eine Art Privatsekretär gearbeitet hat, weiß Robert. Wie intensiv die Verbindung offenbar war, überrascht ihn. Plötzlich steht die junge Frau im Türrahmen und verabschiedet sich. Wollschläger winkt ihr lächelnd zu und wendet sich dann wieder seinem Gast zu.

»Haben Sie denn gar eine Vorstellung davon, wo Little abgeblieben sein könnte?«

»Nein. Er ist von einem Tag auf den anderen nicht mehr gekommen. Das war ungewöhnlich. Denn obwohl er ein sehr unabhängiger Geist ist und ich oft nicht weiß, wie ich ihn erreichen kann, zuverlässig war er immer. Und Disziplin liebe ich!«

Wollschläger zuckt mit der linken Schulter. Komisch, denkt Robert, dass er sich offenbar nicht nach Littles Verbleiben erkundigt hat.

»Ich merke, Sie wundern sich, warum ich nicht nach Little gesucht habe. Ich kann das erklären. Ich weiß nicht einmal, wo er wohnt. Ich habe keine Telefonnummer, keine Adresse, gar nichts. Er kommt und geht, wann er will. Und er erzählt, wenig allemal, nur was er will. Ich mag das. Das ist ein abgespeckter Mensch, mit dem halte ich das aus. Und so ist das für uns beide gut. Ich denke, er wird eines Tages hier wieder auftauchen. Aber erklären muss er mir nichts.« Wollschläger macht eine Pause, nippt an seinem Tee.

Robert versteht und bedankt sich für Tee und Gespräch. »Ich finde hinaus, vielen Dank.«

»Gut. Lassen Sie die Tür bitte offen.«

Als Robert die Stufen an der Ostseite des Grundstücks hinunter steigt, liest er auf der Betonmauer, die es einfriedet, ein mit roter Sprayfarbe geschriebenes, großflächig aufgetragenes Graffiti: »You make me feel crazy crazy …«.

Über die Sutte und die Matern schlendert Robert nachdenklich nach Hause. Es ist zum Verzweifeln. Keine Spur von Little. Soll er aufgeben? Vielleicht will der Freund auch nicht gefunden werden. Offenbar hat er sich ganz bewusst zurückgezogen. Aber warum nur? Und wohin? Robert überlegt. Ihm fällt nichts mehr ein, wo er noch anknüpfen könnte. Es ist frustrierend, er hatte es sich viel einfacher vorgestellt. Er hatte gedacht, dass er Little spätestens am zweiten oder dritten Tag in irgendeiner Wirtschaft antreffen würde. Wenn schon nicht vorher auf der Straße. Auch das wäre denkbar gewesen, die Stadt ist klein, die Wege bekannt. Zumindest hatte er gehofft, jemanden zu finden, der ihm würde weiterhelfen können. Es leben ja fast alle ehemaligen Freunde aus der Schule und den Vereinen noch in der Stadt. Irgendjemand muss doch etwas wissen. Das kann gar nicht anders sein. In diesem Land verschwindet niemand einfach so. Hier wird doch registriert und überwacht, an jeder Kreuzung und an jedem neuralgischen Punkt zeichnen Videokameras auf, die Behörden haben jede Existenz fest im Griff, man muss gemeldet sein, arbeiten, Steuern zahlen und die Krankenversicherung. In Robert keimt ein Verdacht auf. Wird er von den Leuten nur verarscht? Vielleicht wissen die alle mehr, als sie erzählen, und halten ihn nur hin, tricksen ihn aus, lassen ihn ins Leere laufen. Aber warum sollten sie das tun? Robert findet keine Gründe, die ihm plausibel erscheinen. Es kann natürlich sein, dass Little tatsächlich im Knast sitzt. Robert schreibt eine SMS an einen Schulfreund, der bei der Polizei arbeitet. Vielleicht kann der weiter helfen. Der antwortet sogleich mit einem »Schwierig. Mal sehen, was ich machen kann«. Robert will nichts unversucht lassen.

Während er zum Domgrund einbiegt, sieht er in einem spitzgiebligen Fachwerkhaus im Erker zwischen den Fenstern eine rote Madonna mit einem blauen, in Falten geworfenen Umhang. Wenn das kein Zeichen ist! unkt Robert und geht den schmalen Weg weiter, der auf einer Seite von einer mannshohen Mauer begrenzt wird, auf der sich eine Gruppe Sprayer mit großformartigen Reminiszenzen an Dali, Burton, Picasso, Beuys und andere Maler verewigt hat. Brennende Giraffenhälse, Roboterfratzen, spanische Stiere und nackte Halbgötter, daneben küssende Lippen und der Hinweis »Denken verbraucht das Gehirn«. Hinter Pflaumenbäumen lugen die grünen Spitzhauben der Domtürme hervor. Man entrinnt der Kirche hier nirgendwo. Über den Hinteren Bach biegt Robert in den Vorderen Bach ein, vorbei an roten Haustüren, grünen Fensterläden und dunklen Holzbalken, die manches Haus geometrisieren; sein Blick bleibt auf einer roten, ovalen Tafel hängen, die am Alten Ebracher Hof hängt. »City-Tours Stadt-Führungen Ingo Graupner, Mobilnummer, Vorderer Bach 5«. Durch welche Stadt mag Ingo jetzt wohl führen.

Vier knorrige Akazien, deren Stämme wie hölzerne Knoten ineinander verschlungen sind, flankieren die Stufen zum Domberg. Wie Baumhexen stehen sie da, unheimlich und Geschichten versprechend, die nie stattgefunden haben. Robert setzt sich in ihren Schatten. Was kann er noch tun? In zwei Tagen endet das Seminar, dann wird er die Stadt wieder verlassen. War alles umsonst? Der einzige Ort, der noch übrig bleibt und an dem sich Little immer wieder herum trieb, ist das *Downstairs*. Robert glaubt nicht, dass es noch existiert. Es ist kein Umweg, er wird vorbei schauen. Zumal er die Stadt nicht verlassen darf, ohne bei Mario eine Pizza gegessen zu haben. Das zu versäumen, wäre frevelhaft. Er bleibt noch ein wenig in der Abendsonne sitzen, die blaue Stunde neigt sich dem Ende, die Schatten werden länger, die schönste Zeit des Tages naht. Der Übergang vom Tag in die Nacht.

Robert stöpselt sich ein in den Sound vergangener Tage und treibt ganz allmählich davon. In einen blendendweißen Raum mit verklebten Fenstern und Schaumstoffisolierung an den Wänden, in dem zwei Zahnarztstühle neben Sperrmüll stehen, mit EVIL KNIEVEL im Flur für alle Pinball Wizzards, 2 x 800 Watt dröhnen durch die Wohnung im vierten Stock in der engen Gasse, genannt »Die Burg«, wo eine Zeitlang die besten Partys der Stadt gefeiert wurden. Little war hier Dauergast mit einer Dauererektion, denn hier gab es Eis, Bier und Sex. Das war die ideale Mischung, nicht nur für ihn. Irgendwann rutschte man »downstairs« in ein stinkendes Kellergewölbe und behielt den Namen bei. Monatelang wurde umgebaut, es verbreitete sich wie ein Lauffeuer in der Stadt, *The Lunatics have taken over the Asylum,* die Karibik mit ihren Plastikpalmen flog raus, und die drei spaßigen Jungs installierten unter der niedrigen Decke eine kühle Improvisation aus Stahl, Blech und Glas. Schwarz-weiß verplastikt, überall Strahler an Stangen und Röhren, ein »Buffer and power amplifier«

und der Sound von Altec Lansing und Amcron, bis die Karohosen Feuer fingen. Der DJ verkapselt und nicht ansprechbar, das Wasser lief von den Wänden, Brillengesichter und Asthmatiker japsten nach Luft, der Rest verspiegelte sich beim Tanzen und trug Sonnenbrillen. Die spaßigen Jungs warben mit »the beat & pulse of the city«, was nichts zu bedeuten hatte. Trotzdem trieben sich alle hier rum, die Tür war hart, in und out. Die Chinesin, Hanni & Nanni, Ross & Reiter, Manu und Nanu, Simon und Simone, Tina und Toni, Speedy Gonzales und Conchita, der Wahnsinn und die Blödmänner, Nieten und Stachelbären, Blondinenbesamer und Hosenverkäufer, Vitamin-B-Räuber und geldige Windbeutel. In der Tunnelröhre, in der Tretmühle, in der Klapsmühle. Am nächsten Tag mussten alle auslüften. Die Toten Hosen kamen zum Ficken, Blasen, Bumsen in die Stadt, blöderweise gaben ihnen aber die Hotels der Stadt kein Bett und so mussten sie im Stehen schlafen. Was ihnen nichts ausmachte.

Little war zu dieser Zeit mit der Gründung einer Band beschäftigt. Roberts drittbesten Freund Hänschen hatte er auch schon verpflichtet. Denn Hänschen sah mit seinen sechzehn Jahren schon ganz gut aus, trug lange Locken und wurde auch immer größer. Da der Band noch ein Leadsänger fehlte, wurde er kurzerhand engagiert. Sie nannten sich Roadrunners und spielten die Songs der englischen Bands nach. Little lernte Gitarre und trieb seine Eltern in den Wahnsinn.

Im Zuge der Partnerschaft mit der Stadt Bedford kamen Little, Hänschen und dessen Kumpels Racko und Iltis zum Jugendaustausch nach Mittelengland und gingen eines Abends zu einem Konzert einer Gruppe namens The Clash, die im *Pad* spielte. Die Band hatte gerade ihre fünfte Platte herausgebracht, *Combat Rock*, grandioser Punkrock, und sie hatten einen Sänger, der Hänschen aus den Socken haute. Hänschen beobachte jede Bewegung von Joe Strummer mit glänzenden Augen. Das Konzert beeindruckte die Freunde nachhaltig. An diesem Abend veränderte sich Hänschens Leben. Er nannte sich nunmehr Johnny, trug Tag und Nacht eine schwarze Lederjacke und träumte den Traum vom Rock'n'Roll Star.

Zuhause übten die Jungs fortan im alten Lokschuppen, bis ihnen die Finger bluteten. Robert, der nur in der Badewanne singen durfte, wurde der Manager der Band. Johnny kaufte jede Platte von Clash und las alles über Joe Strummer. Die Jungs suchten sich neben der Schule Jobs zum Geldverdienen, das sie in ganze Bausätze von Lautsprechern, Nebelwerfern und Lichtanlagen investierten. Es wurde allmählich Zeit für das erste Konzert. Ungefähr zwanzig Titel hatten sie drauf, vor allem von Clash wie *London Calling, The Magnificent Seven* und das hammerartige *Should I stay or should I go*. Beim Sommerfest des Gymnasiums durften sie endlich auf die Bühne, doch als Johnny die ersten Töne von *Rock the Casbah* singen wollte und gleichzeitig die Nebelmaschine anwarf, knallten die Sicherungen durch. So musste Robert, der das Konzert mitorganisiert hatte, während des gesamten Gigs den Sicherungshebel hochklemmen. Um das Lampenfieber zu bekämpfen, hatten die Jungs schon einige Flaschen Bier geköpft und auch ein paar Joints weggequalmt.

Johnny war eigentlich der einzige ernst zu nehmende Kiffer in der Truppe. Robert hatte der Stoff nur aggressiv gemacht, beim ersten Joint hatte er die Fenster vom Aussichtsturm an der Ruderstrecke eingeworfen. Inzwischen gehörte das Rauchen zum täglichen Genussprogramm der Jungs, und kleinere Dealereien an der Schule hatten bereits die Polizei auf Johnny aufmerksam gemacht. Während des Vietnamkrieges wurden Unmengen harter Drogen aus dem Goldenen Dreieck über Deutschland nach USA verschoben, und die offiziellen Rauschgiftstatistiken wiesen selbst in so harmlosen Orten wie Roberts Heimatstadt enorme Ausstöße auf. Als Johnny mit seinem Ford 20M TS von einer Zivilstreife hopsgenommen wurde und man unter dem Beifahrersitz zwei Gramm Scag gefunden hatte, wurde die Sache brenzlig.

»Woher haben Sie die Sachen? Sie wollen mir doch bestimmt nicht erzählen, dass Sie die von Ihrer Oma zu Weihnachten gekriegt haben.« Johnny stand breitbeinig am Wagen, die Hände hatte er aufs Autodach legen müssen.

»Glauben Sie mir, ich habe keine Ahnung. Den Wagen hatte ich einem Freund geliehen und erst heute Morgen wiederbekommen. Den müssen Sie fragen.«

»Soso, einem Freund also den Wagen geliehen? Sehr einfallsreich. Wie heißt denn dieser ominöse Freund?« Der Polizist grinste seinen Kollegen an, offensichtlich glaubten sie ihm kein Wort.

»Conny. Conny Fuchs. Wohnt in der WG in der Sutte.«

»Conny Fuchs?« Die Polizisten sahen sich vielsagend an. »Wir werden das überprüfen. Zeigen Sie mal Ihre Arme und Füße und machen Sie den Mund auf.«

Johnny befolgte ihre Anweisungen. »Hm, nichts zu sehen. Jedenfalls nicht auf den ersten Blick. Kommen Sie morgen aufs Revier, ich lasse Sie vom Amtsarzt untersuchen. Der Wagen ist natürlich konfisziert. Alles weitere dann morgen. Und kommen Sie pünktlich um 8 Uhr. Sonst lassen wir Sie abholen.«

Nur weil Johnny glaubhaft machen konnte, dass sein Freund Conny, ein Junkie und Dealer, die Ware im Auto deponiert und er selbst keine Einstiche in Armbeugen, Fußsohlen und Gaumen aufzuweisen hatte, kam er ungeschoren davon. Vorerst.

Johnny schrieb jetzt eigene Songs, die beim Publikum gut ankamen. Die Roadrunners avancierten innerhalb eines Jahres zum heißesten Act in der Umgebung. Die Mädels rannten ihnen die Bude ein. Bei einem ihrer Konzerte lernte Johnny Lilly kennen. Lilly ging ab wie eine Rakete. Sie wollte eigentlich immer und da sie auch keinen Zweifel daran ließ, dass Johnny ihr Held war, fühlte sich dieser dem Traum von Sex & Drugs & Rock'n'Roll ziemlich nahe.

Als den Roadrunners endlich ein Plattenvertrag winkte und sie für Probeaufnahmen ins Studio eingeladen wurden, rutschte Racko am Vorabend mit seiner Harley auf nassem Kopfsteinpflaster vor ihrer Stammkneipe, dem *Mondschein* an der Markusbrücke, aus, weil er einem Kind ausweichen wollte, stürzte und brach sich an der Bordsteinkante das Genick. Der Termin im Studio platzte, die Band war geschockt und brach auseinander. Auch Johnny kriegte kein Bein mehr auf den Boden. Lilly hat ihn bald verlassen, nachdem ein Leben im Rampenlicht außer Reichweite gerückt war. Johnny begann LSD-Trips zu verticken, geriet in Kneipenschlägereien und rutschte ab. Seitdem wurde er nicht mehr gesehen, aber es hielt sich hartnäckig das Gerücht, dass er auf einer spanischen Ferieninsel die Füße ins Meer hängen würde. Robert hat ihn nie besucht.

Robert denkt auch an diese eine, besondere Nacht. Es begann gegen halb drei. Die regennasse Straße glänzte im Mondschein. Robert stand an der Ampel und wartete. Little saß auf dem Beifahrersitz. Die Scheiben des Chryslers waren beschlagen von Alkoholdampf und Tanzschweiß. Die Jeansjacke hatte Robert hoch gezogen, ihm schwirrte der Kopf. Es war ein guter Abend gewesen, der DJ hatte die richtigen Scheiben aufgelegt, und Cora an der Bar heftig mit ihm geflirtet. Was von einigen Drinks flankiert wurde, um die Erregung hochzuhalten. Dezent hatte sie ihre langen Finger auf seine Hand gelegt, sanft entlang gestrichen und ihn dabei mit diesem Blick angesehen, den er gut kannte. Sie trieb ihn in den Wahnsinn. Als er den schmalen Flur zur Toilette ging, stellte sie sich ihm für einen kurzen Moment in den Weg. Er lief weiter, weil am Ende des Ganges ein Mann auftauchte. Sie drehte sich zur Seite und rieb, während er an ihr vorüber glitt, ihren Po an ihm. Nur kurz, für andere unmerklich, aber sie wusste genau, was sie tat. Sie lächelte ihn an und verschwand hinter dem Tresen. Robert schluckte, sie machte ihm schwer zu schaffen. Immerhin war sie noch mit diesem bulligen Typen liiert, und der verstand keinen Spaß. Es war ein heißes, ein gefährliches Spiel, das da lief. Einmal hatte sie ziemlich viel getrunken, ihr Typ war nicht in der Nähe gewesen, so hatte Robert sie nach Hause gefahren. Kaum waren sie im Wagen gesessen, war sie so über ihn hergefallen, dass er Mühe gehabt hatte, nicht im Straßengraben zu landen. Glücklicherweise war ein Parkplatz gekommen, er war rausgefahren, und was dann folgte, war eine Erinnerung wert.

Wie damals, als er mit Little im Auto saß und an der Ampel wartete. Der Gegenverkehr fuhr zuerst los, ein Polizeiauto kam ihnen entgegen. Robert höhnte etwas von »falscher Richtung«. Die Ampel schaltete auf Grün, der Wagen vor ihm fuhr los, geradeaus. Das war auch seine Richtung, doch im selben Moment sah er im Rückspiegel, wie die Polizei umdrehte. Das konnte Zufall sein, aber instinktiv beschloss er, rechts abzubiegen und lieber einen Umweg über Nebenstraßen zu fahren. Sekunden später, die Bullen bogen auch ab. Scheiße, jetzt war es klar, sie meinten ihn. Robert fuhr zügig, gab nach jeder Abzweigung Vollgas, aber sie blieben dran, hielten den Abstand konstant.

»Okay, ihr wollt es nicht anders«, brüllte Robert und gab Gas. Little drehte die Anlage auf: *Nobody gonna take my car, I'm gonna race it to the ground / Nobody gonna beat my car, it's gonna break the speed of sound.* Sie waren nur noch zwei Straßen von zu Hause entfernt, aber die Polizei war ihnen dicht auf den Fersen. Jetzt, die letzte Straße, Robert fuhr um die Kurve, schaltete das Licht aus und raste mit 80 Sachen durch die Siedlung. Dann fuhr er links vor dem Haus rein, nochmals links in den Garagenhof, Motor aus und keinen Mucks mehr. Es war ganz ruhig, kein Geräusch, kein Licht. Er hätte wie Little schnell aussteigen können, über das Garagendach abhauen. Aber sie würden dann den Halter ermitteln und seine Mutter aus dem Bett klingeln. Verdammt! Also blieb Robert sitzen, eine kleine Ewigkeit. Nichts. Vermutlich hatte er sie doch abgehängt. »Ihr Pfeifen!«

In dem Moment, als er den Motor anwarf, leuchteten Autoscheinwerfer in den Hof. Robert wurde panisch, gab Gas und wuchtete den schweren Wagen in die Garage. Dabei hätte er eigentlich sanft an der Hofwand vorbei steuern müssen, was nie ganz leicht war, aber in seinem Zustand und mit den Bullen im Nacken völlig misslang. Er streifte die Hauswand, blieb mit der Zierleiste hängen und schrubbte den Wagen in die Box. Er stieg aus und knallte das Garagentor zu. Da standen sie schon, zwei Mann, und hielten ihm ihre Taschenlampen ins Gesicht. Sie wollten seine Papiere, er hatte nur seinen Ausweis dabei. Der Wagen gehörte seiner Mutter, er hatte ihn geliehen, um zum Training fahren zu können.

»Haben Sie etwas getrunken?«

Er schwindelte, Sportler wie er würden doch kaum Alkohol trinken. Sie ließen ihn blasen, und als er mogelte, drohten sie ihm, ihn auf die Wache zur Blutprobe mitzunehmen. Also pustete er richtig, der Polizist wackelte bedenklich mit dem Kopf.

»So, Sie trinken also nie etwas.«

Er musste das Garagentor öffnen, da lag die Zierleiste am Boden, die linke Seite des Chryslers hatte einen langen Kratzer.

»Was ist da passiert?«

Seine Mutter hätte gerade erst ihren Führerschein gemacht und wäre noch sehr unsicher. Heute Nachmittag wäre sie beim Einfahren in die Garage angeeckt, dabei hätte es die Leiste abgerissen. Die Polizisten sahen sich vielsagend an.

»Na ja«, sagte der eine, »jetzt sind Sie ja zu Hause. Das mit der Leiste und dem Kratzer bringen Sie mal ihrer Mutter bei. Schönen Abend noch.« Und stiegen ein und fuhren einfach weg. Unglaublich. Seiner Mutter hat er die Geschichte nie gebeichtet.

Mittlerweile ist er in der Generalsgasse am *Downstairs* angekommen. Alles scheint wie früher zu sein, eher unscheinbar, die braune Holztür mit dem kleinen Fenster und dem Panasonic-Schild, die offen auf Putz verlegte Leitung, daneben der kleine Schaukasten mit der Getränkekarte und den Öffnungszeiten. Der Laden war früher konkurrenzlos, den Foxtrott gab es im *Albatros* oder im *Le Train*.

»Hallo, Mario, alter Knabe, wie geht's?«

Zwei große Zahnlücken grinsen, doch die Kulleraugen schauen ratlos.

»Jetzt hör aber auf. Erkennst du mich wirklich nicht mehr?«

Mario tritt in seiner kleinen Kombüse näher an das offene Fenster. Er lacht und reicht die Hand raus.

»Hallo, Robert, wirklich fast nicht mehr erkannt. Zu dunkel. Und ich krieg schlechte Augen. Wie immer?«

»Na klar.« Seit fast vierzig Jahren backt und verkauft Mario Pizzen. Die Besten der Stadt. Ohne eine Pizza von Mario um Mitternacht war der Abend nicht rund. Da hätte etwas gefehlt.

Was machst du? Wie geht's dir?«

»Schlecht, sehr schlecht. Kein Geschäft, kein Leben. Nur immer beten, arbeiten, schlafen. Nix Freude.« Überall blättert der Putz an dem Schnellimbiss. Mario hat sogar eine rotweiße Stoppsäule genau vor sein Fenster auf die Straße gestellt. Aber anscheinend hat es nicht geholfen.

»Hast du mal was von Johnny, Little und den anderen gehört?«

Mario macht mit der Hand ein Zeichen, als ob die anderen nur fliegen würden.

»Verstehe. Alle abgehoben, nicht ansprechbar.« Mario nickt. Er öffnet seinen Ofen und schiebt die nächste Bestellung hinein.

»Ich mich nicht mehr kümmern. Die sind alle durchgeknallt. Oft Polizei da. Nix für mich. Will nur meine Ruhe, verstehst du?« Er zuckt nervös mit den Schultern, als müsse er eine Belästigung abschütteln. »Die sind immer auf der Wolke, immer fliegen.« Er reicht die nächsten Schnitten durchs Fenster.

»Und Little hast du auch nicht gesehen?«

Mario zieht eine schreckliche Grimasse. »Kann schon sein.« Nach einer kurzen Pause: »Irgendwann ist er vorbei gekommen. Hätte ihn fast nicht erkannt, ziemlich fertig, der Typ.«

Robert hakt sofort nach. »Und wann war das? Kannst du dich erinnern? Ungefähr?«

Mario schüttelt den Kopf. Er macht auch keine großen Anstalten, ernsthaft darüber nachzudenken. »Weiß nicht. Schon lange her.« Er wendet sich den nächsten Kunden zu. Robert ist klar, dass er aus ihm nicht mehr herausbringen wird. Aber immerhin hat er nun das erste Lebenszeichen von Little überhaupt. Endlich.

VII.

Die Radler dopen, Assad fliegt in die Luft, Neckermann ist pleite und auf einer ganzen Seite unter der Schlagzeile *Das Grün lässt auf sich warten* ein Bericht über eine Neubepflanzung am Berliner Ring. Und dann stirbt eine Hundertjährige einen Tag vor einer zweiundzwanzigjährigen. Da will man nichts mehr wissen. Robert schlägt die Zeitung zu und trinkt einen Schluck aus der Weinflasche von gestern Abend. Er hatte sich noch auf den Balkon in die Nacht gesetzt und auf Littles Wohl getrunken. Doch jetzt schmeckt die Euphorie, die er unterm Sternenhimmel gefühlt hat, verbraucht. Mit dickem Schädel und schweren Beinen stapft er in die Universität, zum offenen Gespräch mit seinen Studenten. Robert ist fest entschlossen, sie vor der drohenden Arbeitslosigkeit zu warnen. Aber das ist gar nicht nötig, hier macht sich kaum jemand Illusionen. Die zwei Stunden fließen freundlich dahin, und am Ende legen ihm die jungen Menschen Papiere unter die Nase, die er unterzeichnen soll. Seminarscheine als Schuldverschreibungen.

Robert muss den Kopf frei kriegen und verordnet sich einen langen Spazierweg mit glücklichem Ausgang. Am Pfahlplätzchen am Fuße des Kaulbergs funktioniert sein Radar wieder. Ein wunderschöner Ort des Unglücks. Hier wurde reguliert und abgerissen, eröffnet und geschlossen. Wie der *Ringvogelkeller*, oftmals letztes

Refugium für unglücklich Verliebte. Nun kann es nur noch bergauf gehen. Doch Robert täuscht sich und verschwindet hinter der eingerüsteten Kirche in der Hölle. Nur ein paar schmale Treppen hinunter. Das wäre der ideale Platz für Little. Eine verborgene Arche, ein Kaperschiff mitten in der Stadt, rosenberankt, mit blauen Bänken und dem freien Blick in jedes Haus. Unbemerkt im Windschatten der Mächtigen, ein Christiana en miniature, hier könnte ihn sich Robert gut vorstellen. Er sieht sich um, bleibt stehen, schaut Leuten beim Umzug zu. Ist eine Schnapsidee, denkt er nach einer Weile und geht weiter den Berg hinauf. Zum Kreuzgang der Karmeliten, wo sich in aller Ruhe meditieren ließe. Nur ist das überhaupt nichts für Robert. Und für Little sicher auch nicht.

Wo früher die »Barackler« am Fuße der Altenburgstraße hausten, läuft Robert schnurstracks in den Teufelsgraben und ist doch ziellos in seinen Absichten. Im Brachland wächst zwischen Schutt und verwilderten Hecken der Schwarze Holunder, treiben Beifuß und Hirtentäschel ein säumiges Ringelreihen, während der Zirkus Giovanni fast in den langen Seilen hängt, an denen sich fröhliche Kinder durch die Lüfte schwingen. Auf den Fettwiesen zahnt der Löwe, schäumt das Kraut und knäuelt das Gras so spontan und ruderal, dass sich Robert vor Schreck zwischen Äckern und Wiesen verläuft. Erst ein Hund mit Frauchen an der Leine weist ihm den Notausgang, was dazu führt, dass er querfeldein und Umwege gehend dort landet, wo er nie hin wollte. Abkürzungen dauern immer länger, das hat ihm seine Frau schon immer eingeschärft.

Die dicht aneinander klebenden Gärtnerhäuser am Mittleren Kaulberg atmen vorstädtische Luft, eine Frau in einer dunkelblauen Kittelschürze stellt gerade eine kleine Schiefertafel vor ihre Tür, auf der sie Hörnla, Radiesla und Sellerie zum Verkauf anbietet. Robert ist versucht, einen Klingelzug neben dem Hauseingang zu suchen, um nach der Frau zu läuten. In zwei grob geflochtenen Körben liegen auch noch Zwiebeln, Rettich, Salat und Blumenkohl bereit, mitgenommen zu werden. Das niedrige Nebengebäude scheint nur aus einer Tür, zwei Fenstern und einer Dachgaube zu bestehen, als ob die Häcker nur in geduckter Haltung unterwegs gewesen wären. Manche Farbe knallt im schiefen Ensemble der liebevoll sanierten Häuser; im ehemaligen *Röckeleinskeller* kann man sich jetzt hypnotisieren lassen und im Schatten der Laurenzikapelle grillt ein Feinripper ein paar arme Würstchen. Wo die Kleinwinzer auf den schmal angelegten Terrassen am einstigen Stadtrand ihre Rebstöcke pflegten und vereinzelt offene Flurhüterhäuschen standen, verdrängten allmählich Hopfenstangen und Obstbäume den Weinanbau. Was vermutlich dem Geschmack der hiesigen Benediktinermönche zu verdanken ist.

Robert steht im Schatten einer Kastanie und stellt sich vor, wie am Abend die Leute mit dem Krug in der Hand zum Bier holen gingen. Im Viertel wird ab morgen Kirchweih gefeiert, ein paar tätowierte Stiernacken bauen die Stahlträger des Kinderkarussells auf, und der Wagen mit den Wundertüten rollt die gestreifte Markise aus und wartet auf die Kinderschar.

Am Vortag der Kirchweih gibt es im *Greifenklau* traditionell Schlachtschüssel, deshalb ist Robert da. Die Wirtin kennt ihn nicht mehr, das beruhigt. Er setzt sich an einen Tisch mit halbfremden Gesichtern, die nicht unfreundlich nicken und eifrig die Krüge heben. Wenn sich Little noch in der Stadt befindet, wird er hier auftauchen. Dessen ist sich Robert sicher. Vor dem Beginn des Trubels im Garten sitzen und die warmen Blutwürste und die Leberwürste mit ein paar Bieren hinunterspülen, das wird sich Little nicht entgehen lassen. Wenn es ihm nur irgendwie möglich ist, wird er kommen. Wahrscheinlich kennt ihn fast jeder hier. Hier verkehren viele Gelegenheits-Arbeiter. Wie Little einer ist. Die sich den Tag und die Woche und den Monat einteilen. Die unterscheiden, was wichtig ist und was weniger. Die nur selten Termine machen. Sondern schauen, ob die Sonne scheint, wie die Fische stehen und wann ihre Mannschaft spielt. Dazwischen machen sie ihre Geschäfte, die großen und die kleinen. Die feinen und die, über die man besser nicht spricht.

Ein Rotgesichtiger hat Geburtstag und schmeißt eine Runde. Schnell stehen acht Halbe und acht Stamperl auf dem Tisch. Ex und hopp und dann hinterher. Eigentlich ist das nicht Roberts Stunde, der Pegel steigt, die Leute werden zutraulich. Einer erzählt von seiner Tochter, die in einer anderen Stadt heute ihre Prüfung hat. Er hat sie eigens am Morgen zur Schule gefahren, um ihr Glück zu bringen. Dann ist er mit zweihundertfünfzig Sachen heimgebrettert. Alles kerzengerade, kein Problem. Nur kurz musste er mal eine Schlafmütze wegdrücken, umgedreht hat er sich nicht. »Ich hab ja keinen Rückspiegel«, die motorisierten Kumpane nicken verständnisvoll.

Wo bleibt Little nur? Das gibt's doch nicht. Allmählich geht Robert die Puste aus. Beiläufig erwähnt er ihn im Gespräch, keiner scheint etwas zu wissen. Das verheißt nichts Gutes. Denn die hören sonst sogar das Gras wachsen, das noch nicht mal gesät worden ist. Das wird nichts mehr, Little wird nicht kommen. Ein kurzes Klopfen auf den Tisch, der Dank gilt dem Spender und noch einen schönen Tag.

Leider geht es nun den Berg hinunter, das drückt auf die Kniescheiben und schwappt das Bier gegen die Gehirnlappen. Mühsam schleppt sich Robert nach Hause und fällt in einen traumlosen Schlaf. Um sieben klingelt es, Robert sucht sein Handy, die Kinder. Aufgeregt erzählen sie von Schule und Kindergarten, Fußball und Sommerfest. »Wann kommst du?«

»Bald, morgen vielleicht schon.« Robert muss aufstehen, er ist verabredet. Eine kalte Dusche hilft in die Gänge.

In der Langen Straße begegnen ihm der Leerstand, Euroshop und Spielcenter mit Pommesbude. Robert verzichtet darauf, über den Ausverkauf der Innenstädte zu lamentieren, und ist glücklich, dass es die Bäckerei *Postler* noch gibt, wo er schon als Kind gerne war, den frischen Geruch des Brotes inhalierte und mit einem trockenen Brötchen glücklich wurde. Jetzt verkaufen sie Dinkelwaren in der Bilderbackstube unter dem goldenen Schild mit den zwei kämpfenden Löwen. Schräg gegenüber gibt es eine *Enoteca*, dort wird er einen alten Freund treffen. Obwohl der mittlerweile zwischen zwei Welten pendelt, ist er der erste, der anscheinend etwas mehr über Little weiß.

»Wir hatten ja immer losen Kontakt. Aber dann war er einmal bei mir auch in der Praxis.«

»Wie lange ist das her?«

Kurzes Überlegen. »Bestimmt schon ein Jahr. Vielleicht etwas länger.«

»Und warum war er da?«

»Er hatte wohl schon länger Probleme mit dem Herzen. Und er hat mir danach geschrieben.« Käfi zieht einen Brief aus der Tasche.

»Darf ich ihn lesen?«

»Natürlich. Deshalb habe ich ihn ja mitgebracht. Als du am Telefon nach Little gefragt hast, habe ich mich daran erinnert.«

In dem zweiseitigen Brief schreibt Little anfangs darüber, dass er in diesem Winter nicht nach La Palma gefahren ist. Und froh darüber ist, weil der Dezember vierzehn Regentage hatte und alles klamm und kalt war. Dann stellt er sich selbst die Frage:

»Was hat sich gesundheitlich getan? Inzwischen bin ich wieder deutlich belastbarer geworden, zum Beispiel kann ich jetzt drei Stunden Tanzen gehen und bin dann am nächsten Tag nur etwas müde. Vor einem Jahr und auch schon vor einigen Jahren war ich direkt nach dem Tanzen am nächsten Tag in einem völlig desolaten Zustand, so dass dieser Tag mehr oder weniger komplett ausgefallen ist. Bin ich nach einer Tanznacht Rad gefahren, war ich deutlich erschöpft und viel langsamer; jetzt kann ich ohne weiteres schneller fahren, ohne dass ich Herzschmerzen bekomme.«

Robert schaut vom Blatt auf. »Wieso schreibt er immer vom Tanzen?«

»Little hatte seit ein paar Jahren den Tango für sich entdeckt. Er war da total engagiert und ging so oft wie möglich zu Tanzabenden. Wusstest du das nicht?«

»Nein, das wusste ich nicht. Eigenartig. Little und Tango. Aber irgendwie passt das zu ihm. Da ist man ja den Damen schon sehr nahe. Dürfte ihm gefallen haben.«

Robert lacht kurz auf und liest auf der zweiten Seite weiter.

»Auch nach einer ausgiebigen Radtour brauche ich nur eine sehr kurze Erholungsphase. In der Woche vor Weihnachten bin ich zum Beispiel etwa 140 Kilometer in der Stadt mit dem Rad als Kurier unterwegs gewesen und hatte nicht die geringsten Beschwerden, weder konditionell, also mit dem Ausruhen, und auch keine mit dem Herz, und das, obwohl es tagsüber minus fünf Grad kalt war, und das für das Herz ja eine enorme zusätzliche Belastung ist. Natürlich fahre ich zurzeit kältebedingt insgesamt viel weniger als in der warmen Jahreszeit.

Vor einem Jahr, also auch in der kalten Jahreszeit, hatte ich auch noch täglich mehrfach Nasenbluten, meistens völlig überraschend, manchmal auch direkt nach dem Naseputzen. Auch das ist inzwischen so gut wie weg, vor drei Tagen hatte ich nach vier blutfreien Wochen wieder mal eine blutende Nase. So was bekommt man mit Homöopathie in den Griff; da ich aber keine Mittel gezielt deswegen eingenommen habe, ist es wohl aufgrund des allgemeinen Heilungsprozesses geheilt worden.

Ich habe festgestellt, dass es mir zurzeit besonders gut tut, wenn ich ins Hallenbad gehe, dort lese und arbeite. Dort bleibe ich dann auch mal länger.

Um abzuschließen: Irgendwann in den nächsten Wochen werde ich wohl kurzfristig doch noch auf meine geliebte Insel fahren, auch hoffend, dass dort der Heilungsprozess meines Herzens schneller abläuft. Anschließend werde ich nochmals zu meinem Kardiologen gehen, hoffentlich mit einem guten Ergebnis. Was dann ist, wird sich zeigen.

Bis dahin, liebe Grüße, Dein Little«.

Robert lässt den Brief nachdenklich sinken. »Komisch, dass er dir geschrieben hat. Er hätte doch auch anrufen können.«

»Ich bin nicht sicher, ob er überhaupt ein Telefon hat. Ich weiß auch nicht, wo er wohnt. Darüber haben wir nie gesprochen. Er ist, das weißt du ja, schon immer ein sehr beweglicher Mensch gewesen.«

»Und was hat deine Untersuchung damals ergeben?«

»Little hat einen Herzfehler. Vielleicht angeboren, ich weiß es nicht genau. Er hatte keine Unterlagen bei sich. Vielleicht auch in jungen Jahren durch eine verschleppte Krankheit erworben. Jedenfalls deutlich sichtbar auf dem EKG.«

»Mensch, das gibt's doch nicht. Ich hätte doch auch fast einen Herzfehler bekommen, damals, als ich bei der Firmung umgefallen bin. Er hat mir nie davon erzählt.« Robert schüttelt den Kopf. »Verrückt, wirklich verrückt.«

»Ich habe ihm gesagt, dass er sich schonen muss. Er ist ein guter Sportler, weißt du ja. Aber er muss langsamer machen, sonst kommt das Herz nicht mit. Wir sind auch nicht mehr die Jüngsten.« Käfi hebt das Glas mit dem Hauswein, der sehr ordentlich schmeckt.

»Auf die Tage, die noch kommen. Prost!«

»Darauf trinken wir. Prost!«

Robert nimmt sich eine der gefüllten Oliven. »Und seitdem hast du nichts mehr von ihm gehört?«

»Nein. Einmal habe ich ihn noch auf dem Rad durch die Stadt sausen sehen und dachte mir, Mensch, Little, mach langsam, aber das war's dann auch schon.«

Robert nickt. »Little war schon immer so. Vollgas oder völliger Stillstand. Dazwischen gibt's nichts. Weißt du noch, wie wir nach dem Abitur diese Fahrt nach Griechenland gemacht haben?« Käfi lächelt und lehnt sich entspannt zurück. »Natürlich weiß ich das noch. Dreser, Little, Moses, du und ich.«

Die Richtung stimmte damals von Anfang an, aber die Route war offen. Im Kassettenrecorder lief Musik, so kam man über die Alpen. Die Fahrer wechselten, das Wetter nicht. In Rijeka wurden sie um Mitternacht beim Aussteigen aus dem Wagen fast von einem Raser überfahren, auf dem Zeltplatz bei Zadar platzte Moses die Luftmatratze unter einer schwäbischen Blondine, und in Split verdarb sich Robert den Magen am Biftekistand. Aber sonst lief alles normal.

Auf dem wunderlichen Zeltplatz von Ivica, einem Meister der Improvisation, kam Urlaubsstimmung auf. Das mit spärlichem Grün bedeckte Terrain lag auf einem kleinen Hochplateau, das wie eine Aussichtsplattform oberhalb der Steilküste aufs Meer hinausragte. Rote Oleanderbüsche und Tamarisken säumten die kleinen Wege, die Ivica durch die einzelnen Parzellen angelegt hatte. Alles fest in deutscher Hand, vergammelte Tramper, vielköpfige Familien und Camper mit mobiler Kleingartenanlage, die mit dem Zollstock auf Abstand gingen. Dazwischen die Freunde, die ihre mitgebrachten Konserven auf dem Esbitkocher für das Abendmahl zubereiteten. So konnte ein Tag zu Ende gehen.

Ivica hatte eine waghalsige Konstruktion aus Leitungen und Regentonnen gebaut und nannte das Dusche. Sie war so wenig geheizt wie das Meer, das sich erstaunlich türkis und durchsichtig zeigte, als ob es keine Geheimnisse geben würde. Aber wenn die Sonne kräftig schien, verbrühte man sich bei der Morgentoilette. Der weißhaarige Ivica flitzte in seiner Turnhose und den Strumpfsandalen zwischen den Zelten hindurch, reparierte, wies Neulinge ein, fluchte, kassierte und knutschte verdutzte Uschis aus Duisburg und Friedrichshafen.

Die in der Nähe gelegene Stadt betraten sie nur einmal. Eine irritierende Mischung aus Verfall und Kälte, eine betonierte Festung mit lebensfrohen Schneisen aus Farbe und Anarchie. Neben grauen Uniformen mit Koppelschloss bunte Röcke und charmanter Verkauf aus dem Bauchladen. Ein alter Bauer zog einen Esel, der mit Tomatenkörben beladen war, die Straße zum Markt entlang. Eine Horde kleiner Rotznasen hängte sich an ihre Fersen und bettelte um Bonbons und Dinare. Ein paar Straßen weiter verwelkte Blumensträuße am Denkmal für die gefallenen Soldaten. Die Vergangenheit wirkte reichlich angestaut, so als könnte man sich nicht entscheiden, ob der Sozialismus sein Verfallsdatum bereits überschritten hatte. Genosse Tito hatte sich gerade verabschiedet, und die neuen Herren rangelten noch um die Macht. Auch wenn Parteiplakate und Heldenbüsten das Straßenbild dominierten, ging merklich etwas zu Ende. Keiner wusste offenbar, was kommen würde, denn die Jahrespläne hatten ausgedient und dem neuen Traum traute noch keiner so recht. Ivica war das egal, er hatte sich, wie so viele hier, sein eigenes Reich aufgebaut, brannte teuflischsten Slivovitz und sammelte Adidas-T-Shirts. »Balkan rules!«

An der Küste entlang nach Dubrovnik. Perle der Adria. Kein Wunder, dass sich alle – Byzantiner, Osmanen, Venezianer, Franzosen und sogar die Österreicher – um den Besitz dieser Stadt gekeilt hatten. Zwei der Jungs träumten den Tag weg in einem Café am Markt. Die anderen liefen über die Wehrgänge auf den Festungsmauern rund um die Stadt, die von oben am schönsten aussah. Ein wild gemusterter Teppich aus Ziegeldächern, kreuz und quer verbaut, dazwischen Hinterhöfe mit Laubengängen, Wäscheleinen und Privatleben, Türmchen, offen quer über die Straßen hängende Stromleitungen, Schattenspiele in den Gassen und Ecken der Stadt. Anmutig und leicht angeschmutzt, nichts war so, wie es schien. Und so mussten sie das, was sie nicht sehen konnten, selbst erfinden. Sie fotografierten sich gegenseitig, um sich zu vergewissern. Aus dem Vormittagsblau wurde ein Nachmittagsblau, die Sonne brannte ihnen die Röte ins Gesicht, am Markt bauten die Händler die Stände ab und warfen die Kartons um die Ecke. Der Postbote schien ein Luftikus zu sein, denn plötzlich schwammen Pakete und Briefe im Meer. Und niemand, der sich darum kümmerte. Hinter der Granitmauer, die sich wie ein Stillkissen sanft um die Stadt schmiegte, fiel es steil ab; auf den Felsen nisteten Vögel und weiter unten hatten sich Jugendliche einen Badeplatz erobert. Hin und wieder flog ein Mensch vorbei und verschwand im grünstichigen Wasser. Sie staunten und mochten den Ort, der leicht machte und sie schweben ließ. Das Leben hier erschien erträglich und war doch nur eine vorübergehende Lösung.

Hier kam man nicht zufällig durch, hier fuhr man hin, sagten sie sich und näherten sich der albanischen Grenze. Little wollte Feldforschung im real existierenden Sozialismus betreiben. Eigentlich war das Land an dieser Stelle schon zu Ende, doch sie beobachteten einen kleinen Grenzverkehr des Alltags. Lastwagen und Kleinbusse, die Arbeiter hinüberfuhren, Straßen, die scheinbar im Niemandsland verödeten. Am liebsten wären sie losgeheizt und mit Anlauf über eine Rampe ins andere Land gesprungen. Kein Aufschub und keine Beratung, sie folgten jedem Impuls. So hätten sie gerne jemanden dort gefragt, ob es stimmte, dass das Leben eines Menschen hier weniger wert wäre als das einer Mücke. Es flirrte und flimmerte in der Luft, wirbelte und taumelte im Kopf. Alles Schwindel, alles Tarnung. Sie fuhren in ein Flussdelta, die Strasse verdiente ihren Namen nicht, ein paar Fischer flickten Netze und hatten auf kleinen Stegen seltsame, meterlange Holzangeln in Betrieb, die wie gichtige Finger in den Fluss ragten. Sie tasteten sich vorwärts, Gebüsch ragte in die Straße, im Slalom umkurvten sie die Schlaglöcher. Es konnte nicht mehr weit sein, nervöses Rutschen auf den Sitzen, trockene Lippen. Wie aus dem Nichts stand plötzlich ein Soldat vor ihnen und schrie sie an. Sie lächelten freundlich und zuckten wie Blödmänner durchs geöffnete Fenster. Little schwenkte einen weißen Tennissocken. Der Mann wollte nicht diskutieren, fuchtelte mit der rechten Uniformhand und richtete, weil sie nicht sofort reagierten, seine Maschinenpistole auf sie. Ein Dolmetscher hätte jetzt nichts geholfen, seine Handbewegung war eindeutig. Ein Durchbruch machte keinen Sinn, sie wollten nicht mehr in die Unfreiheit und kehrten um.

Sie fuhren zurück an die Küste nach Bar, gleich in den Hafen, um die Fähre nach Korfu zu nehmen. Bis zum Abend mussten sie warten und verdarben sich inzwischen den Magen mit süßem Naschwerk und warmem Bier.

»Irgendwann einmal möchte ich in eine völlig langweilige Gegend«, sagte Robert. »Hier liegt etwas in der Luft. Jedenfalls ist das kein Platz für Amateure wie uns.«

»Du hast zu viele Vietnam-Filme gesehen«, sagte Little und warf sich in eine lässige Pose. *»Every minute I stay in this room, I get weaker. And every minute Charlie squats in the bush, he gets stronger.«* Er lümmelte mit angewinkelten Beinen auf den Stufen am Kai, hob die rechte Hand und zog kräftig an seinem Joint.

»Scheiße«, sagte Robert, »ich habe sie alle gesehen. Ich kenne ihre toten Gesichter. Im Krieg wird alles vernichtet. Zuerst sieht das wahrscheinlich aus wie ein netter Ausflug zum Jagen, aber wenn du dann im Trommelfeuer die Einschläge neben dir siehst, läuft dir bestimmt die Scheiße aus dem Arsch. Das Koks erledigt den Rest. Und glaubt nicht, dass der Typ vorhin Spaß gemacht hat. Ich möchte in keinem dieser Löcher verrecken, die Enver für Neugierige wie uns vorgesehen hat.«

Käfi erhob sich und schleuderte einen Kieselstein gegen den Horizont. »Du übertreibst. Die können doch nicht einfach sieben Leute verschwinden lassen. Das kann ich mir nicht vorstellen.«

»Doch, das können die. Bis uns jemand vermissen würde, hätten uns schon die Ratten gefressen. Das haben die längst von ihren chinesischen Freunden gelernt, da musst du dir keine Sorgen machen. Wir haben zu viel riskiert, es hätte schief gehen können.«

»Nun hört endlich auf.«

Dreser reichte die Flasche Rotwein herum, sie nickten und tranken. Robert blickte in die Runde. Sie saßen auf warmen Steinen, die Sonne versenkte sich gerade hinter einem schwarz gestrichenen Frachter, dessen Ladekräne sich wie riesige Galgen im Blendlicht bewegten und Stückgut an Bord hievten.

Unser Totenschiff, dachte Robert, das lädt alle Leichen und Halbtoten von der Grenze ein, die die Soldaten eingesammelt haben, und kippt sie draußen ins Meer. Einfach so, Tag für Tag, Jahr für Jahr. Und keiner merkt es. Und die es wissen, halten die Schnauze. Sonst sind sie die Nächsten. So funktioniert das und so hat das schon immer funktioniert. Kaum vorstellbar, dass das jemand ändern sollte. Wer hätte dazu den Mut? Robert scharrte mit seinen Füßen im dünnen Sand auf der Hafenmauer.

»Hey Alter, was ist los mit dir? Was faselst du da?« Little boxte ihm in die Seite und drückte ihm eine Flasche in die Hand. »Nun hör aber auf mit diesen trüben Gedanken. Ab morgen baden wir in Öl und Knoblauch, das wird dein krankes Hirn entgiften, du bekiffter Hippie, du.« Er lachte und prostete Robert zu. Der lächelte säuerlich und wich der Flasche nicht aus. Die Schatten der Nacht hüllten sie allmählich ein in ein plüschiges Gewand, wie Mütter, die ihre kleinen

Babys zärtlich zur Ruhe legen. Müde hingen sie über ihren Rucksäcken und zählten die Sterne.

»Kommt«, sagte Moses schließlich, »steht auf. Unser Boot ist da.«

Sie verschwanden im Bauch der Fähre wie in einem gefräßigen Maul und suchten sich ihren Freiraum. Da sie keine Kabinen gebucht hatten, blieben ihnen nur die Flure und Aufenthaltsräume. Zwischen lärmenden Großfamilien, die alle Tische und Stühle belegt hatten, eroberte sich das Fähnlein der fünf Ermatteten einen Logenplatz mit freier Sicht auf das Bordleben und suchte den Schlaf.

Doch das Meer walzte und krachte, die Götter hatten sich verschworen und kickten die kleine Fähre wie einen lästigen Störenfried zwischen den felsigen Inseln hin und her. Der Klabautermann piekste mit seinem Dreizack den Kapitän am Hintern und der verriss das Ruder so heftig, dass im Speisesaal die Teller flogen. Robert wurde schon auf dem Kinderkarussell schlecht, nach fünf Minuten Berg- und Talfahrt hing er an der Reling und fütterte die Fische. Die anderen hielten sich wacker, doch irgendwann kapitulierte auch der letzte Magen.

Wir sind eben Freunde, dachte Robert und stellte sich nicht gegen den Wind. Als ihn die Kräfte verließen, kletterte er in ein Rettungsboot, schlang ein dickes Tau um seinen rebellischen Leib und schloss vor Erschöpfung die Augen. Der Film riss, die Gedanken ventilierten, alles versank. Als er nach Stunden wieder die Augen öffnen konnte, hatte sich das Wasser beruhigt. Die Sonne kitzelte an den dunklen Haaren, die ihm aus der Nase wuchsen. Seine Brillengläser waren von einer dicken Salzschicht überzogen, erst allmählich hörte er seinen Herzschlag wieder. Alles war so still und friedlich, wie wenn einer den Stecker aus dem Irrsinn gezogen hätte. Er lehnte sich im Sitzen an den warmen Schlot des Dampfers und flirtete mit den ersten Sonnenstrahlen, die keck hinter den kleinen Wolken hervorlugten. Jetzt müsste man verliebt sein, dachte Robert, und suchte seine Freunde.

Eine Insel. Ein alter Mann schickte sie zu der Bäuerin mit der einzigen Kühltruhe des Ortes. Lamm, Tzatziki, Oliven, Tomaten, alles schwamm im Öl. Ein Festmahl. Auf wackligen Stühlen saßen sie um einen dunklen Holztisch im Schatten einer Platane. Die in schwarzes Leinen gekleidete Bäuerin sorgte sich um sie wie um ihre eigenen Kinder und schenkte ihnen ihr zahnloses Lächeln. Robert hasste Retsina, Apothekengeschmack. Trotzdem trank er, weil er die Gastgeberin nicht kränken wollte, wo sie ihr doch offenbar die letzten Vorräte weggefuttert hatten. Er bezahlte diese Geste mit heftigen Bauchkrämpfen, sie mussten einen Tag Rast machen. Bei der Weiterfahrt baumelten die Füße über der Reling, der Drink rasierte die Kehle und die Moskitos zapften auf Vorrat.

Auf zu neuen Ufern. In Kreta lief er mit den anderen durch die leblos wirkende Samaria-Schlucht und trug dabei sein großes Kopfkissen unter dem Arm, von dem er sich während der ganzen Reise nicht trennen würde. Es war brütend heiß in dieser fast baumlosen Einöde, nur ein herrenloser Esel folgte ihnen eine Weile. Ihre Wasservorräte gingen zur Neige, die Luft stand, nur manchmal flirrten silberne Glitzerschwaden da, wo sie ihr Ziel vermuteten. Sie stolperten weiter über die Steine, und Robert sagte irgendwann: »Was ist, wenn wir uns verlaufen haben?«

Sie murrten und schauten ihn böse an, Little versuchte, ihm das blaue Kissen zu entreißen.

»Doch«, beharrte Robert, »was ist dann?« Er zog die Schultern nach vorne und sackte ganz langsam in sich zusammen. Die Sonne sank und verblasste, die großen Felsen und hellbraunen Berge, die die Schlucht umfassten, verwandelten sich allmählich in grobkörnige Silhouetten. Dann setzten sie sich zu ihm und schauten schweigend. Eine Feldflasche kreiste, alle waren ruhig. Es war gut. Vom Boden stieg allmählich spürbar die Kälte der Nacht empor. Moses zündete Zigaretten an und reichte sie weiter. Nur das Geraschel von Schlangen und anderem Kleingetier. Sie warteten und ruhten sich aus.

»Wir sind eigentlich immer zu schnell«, sagt Little nach einer Weile in die Stille hinein.

Das stimmt, dachte Robert. Ich hätte gerne mehr Zeit, um jemanden zu verlieren.

Plötzlich tauchte aus dem Dunkel eine Gestalt auf, ein Ranger, der bei Einbruch der Finsternis durch die Schlucht patrouillierte und die glühenden Zigarettenspitzen bemerkt hatte. Er mahnte sie, sich zu beeilen, die Temperaturen fielen in der Nacht hier drastisch. Er gab ihnen eine Flasche Wasser und wies ihnen den Weg zum Ende der Schlucht. Es war nicht mehr weit, nach zwanzig Minuten rochen sie schon das Meer. Als unversehens die Felsen zur Seite traten und der Blick auf den unmittelbar anschließenden Strand frei wurde, ließ Robert alles fallen und wollte sich ins Meer werfen, übersah aber eine Grube im Sand und stürzte hinein wie in eine Gletscherspalte. Das Kissen dämpfte den Fall. Nur mit Mühe zogen sie ihn nach oben. Betrunken vom Licht der Sterne und erschöpft von der eigenen Schwere sank Robert in den Sand und schlief sofort ein. Erst als ihm Moses nach ein paar Stunden ein kühles *Fix Hellas* an die Schläfe hielt, verließ er den Hades seiner Träume. Hier war alles anders. Das Meer, glitzernd und verführerisch, der helle, flache Strand, keine Hotels, nur ein kleiner Kiosk für den Nachschub, und am Wasser tanzende Mädchen, so anmutig, dass Robert den Mond anzuheulen begann.

Einen Platz für die Nacht fanden sie auf dem Dach einer kleinen Pension, wo der Sternenhimmel an die Liebe glauben ließ. Little fiel kurz vor dem Morgengrauen aus dem klapprigen Stockbett, Robert übernachtete in dem blauen, hölzernen Klohäuschen, das er, selbst am Rande körperlicher Erschöpfung, wie seine Trutzburg mit Pech und Schwefel verteidigte.

Am Strand lief ihnen eine kleine, struppige Hündin zu, die ihnen nicht mehr von der Seite wich. Sie tauften sie Janis und sangen mit ihr den *Mercedes-Benz*-Blues. Nach ein paar Tagen komatöser Entspannung packten sie die Rucksäcke, sieben langhaarige Beachboys in kurzen Hosen und Turnschuhen, und machten sich auf den Weg zur nächsten Bushaltestelle. Es war unerträglich heiß, kaum ein Schatten irgendwo, der ihnen Schutz bot. Die rotfellige Janis hüpfte und tänzelte voraus, als ob sie auf glühenden Kohlen laufen würde, sich dabei immer wieder vergewissernd, dass ihr die neuen Freunde auch folgten. Erst am Hafen sorgte eine leichte Brise für Erfrischung, sie lagerten im Schutz einiger dürrer Pinien, die zwischen dem Fischmarkt und der Mole wie vergessene Reisende die Hafenstraße säumten.

Ruhiges Wasser dann während der Überfahrt, gleißendes Licht, dass die Augen schmerzten, und das Geschrei der Möwen, die sich wie Kamikazeflieger auf die kleine, rostige Fähre zu stürzen schienen.

Bei der Einfahrt in den Hafen, hinter dem weiße Häuser und Mühlen wie ein Geflecht aus Bienenwaben eine kleine Anhöhe hinaufkletterten, musste Robert an diese alten Schwarzweißfilme aus den sechziger Jahren denken, in denen antike Dramen in Tavernen und auf Bauernhöfen spielen und Männer zur Musik von Mikis Theodorakis tanzen. Er glaubte den Chor der Sirenen zu vernehmen, mit erstaunlich dunklen Stimmen, die tief und beschwörend ihren Singsang über das regungslose Wasser schickten, ein Meer so trügerisch ruhig wie der Onyx, der wie eine dünne Eisfläche in dem Augenblick bersten würde, sobald ein Verwegener sich anmaßen würde, nur seinen Fuß darauf zu setzen. Hier könnte man an den Strand geschwemmt werden wie einst die Minoer und Dorer, das würde niemand merken. Und wenn die Invasoren lästig würden, würden die Inseln nur einmal laut rülpsen und die Fremden wie lästiges Geschmeiß ins Meer zurückschleudern. So viel Selbstgewissheit war selten, dachte sich Robert und war für eine Weile ganz hingerissen.

Mit ihnen verließ eine Reisegruppe mittleren Alters die Fähre. Es musste einen Phänotyp des Lehrers geben, der – cum grano salis – weltweit standardisiert ist. Als ob ein gewisser Eifer in immer wieder gleiche Bewegungsabläufe einfließen würde und diese eigene Art, die Welt anzusehen und zu betreten, nur in gleichsam dienstlicher Kleidung möglich wäre. Fast körperlich, so als ob die Pedanterie aus allen Poren tropfen würde, vermeinte Robert den schwallartigen Übergriff der Pädagogen auf das antike Terrain zu spüren. Unangenehm berührt prallte er zurück und trat einem dicken Rheinländer auf die Sandalen, der ihm daraufhin die Hand jovial auf den Sonnenbrand klatschte und meinte, man dürfe sich die Stimmung nicht von so einer

Lappalie verderben lassen. Das war ein subtiler Gedanke, und Robert wagte nicht zu widersprechen. Bevor er weitere Überraschungen riskierte, beschleunigte er seine Schritte und holte die Freunde ein, die bereits über die kleine Gangway hinuntergegangen waren.

Sie liefen ziellos die weißen Strände entlang, Janis machte den Pfadfinder auf der Suche nach etwas Essbarem. Am *Super Paradise* lagen Männer in Sandkuhlen und pfiffen ihnen wie die Bauarbeiter hinterher, schlank und braungebrannt wie sie waren. Sie trugen abgeschnittene Jeans, verwaschene T-Shirts und Latschen, waren unrasiert und verzottelt, Stirnbänder im schulterlangen Haar und Lederriemen an den Handgelenken. Sie hatten nur eine äußerst schwache Ahnung davon, wie das Leben, gleich einem Buch, das man zu schnell gelesen hat, verblassen und nur eine schwindende Spur von Bildern und Gefühlen zurücklassen würde, bis man sich an nichts mehr erinnern konnte, außer vielleicht an einen Namen. Sie glichen Vampiren, die ihre Bestimmung zu kennen glaubten und sich am Saft des Lebens berauschen mussten. Sie wollten alle Frauen der Welt kennen lernen, sie wollten lieben und spielen und im Herzen der Nacht tanzen, bis der Morgen graute. Dafür war dieser Ort aber viel zu heiß und viel zu heikel.

»Mir wird jetzt klar, wie sich Frauen manchmal fühlen müssen«, grinste Dreser und trat einem krebsroten Kuhlenbewohner derart in die Körpermitte, dass das Sand- und Fleischgebirge schwer ins Rutschen kam und sich der minderjährige Spielgefährte fluchtartig in die Büsche schlug.

Robert musste an den Abend denken, an dem sich in der S-Bahn fünf sonnenbebrillte Schnauzbärte in Motorradmontur, Metallketten und Nieten an den eng geschnittenen Hosen, in sein Abteil gezwängt und sich einen Spaß daraus gemacht hatten, ihm auf die Pelle zu rücken. Das war allmählich unerträglich geworden, und wenn die Männer nicht plötzlich abgezogen wären, hätte sich Robert gewünscht, dass Paul Kersey um die Ecke biegen würde. Oder jene Party, als ein Zeitungsverleger zum Sundowner in seine Wohnung geladen hatte und den angetrunkenen Freund in sein mit rotem

Brokat ausgekleidetes Schlafzimmer zu bugsieren versucht hatte, in dem großformatige Männerakte an den Wänden hingen und priapische Bronzefiguren den Weg zu einem Himmelbett wiesen, das König Ludwig II. viel Freude gemacht hätte.

Unter dem Absingen schmutziger Lieder verließen sie den Strand. Janis musterte sie, als wären ihre neuen Freunde eine unglückliche Erwerbung, die sie vielleicht doch lieber umtauschen wollte. Robert bat sie um Verzeihung, aber es ging eben nichts weiter, wenn die Vergangenheit sich nicht abnutzen durfte. Unschlüssig schlenderten sie auf der Uferpromenade, wo Alt-Aussteiger ihren Lebensunterhalt mit Handlesen und Schmuckverkauf zu verdienen suchten. Da sprachen sie zwei Engländer an und luden sie in eine Bar am Hafen auf ein paar Drinks ein. Zu ihrem Erstaunen trugen die Männer, und es waren nur Männer in dieser Bar, keine Hüte. Aber immerhin tranken sie und rauchten, wenngleich das alles eine Spur zu fröhlich wirkte. Die gelben und pinkfarbenen Sonnenschirmchen in ihren Frucht-Cocktails waren albern, aber die beiden Männer aus London drehten sie aufgeregt in den Händen und versuchten romantisch zu wirken. Irgendwie rührend, aber der beste Drink konnte das Herz nicht erwärmen, wenn die Eiswürfel schon geschmolzen waren. Beim Angebot, die kleine Party doch auf der Yacht der Herren fortzusetzen, mussten alle dringend auf Toilette und machten sich durch ein kleines Fenster in der hinteren Wand lachend aus dem Staub.

Ihre Wege trennten sich. Während die anderen nun mit dem Auto die Heimreise antraten, bestiegen Robert und Little die Fähre und schaukelten, das Wetter hatte sich beruhigt, gemütlich übers Mittelmeer Richtung Türkei. Im Hafen von Kusadasi nahmen sie den Bus, einen knallroten Magirus-Deutz-Saturn-Bus, der schon bessere Tage gesehen hatte, und waren eine gefühlte Monatsreise später an der lykischen Küste. Quartier bezogen sie in einem etwas heruntergekommenen Familienhotel, das am Ortsende eines Fischerdorfes unweit einiger monströser Touristenbunker lag. Eine perfekte Symbiose für die beiden, denn so konnten sie die Status-Klasse schröpfen und gleichzeitig günstig leben und wohnen. Wobei schröpfen in diesem

Fall nichts anderes hieß, als sich kostenlos der Annehmlichkeiten zu bedienen, die die Hotelanlagen ihren Gästen boten. Nach ihrem Verständnis musste der Luxus verteilt und allen zugänglich gemacht werden, also rein ins Pauschalangebot, la grande bouffe war eröffnet und die repressive Toleranz vorbei.

Kaum schlug der Küchenchef mit dekorativer Geste den vergoldeten Gong im Speisesaal, öffneten sich die Flügeltüren, und die Gäste strömten von allen Seiten in den Raum, um sich die besten Plätze bei der Verteilung der Lebensmittel zu sichern. Während Little kontrolliert und zielstrebig seiner Ernährung nachkam, genoss Robert die Opulenz und Vielfalt der angebotenen Speisen. Er war bereit zur Verführung, nicht ohne Hemmungen und mit vorauseilender Reue, wenn er an einen unruhigen Schlaf und eine zusätzliche Körperfalte dachte. Stets haderte er mit seiner Veranlagung zum mittleren Ring und fragte sich, der eigenen Ungerechtigkeit durchaus bewusst, warum er nur den genetischen Schrott seiner Eltern geerbt hatte. Aber warum sollte die Schizophrenie seines Lebens ausgerechnet seinen Hormonspiegel ausklammern? Nur weil dieses verdammte Ghrelin und die anderen Botenstoffe in seinem Hirn wild herumspukten und ihn an den Kühlschrank trieben, so dass er beim Blick in den Spiegel immer an den Werbeslogan »Ich bin zwei Öltanks« denken musste. Ganz so schlimm war es eigentlich nicht, aber es nervte ihn, dass er seinen Anspruch und die Wirklichkeit nicht unter einen Hut bekam. Wo andere bedenkenlos in sich hineinschaufelten, musste er stets diszipliniert sein. Was zu oft misslang. Und dann noch anstrengender wurde, wenn der Konjunktiv des Lebens immer häufiger bemüht werden musste. Wie viele Generationen dauerte es noch, bis der Makel getilgt werden konnte? Wie oft noch mussten sich die Geschlechter kreuzen, um diese Last auszumendeln? Hoffentlich blieb dieses Erbe seinen Kindern, sollte er jemals Vater werden, erspart. Niemand wollte eine fette Welt. Gefragt waren langbeinige Edeltiere und athletische Pfadfinder mit Hang zu sexuellen Ausschweifungen. Robert hätte sich hier gerne eingereiht. Es war eine Tragikomödie in kleinen Schritten. Aller Anfang war schwer im Reich der Bauchmetamorphosen, Waschbrettbauch gegen Schwerkraft, der Fluch des Mythos. Schicht um Schicht wie beim Baumkuchen; unter der Dusche und im Spiegelkabinett männlicher Eitelkeiten schlug dann die Stunde der Wahrheit, spätestens wenn der weibliche Blick Bände sprach. Lasst dicke Männer um mich sein, hatte keine Frau gesagt. Das war der entscheidende Aspekt. Keine Frau, das wusste auch Robert, brauchte noch den Mann als Jäger und Sammler. Stattdessen Muskeln und Samenstränge. Der Kühlschrank ersetzte den Bauch. Theoretisch. Denn die verbotenen Kirschen waren immer noch die süßesten, und die Welt blieb eine einzige Versuchung. Außerdem führte Hungern bekanntlich zum Tode. Robert liebte Bier und das Bier liebte ihn und wollte ihn gar nicht mehr verlassen. Das hatte schon manche Skelett-Schwester bemängelt und ihn seitlich an den Henkeln gezogen. Aber jeder gute Vorsatz blieb ein Monster.

»Ois Psycho«, pflegte ein Freund zu sagen.

Gab es überhaupt einen »point of no return«? Baudrillard meint, dass wir uns seit zwanzig Jahren in einem endlosen Hangover befänden. Wir wären alle schon zu lange auf dieser Party gewesen. Und wir hätten nicht gemerkt, dass sie längst vorbei war.

»Wenn man nicht isst«, sagte Little, »stillt man den Hunger der Seele. Dieses Gefühl der Leere ist wichtig.«

»Soso«, sagte Robert und blickte wehmütig auf die Nachspeisen.

Robert fuhr gleich am ersten Tag Wasserski und klemmte sich beim Start den Bügel so unglücklich zwischen die Beine, dass es ihm fast die Eier abriss. Handtellergroße blaue Flecken zierten die Innenseiten seiner Oberschenkel; dem Spott der Frauen wollte er sich fortan nicht aussetzen, zog Bermudas an und erklärte die Saison für beendet. Little machte den Tell und stieg einer hübschen Schweizerin hinterher, die er beim Bogenschießen auf der hoteleigenen Außenanlage kennengelernt hatte. Doch Little war zu schüchtern und offenbar auch zu klein, denn sie ließ ihn kalt abblitzen. Angeblich wegen eines schwedischen Volleyballspielers, wie Little gesehen zu haben glaubte.

Ernüchtert zog er sich auf sein Zimmer zurück. In Wahrheit aber hatte Robert sie erobert, als er ihr am Strand, während Little im Fischerdorf unterwegs war, Verse von Rilke und Mascha Kaléko vorgetragen hatte. Little konnte er das nicht erzählen. Denn der hatte sich so verliebt, dass er es Robert schwer übel genommen hätte. Letztlich blieb es bei einem harmlosen Urlaubsflirt, und doch lastete dieser Vertrauensbruch schwer auf Roberts Gewissen. Er hatte den Freund nicht kränken wollen, aber er hatte ihm auch nicht die Wahrheit gesagt. Sie hatten bislang keine Geheimnisse vor einander gehabt, hatten alles geteilt und alles besprochen. Das war nun auf einmal vorbei. Robert war sich später nie ganz sicher, ob Little nicht vielleicht doch etwas bemerkt hatte. Es gab keinen konkreten Hinweis, keine Andeutung, aber Little machte zuweilen sarkastische Bemerkungen, wenn Frauen im Spiel waren, die vielleicht auf eine Ahnung hindeuteten. Robert unternahm halbherzige Versuche, ihm alles zu erzählen. Dabei blieb es. Vielleicht rührte daher auch Roberts Verlangen, sich um Little zu kümmern und mit ihm endlich ins Reine zu kommen.

»Wir waren da einfach zu spät. Moses meint zwar immer, wir seien die größten Helden der Geschichte, an unseren Revers müssten die Verdienstorden nur so klappern und bei unserer Beerdigung müsste die Nationalhymne gespielt werden, aber das halte ich doch für leicht übertrieben.«

»Das sehe ich auch nicht so. Wie kommt er nur darauf?« fragte Little.

»Na ja, keine Generation würde so vollgemüllt wie wir. Was alles auf uns einprassle an Wissen, Werbung und Wahnsinn, sei nicht zu verkraften, und doch müsse man diese Scheiße in jeden neuen Tag mit hineintragen, ohne jegliche Chance einer Katharsis. Eine einzige Ästhetik des Grauens sei das. Sagt er. «

Little richtete sich im Liegestuhl auf. »Der soll nicht so viel lamentieren. Man muss dagegen eben was unternehmen. Sonst kommt wieder nur das Fressen vor der Moral.«

»Das ist jetzt aber keine Anspielung, oder?«

»Blödsinn«, protestierte Little. »Hör auf, es geht doch schließlich um ernste Dinge. Schon allein deswegen, weil wir in einem faschistischen Land Urlaub machen.«

»Aber wir sind doch Agenten der Subversion«, erwiderte Robert, »les provocateurs gentiles, die Ausbeuter der Luxusklasse. Wir sind die fröhlichen Reiter der APO-Calypso, die das Bunte und das Schöne antauchen und mit ihm spielen wollen. Für alles andere sind wir doch zu spät dran. Mir reicht das auch, mehr würde mich überfordern. Komm, lass uns in den Hamam gehen, da können wir weiterreden.«

Robert zog den mürrisch gewordenen Little in die Richtung des schwarzen Kubus, der am Rand der Hotelanlage auf freiem Feld etwas verloren stand. Wie ein eben gelandetes Raumschiff. Ein schmaler, von weißen Felsbrocken gesäumter Weg führte in gerader Linie vom Hotel zu diesem Steinquader, als ob es nur diesen einen Pfad zur Erkenntnis gäbe, ohne Umwege, ohne Abweichungen. Die beiden, von roter Tennisasche befleckt, liefen gemächlichen Schrittes durch die Nachmittagssonne und betraten das Bad. In einem Vorraum entledigten sie sich ihrer verschwitzten Sportsachen und erhielten von einem kugelförmigen Angestellten große, weiße Handtücher, die sie sich um die Hüften wickelten. Feuchtwarme Luft schlug ihnen beim Öffnen der Tür entgegen; an den mit zierlichen Mosaikfliesen gekachelten Wänden rann warmes Wasser herab, das sich auf den leicht geschwungenen Sitzbänken aus Marmor in kleinen Lachen sammelte. In der Mitte des Raumes, direkt unter der Spitze des hohen Kuppeldachs, befand sich ein rundes Wasserbecken, in dem drei ältere Männer, offenbar Türken, bis zur Nasenspitze in Dampf eingehüllt standen und sich leise unterhielten. An den seitlichen Wänden gab es mehrere Tauchbecken mit kaltem Wasser zur Abkühlung; hinter schmalen Öffnungen, nicht viel größer als Mauerschlitze, so dass nur immer eine Person hindurchschlüpfen konnte, verbargen sich Ruheräume und Nischen, in denen kräftige Masseure für die Durchblutung sorgten.

Robert und Little setzten sich auf eine in dunklem Grün elegant schimmernde Marmorbank und öffneten die Poren. Keine Musik, nur gedämpfte Stimmen und mattes Licht, dazu eine angenehme Hitze, die sich wie ein weicher Mantel um die Körper schmiegte und die beiden in den Schlaf lockte.

»Jetzt fehlt nur noch, dass uns einer einen Schnuller in den Mund steckt«, sagte Robert.

Little grinste. »Dann aber bitte in Rosa mit einem Tigerfellbesatz«, und machte dazu eine affektierte Bewegung mit der rechten Hand.

Ein älterer Mann in schwarzen Badeschlappen schlurfte vorbei und warf ihnen einen feindseligen Blick zu.

»Hör auf«, sagte Robert. »Die denken sonst, wir wären schwul.«

»Na und?« kicherte Little. »Was glaubst du, wie die springen, wenn wir zu ihnen in den Pool kommen? Wahrscheinlich haben sie Angst, dass dann das Wasser zu kochen beginnt.«

»Hör auf«, sagte Robert noch mal und streckte sich auf der Bank aus. »Lass uns lieber überlegen, wie du deine Chancen bei den Amazonen erhöhen kannst.«

Little winkte ab. »Vergiss es, ich bin für die Liebe verloren.«

Schweigen und Schwitzen. Das Wasser rann ihnen aus den Ohren, die Zehen schrumpelten und unter den Achseln entstanden die ersten Pilzkulturen.

»Erinnerst du dich noch an die Frau mit den Handschellen, von der ich dir mal erzählt habe?« sagte Robert.

Little nickte. »Wieso?«

»Ich habe sie heute am Strand bei den Tauchern gesehen, nur aus der Ferne, sie hat mich nicht bemerkt.«

»Ach was. Und was machst du jetzt? An alte Zeiten anknüpfen?«

Robert wischte sich den Schweiß von den Armen und wackelte bedenklich mit dem Kopf. »Ich weiß es nicht. Die ist gefährlich.« Nach einer Pause: »Aber schön. Vielleicht wäre sie was für dich.«

Beide grinsten und gingen zum Tauchbecken, um die Gedanken abzukühlen.

Zwei Gesichter verschmelzen zu einem, wie in einem Werbespot fällt ein Bild ins nächste, und es ist nicht Little, sondern Käfi, der ihm gegenüber sitzt und das Glas gehoben hat.

»Ich hoffe, du machst ihn ausfindig. Wahrscheinlich meditiert er irgendwo in der Sonne und würde sich über uns amüsieren, wenn er wüsste, dass wir uns um ihn Sorgen machen.«

»Hattest du nicht auch immer Pläne, dich auf deine alten Tage in den Süden zu verziehen?«

»Stimmt. Bei mir steht immer die Familie, vor allem die Kinder, von denen ich ja reichlich habe, im Vordergrund. Wir denken darüber nach, die Stadt in absehbarer Zeit zu verlassen. Vielleicht verkaufe ich die Praxis oder ich finde eine Konstellation, mit der wir gut leben können.«

»Und wie geht das mit den Kindern, wenn ihr in ein anderes Land zieht?«

»Kein Problem. Die Großen sind dann schon aus dem Haus und die Kleinen immer noch so klein, dass sie überall mit hingehen können. Du siehst, vielleicht wird auch die Stadt für mich bald nur noch eine schöne Erinnerung sein.«

VIII.

Ein trüber Tag, sagt der Wetterbericht. Heute dominiere zeitweise eine geschlossene Wolkendecke, vereinzelt regne es. Im Nordwesten lockere es am Nachmittag örtlich auf. Derweil findet sich im Bundestag eine breite Mehrheit für die Spanien-Hilfe, die Kirchen unterstützen das Protestcamp der iranischen Flüchtlinge und in Syrien eskaliert der Bürgerkrieg – wie man auf Youtube sehen kann. Auf Seite Drei steht unter der Überschrift »Todesangst – ein ganzes Jahr lang« und einem Foto aus einem Operationssaal ein Artikel über schwerkranke Herzpatienten, die viel zu lange auf ein Spenderorgan warten müssten. Robert schnauft schwer durch. Und liest weiter über die sechsjährige Laura, der vor wenigen Tagen erfolgreich ein neues Herz eingesetzt worden ist. Aber auch über den jungen Mann, der drei Jahre vergeblich auf ein Herz gewartet hatte und der jetzt gestorben ist. Sein eigenes Herz war aufgrund einer Herzmuskelentzündung zu schwach geworden. Im Gespräch mit dem Direktor einer Herzchirurgischen Klinik wird deutlich, unter welcher Belastung die Kranken stehen, die warten und hoffen. Nicht alle hielten das aus, erst kürzlich hätte er einen Patienten in die geschlossene Psychiatrie einweisen müssen, weil dieser sich aus dem Fenster stürzen wollte. Robert muss die Zeitung weglegen, er kann nicht weiterlesen. Was hat das zu bedeuten? Gestern erfährt er zum ersten Mal von Littles

Krankheit und heute dann dieser Artikel in der Zeitung. Robert ist nicht abergläubisch, aber diese Koinzidenz macht ihn nervös. Er versucht sich zu beruhigen. Nichts weiter als ein Zufall, redet er sich ein und schüttet sich kaltes Wasser ins Gesicht.

Er ist wieder mal spät dran. Sein Kopf ist besetzt, seine Beine hängen in der Luft, an der Ampel wäre er fast in ein Auto hineingelaufen. Als er nur leicht verspätet den Seminarraum erreicht, ist niemand da. Der Raum ist leer. Es sieht auch nicht so aus, als ob seine Studenten hier gewesen seien und nur, weil er etwas knapp dran ist, bereits wieder gegangen sind. Alle Stühle und Tische scheinen unbenutzt, nichts ist bewegt worden. Robert kennt sich nicht mehr aus. Überprüft sicherheitshalber die Raumnummer, sie stimmt. Auch die Uhrzeit ist in Ordnung. Ist er aus der Welt gefallen? Heute ist doch der letzte Tag seiner Veranstaltung. Warum ist niemand da? Er sitzt hilflos auf einem Stuhl, da erscheinen zwei Studentinnen. Auch sie sind überrascht. Nein, es sei nichts anderes verabredet worden. Alle Koordinaten passen. Nach kurzem Überlegen meint die eine, es könne sein, dass die Kommilitonen nicht mehr erschienen sind, weil er bereits gestern die Scheine ausgeteilt hätte. Das wäre vielleicht voreilig gewesen. So hätten alle ihre Nachweise in der Tasche und seien damit einen Tag früher in die Semesterferien gefahren. Robert kann es nicht glauben. Wie kühl kalkuliert.

Er checkt sein Handy, das er gestern im Altenheim vergessen und seitdem nicht wieder angesehen hatte. Auf seiner Mailbox sind über zehn Anrufe, dazu etliche SMS. Die Studenten teilen mit, dass sie aus verschiedenen Gründen leider nicht mehr zur Veranstaltung kommen könnten, sich aber herzlich bei ihm bedanken und sich in den Urlaub verabschieden würden. Na, servus, denkt Robert und öffnet das Fenster.

Eine SMS ist nicht von seinen Studenten. »Hallo, Robert, ich leite dir die Antwort meines Kollegen weiter, den ich mit deiner Suchanfrage kontaktiert hatte. Er schreibt: ›Lieber Kollege, Bezug nehmend auf deine Anfrage teile ich Dir mit, dass Herr Ewald Müller bereits am 28.5.2012 in seiner Wohnung, Theuerstadt 4, verstorben ist. Für weitere Auskünfte wende dich bitte an den Sachbearbeiter des Kommissariats 12, Herrn Grieshaber.‹ Ich hoffe, ich konnte dir weiterhelfen. Herzliche Grüße, Klaus Fink.«

Robert kann es nicht fassen. Wird bleich, muss sich setzen. Die beiden Studentinnen sind längst gegangen. Er schaut im leeren Raum herum, weiß nicht, was er jetzt tun soll. Das Gefühl, zu spät gekommen zu sein, ist wie ein toxisches Serum, das alle Körperteile lähmt. Nicht einmal ein Kühlschrank ist in der Nähe, mit dessen Inhalt er sich beschäftigen könnte. Sein Kopf fiebert, aber der Rest seines Körpers ist eiskalt. Wenn ihn jetzt einer antippen würde, könnte alles zerbröseln. In viele Eisklümpchen, die dann zu Boden fallen und sich dort auflösen würden. Eine Pfütze zu werden, das erscheint Robert im Moment äußerst erstrebenswert. Es ist ja nicht so, dass er sich die Situation nie vor Augen geführt hätte. Nie in Betracht gezogen hätte, dass Little tot sein könnte. Vielleicht ist es aber auch ein Irrtum, eine Verwechslung. Bei Littles fahrlässigem Umgang mit Identitäten wäre das kein Wunder. Doch Robert glaubt eher an Wunder als an Nicht-Wunder. Dazu muss man nicht katholisch sein. Auch wenn man in dieser Gegend jemanden gerne katholisch machen will, der nicht so recht ins probate Format passt.

Mühsam erhebt er sich. Er will sich Littles Wohnung ansehen. Zumindest das Haus und die Umgebung. Irgendetwas erspüren. Was das sein könnte, weiß er nicht. Trotzdem geht er zu dieser Adresse. Das Viertel um den Kollegiatsstift St. Gangolf gilt als Urzelle der städtischen Gärtner, die hier ihr Gemüse anbauten. Mit Kohlrabi, Gurken, Kraut, Gelben Rüben wurden die Anwohner und die Wirtshäuser der Umgebung versorgt. Neben Spital- und Siechhofstiftungen finden sich hier eingeschossige Wohnhäuser mit oft in Hakenform beigeordneten Scheunen und nur durch Brandgiebel unterbrochene, kettenartig aneinander gefügte Tordurchfahrtshäuser. Hier sieht es aus wie vor zweihundert Jahren. Robert fehlt dafür im Augenblick jegliche Muße.

Als er vor dem Haus steht, fällt ihm sofort der rostige Briefkasten auf. Keine Werbung einwerfen, mit drei Ausrufezeichen. Im Aufgang stehen Fahrräder, weiter oben Regale mit Lebensmitteln und Putzzeug, ein paar Turnschuhe. An der Wand ein Putzplan, auf dem auch Little eingetragen ist. Nirgendwo Namensschilder. Robert klingelt an einer Tür, an der ein »Get lost« klebt. Eine junge Frau mit blonden Rastalocken öffnet und schaut ihn fragend an.

»Ja?«

»Entschuldige bitte die Störung. Ich bin ein alter Freund von Little. Der hat doch hier gewohnt, oder?«

»Ja, der hatte hier hinten ein Zimmer.«

»Ich habe erst heute davon erfahren, dass er tot ist. Wir sind zusammen zur Schule gegangen. Haben uns dann aus den Augen verloren. Jetzt wollte ich zumindest sehen, wo er gewohnt hat.«

Sie schaut ihn freundlich an. »Kein Problem. Aber es ist schon alles ausgeräumt. Das Zimmer ist, nachdem es die Polizei freigegeben hat, schnell wieder vermietet worden.«

»Hast du ihn gefunden?«

»Nein, das war ein anderer, der hier wohnt. Ich wohne meistens bei meinem Freund. Jedenfalls hat der dann die Polizei verständigt. Und dann wohl auch Littles Schwester.«

»Seine Schwester war da? Hast du die Adresse?«

»Nein, leider nicht. Die war wohl auch nur kurz da, hat ein paar Sachen mitgenommen und ist dann verschwunden. Ohne eine Adresse zu hinterlassen.«

»Was hat sie denn mitgenommen?«

»Keine Ahnung. Computer oder so. Little hatte wohl Schulden, und sie wollte nicht, dass das Zeug beschlagnahmt wird.«

»Weißt du eigentlich, woran er gestorben ist?«

»Ich glaube, er hatte einen Herzinfarkt. Er hat mal erzählt, dass er Probleme hat. Aber etwas Genaues weiß ich leider auch nicht.«

»Entschuldige, wenn ich dich löchere. Aber für mich ist irgendwie alles interessant.«

»Klar, verstehe ich. Aber ich fürchte, ich kann Ihnen nicht viel erzählen. Ich wohne noch nicht so lange hier und bin eben auch selten da.«

»Wie hat er denn gelebt? Hat er irgendwo gearbeitet?«

»Nein, glaube ich nicht. Höchstens Gelegenheitsjobs. Radkurier und so was. Er war oft daheim und hat unheimlich viel gelesen. War ja sehr gebildet. Hat mich schon sehr beeindruckt, wenn wir uns mal unterhalten haben. Und gut kochen konnte er.« Sie lacht. »Das fand ich richtig toll. Er ist spät aufgestanden. Nachmittags ist er meist raus. Ich glaube, in der Luitpoldstraße gibt es so eine kubanische Bar, da ist er wohl öfters hin. Aber wie gesagt, viel weiß ich nicht. Ich muss jetzt leider auch los …«

»Klar, natürlich. Entschuldige bitte. Und vielen Dank, dass du mir etwas über ihn erzählt hast.«

Robert geht die Treppe runter. Draußen gießt es in Strömen, doch das ist ihm egal. Er macht nicht mal die Lederjacke zu. Alles hängt, alles schlurft. Weit kommt er nicht. Wie ein Sklave seiner schlimmsten Träume, gegeißelt von Vorwürfen und Schuld, krümmt er sich zusammen, setzt sich auf die Stufen eines Nachbarhauses. Vergräbt den Kopf. Verscharrt ihn unter dem erstbesten Pflasterstein. Was kann jetzt noch kommen? Diffuse Gedanken, verschwommene Bilder. Sein Lachen, ihr gemeinsames Lachen. Wie Little den Briefkasten des Hausmeisters mit Sand gefüllt hat. Seine grandiosen Wasserbomben, seine geliebte Triumph. Wo war die eigentlich? Der Trip nach Griechenland. Wie er betrunken aus dem Stockbett gefallen ist und sich fast den Hals gebrochen hat. Little, dieser dauergrinsende, unermüdliche Kämpfer vor dem Herrn. Der soll an gebrochenem Herzen gestorben sein? Jetzt? So jung? Geradezu spurlos? Einfach weg? Vielleicht schon irgendwo verscharrt? Es ist nicht zu fassen. Nicht zu glauben. Robert zieht sich an der Nase, beißt auf die Knöchel. Das Regenwasser läuft ihm aus den Ohren, in den Kragen, in die Schuhe. Egal. Er ist wie gelähmt, kann sich nicht bewegen. Sitzt wie der schlafende Little einst am Straßenrand und wartet auf nichts. Eine Weile. Dann tippt ihm jemand auf die Schulter.

Es ist die junge Frau aus Littles Wohngemeinschaft. »Als Sie weg waren, ist mir noch etwas eingefallen.« Sie hält ihm ein großes Kuvert aus grauer Pappe hin. »Das habe ich beim Aufräumen im Keller gefunden. War hinten runter gefallen, deshalb hat seine Schwester es wohl nicht gesehen. Ich hab ja ihre Anschrift nicht. Wollen Sie es ihr vielleicht geben?« Ohne seine Antwort abzuwarten, drückt sie ihm das Kuvert in die Hand, dreht sich um und geht weg.

Robert hält das Kuvert unschlüssig in der Hand. Wie kann er es Edith geben, er hat ja auch keine Adresse. Um den Umschlag vor dem Regen zu schützen, steckt er ihn in die Innentasche seiner Jacke. Soll er ihn dem Mädchen zurückgeben? Vielleicht meldet sich Edith nochmals bei ihr. Eher unwahrscheinlich, sie war ja schnell wieder weg. Und Littles Mitbewohnerin scheint froh zu sein, mit der Sache abgeschlossen zu haben. Er wird das Kuvert vorerst behalten. Es wird sich etwas ergeben.

Mühsam kommt er hoch. Der Regen hat deutlich nachgelassen. Er schüttelt die Jacke aus und geht über die Straße. Was kann er jetzt noch tun? Alles war umsonst gewesen, er ist zu spät gekommen. Wie meistens. Er läuft den schmalen Rüdelweg entlang und dann immer gerade aus. Wenn ihm Menschen begegnen und teilnahmslos an ihm vorbei glotzen, könnte er aufschreien vor Wut. Jeder lebt nur in seinen Sorgen. Aber wie sollte es auch anders sein. Auf seiner Stirn steht kein »Little ist tot«, kaum jemand wüsste damit etwas anzufangen oder würde nur seine eigene Stirn herzeigen, auf der vielleicht ein anderer Name geschrieben stünde. Es ist brutal. Sich damit abzufinden, gelingt wohl nur in guten Momenten. Robert läuft ziellos durch die Straßen, schaut weder links noch rechts, der Schmerz pocht hinter den Augen, an jeder Ecke könnte er kotzen. Zwei Stunden kreuz und quer, als würde das etwas nützen. Irgendwann steht er in der Wunderburg und kann nicht weiter. Er muss sich ausruhen und öffnet die Tür zum *Mahrsbräu*. Trinken hilft. Er geht nach hinten, weit weg von den Lautsprechern und Dauerpinklern, will in einer Ecke nur gegen die Wand starren. Das wird ihm nicht gelingen, denn hier sitzt zu seiner Überraschung schon die Gemeinde der trauernden Freunde.

»Wird ja Zeit, dass du endlich kommst«, ruft Ernst.

»Wir haben schon mal ohne dich angefangen«, pflichtet ihm der Chronist bei und hebt den Steinkrug. Schon steht auch vor Robert ein

Humpen, und wie auf Bestellung lupfen alle die Krüge, Wollschläger erhebt sich und ruft aus: »Morituri te salutant! Ein dreifaches Vivat auf Little!« Die Krüge krachen zusammen, das Bier schwappt über den langen Tisch, und Robert wähnt sich im falschen Film.

»Ihr seid ja eine fröhliche Truppe. Habe ich nicht erwartet«, gesteht er und schaut etwas betreten.

»Nun mach nicht so ein miesepetriges Gesicht«, sagt Tschorer und haut ihm auf die Schulter. »Hier tagt der Club der Humanisten, die Gemeinschaft der Heiligen zur Vergebung der Sünden. Und wie sagte schon Solon: Nemo ante mortem beatus. Niemand ist vor seinem Tode glücklich. Darauf trinken wir, Brüder. Ad astra!« Und wieder fliegen die Krüge und johlen die Brüder.

»Wie seid ihr denn drauf?«, murmelt Robert und setzt sich widerstrebend an den Tisch. »Ich wusste gar nicht, dass ihr euch alle kennt. Seid ihr vielleicht ein Geheimbund oder veranstaltet ihr nur ein Treffen einsamer Veteranen?«

Lautes Gelächter rundum am Tisch. Django haut mit der Faust auf den Tisch. »Ja, was denkst denn du von uns? Sollen wir jetzt jeder allein zu Hause sitzen und Trübsal blasen? Nix da«, er schaut triumphierend zuerst zu Ecki, dann in die Runde, »wir feiern die Auferstehung und unser ewiges Leben!« Und Zinser fügt gut gelaunt hinzu: »Hier galoppieren die poetischen Sturmtruppen, mein Lieber, hier sitzen aber auch die Propagandisten der Tat. Du kannst es dir aussuchen, das geht in jedem Fall zusammen. Contra vim mortis non est medicamen in hortis. Gegen den Tod ist kein Kraut gewachsen. Da hilft nur die Poesie. So ist es doch, oder?«

Robert schüttelt den Kopf. »Was soll das denn heißen? Ich verstehe es nicht. Und was hat das mit Little zu tun?« Mittlerweile hat er ein zweites Bier bekommen, seine Jacke hat er aber nicht ausgezogen. Gemütlich findet er es hier nicht, obwohl alle erstaunlich gut gelaunt sind.

»Mein Lieber, das ist doch gar nicht so schwer.« Zinser setzt sich neben ihn und legt den Arm um seine Schulter. »Nur wer das Leiden kennt, findet zum Humor, dem die Erfahrung des Leidens bekanntlich zugrunde liegt. Sagte ein weiser Mann. Aus diesem Humor spricht für uns die innere Freiheit, denn er wirkt gerade auch dann, wenn der Mensch im Grunde ohne Hoffnung ist. Wie du weißt, haben wir alle, auf ganz unterschiedliche Weise, gelitten, waren kleinmütig und niedergeschlagen, im Grunde für alles verloren. Manche von uns sind gestorben und wurden begraben. Seitdem warten sie. Warten auf die Auferstehung, auf Erlösung in einem neuen Leben. Und sei es im Lachen anderer, in ihrer Erinnerung. Als Teil von Geschichten und Ideen. Nur so wird der Tod für uns erträglich. Auch für Little. Denn das wünschen wir ihm alle. Dass er wieder lachen kann, dass andere über ihn und mit ihm lachen werden. Denn dann wird er seine Freiheit zurückerlangen. Du hast ihn gut gekannt und weißt, seine Freiheit ging ihm über alles, für sie und für die Freiheit anderer hat er sich eingesetzt und gekämpft. Deshalb müssen wir trinken, lachen und Geschichten erzählen, damit er lebendig bleibt. Deswegen sind auch alle hier zusammen gekommen. Verstehst du das?« Zinser klopft ihm nochmals auf die Schulter und hebt den Krug. »Also, dann wollen wir seiner gedenken. Möge er sein Glück finden. Wir werden das unsrige dazu beitragen, dass ihm das gelingt. Ad astra!«

In der Wirtsstube steht die Luft. Der Dampf von Sauerkraut und Braten schwadet aus der Küche; mit der Würze des dunklen Biers und den Ausdünstungen der Gäste, dem Stimmengemenge, dem Klappern der Gläser an der Theke, dem Zischen des Zapfhahns, den forschen Rufen der Bedienungen verbindet er sich zu einem gallertartigen Gebilde, das durch den Raum wabert und durch die Fenster und Ritzen nach draußen dringt.

Roberts Kopf dröhnt und die Blase drückt. Als er zur Toilette geht, steht plötzlich Fritz neben ihm. »Als wir damals im *Spezi* auch über deinen Freund gesprochen haben, hat Dieter gesagt, sein Gedächtnisapparat werfe keine Bilder aus. Das mag schon sein. Mein Hirn ist jedoch nicht weg, natürlich kennen wir den kleinen Anarchisten. War ja einer unserer Nachwuchskräfte. Später sehr gut in der Logistik. Vor allem in Sachen Rauchwaren und Finanzen einfach vortrefflich, da hat er richtig gut gelernt.« Fritz kichert beim Wasserlassen vor sich hin. »Seine Schwester hat sich wie eine Mama um ihn gekümmert. Die waren ein Herz und eine Seele, zwei Knuddelkinder.«

»Das sagst du erst jetzt? Und was heißt Nachwuchskraft? War er bei den Stadtguerillas dabei?«

»Na klar.« Fritz geht zum Waschbecken.

Robert schüttelt den Kopf. »Das kann ich mir überhaupt nicht vorstellen. Little war immer hier in der Stadt. Die Szene war viel zu klein, hier ist doch kaum was passiert.«

»Auch wenn du es nicht glauben willst, es war aber so. Die Unterstützer waren über die Republik verstreut, lauter kleine gallische Dörfer.« Fritz kichert wieder. »Ungeheuer wichtig. Ohne die hätte der Widerstand überhaupt nicht funktioniert. Little war einer der goldenen Reiter, unser Götterbote. Hat alles Mögliche für uns besorgt. Pässe, Post und so'n Kram.«

»Auch Waffen?«

»Weiß ich nicht genau. Eher nicht. Da hatten wir eigentlich andere Quellen. Höchstens über seine Schwester.«

»Aber Dieter hat doch gesagt, er würde sie gar nicht kennen ...«

»Keine Ahnung. Ich kenne sie jedenfalls. Auch wenn ich sie lange nicht gesehen habe. Aber sie gehörte schon dazu. Nicht ganz zum engsten Kern, aber schon zum nächsten Kreis. In Ebrach ist sie eigentlich fix zu uns gekommen. Vorher war sie eher so am Rande dabei.«

Robert steht neben Fritz am Waschbecken und schaut in den Spiegel. »Ich fasse das nicht. Ich hatte davon keine Ahnung, nicht den blassesten Schimmer. Wie hat er das alles nur verheimlicht?«

»Wahrscheinlich warst du da schon nicht mehr in der Stadt. Hattest keinen engen Kontakt mehr. Außerdem war Little ziemlich geschickt. War nirgendwo offiziell gemeldet, zog ständig um, hinterließ keine Spuren. Keiner wusste so genau, wo er zu erreichen war. Perfekt für einen Logistiker. Wir wussten natürlich schon, wo er steckte. Besser gesagt, Edith wusste es immer. Der Kontakt riss nie ab.«

Sie verlassen die Toilette und gehen in die Gaststube zurück. Dort hat der Pegelstand mittlerweile höhere Werte erreicht. Die humanistischen Freunde skandieren ihr »ergo bibamus« und lassen den Worten Taten folgen. Robert resigniert; sein Delirium, irgendwo zwischen Trunkenheit und Ernüchterung, zwingt ihn in die Knie und an die frische Luft. Müde winkend verabschiedet er sich von der geselligen Runde und verlässt die Gaststätte.

Es zieht ihn an den nahe gelegenen Fluss. Mittlerweile ist es Nacht geworden. Hundebesitzer drehen letzte Runden, und Liebespaare drücken sich in dunkle Ecken. Robert wankt zum Flussufer hinunter und setzt sich auf eine Bank. Er ist verwirrt und angetrunken, zu viel ist passiert in den letzten Tagen, was sich nicht zu einem Bild fügen mag. Wie ein Gekreuzigter sitzt er auf den Holzplanken, streckt Beine und Arme weit aus, als warte er auf etwas, das er umarmen könne. Der Umschlag drückt in seiner Innentasche, er greift hinein und hält ihn zögerlich in der Hand. Er wiegt nicht schwer, wahrscheinlich enthält er nur irgendwelche Papiere. Eine Weile hält er ihn, schiebt ihn von einer Hand in die andere, weiß nicht, ob er ihn öffnen soll. Am Ende siegt die Neugier, vorsichtig löst er den Kleberand und drückt mit dem Fingernagel das Papier sachte auf. Er dreht das Kuvert mit der Öffnung nach unten und fängt mit der Hand auf, was langsam aus der Hülle gleitet. Es ist ein kleines Konvolut von Fotos, Briefen, Notizen und Dokumenten, das er, so behutsam wie es ihm in seinem Zustand möglich ist, auf den Schoß legt. Erst die wenigen Fotos: Little und Robert am Tag der Einschulung, Little und seine Schwester in Faschingsverkleidung, ein Klassenfoto, die Motorradclique, Little bei der Zeugnisverbrennung, kein Foto aus neuerer Zeit. Dazu sein Impfbuch, eine Abschrift seiner Geburtsurkunde, seine Austrittserklärung aus der Kirche. Einige Gedichte in einer rot-schwarzen Kladde mit Titeln wie *Obduktion, Lights in the Night, High Noon* und *Ein Tag*. Robert liest langsam die Verse: »Manchmal entspricht es meiner Stimmung / im Schatten der Bäume zu sitzen«. Oder »Komm, nimm mich mit / auf die Reise unter deine Haut«. Eher dunkle, melancholische Texte. Wenn sie von Little stammen, und Robert hat keinen Grund, daran zu zweifeln, zeigen sie eine Seite von ihm, die Robert so nicht kannte. Dass Little schrieb, wusste er ohnehin nicht. Was weiß er überhaupt von ihm? Was er in den letzten Tagen über ihn erfahren hat, hat das Bild verändert, das er von ihm zu haben glaubte. Jetzt gibt es kein Bild mehr, keinen Rahmen, der sitzt und passt und nicht an allen Ecken ausfranst.

»Guten Abend, Robert!« Während Robert in den Aufzeichnungen seines Freundes versunken ist, hat neben ihm ein schmächtiger Mann mit hellgrauem Hut, Stock und einem groben Beutel Platz genommen.

»Herr Hoffmann! Was für eine Überraschung! Wie kommen Sie denn plötzlich hierher?«

»Mein Lieber, ich wusste, dass ich Sie hier in der Nähe aufstöbern würde. Die Gesellschaft unserer gemeinsamen Freunde tagt ja recht gebildet und jovial in der Nähe. Aber da ich dem Biere nicht sehr zugetan bin, habe ich mich frühzeitig absentiert und in Kunzens Weinkeller eine Flasche Riesling für uns beide entliehen.« Während Hoffmann so vertraulich mit Robert spricht, hat er den Beutel geöffnet und ihm eine Flasche und zwei in Tuch eingewickelte Gläser entnommen. Flugs entkorkt er die Flasche mit Hilfe eines winzigen Taschenmessers und gießt beide Gläser randvoll. »Heute lade ich Sie ein. Sie werden sehen, ein vorzüglicher Tropfen.« Robert lässt alles wie in Trance über sich ergehen. Der Musikdirektor lässt ihm auch keine Gelegenheit. »Ja, mein Lieber, mit jedem Tage ändern sich hier die Nachrichten. Und es scheint mir am Ende fast geratener für Sie, wenn es angeht, die Stadt wieder zu verlassen.«

»Wieso?« Mehr als ein Stammeln bringt Robert nicht zustande.

»Bei unserem ersten Treffen fehlte uns nichts als etwas mehr Freiheit von Geschäften, die uns eigentlich nicht behagten, diese Freiheit gab uns die plötzliche Katastrophe mit einem Ruck und dass wir uns per tot discrimina rerum beide nun wohl befinden ist ein Beweis, dass das Schicksal zwar etwas tumultarisch mit uns verfahren, uns aber doch auf die rechte Stelle gesetzt hat. Ich sitze mit Ihnen in höchster Gemütlichkeit und wir blicken andächtig zum Himmel, während uns der Wein recht gut mundet. In solchen Momenten pflegt man gerne über die Nichtigkeit alles menschlichen Tuns und Treibens zu räsonieren. Aber im Moment fühle ich die Herrlichkeit des lebendigen Lebens mehr als sonst. Denken Sie an Ihre Familie, die auf Sie wartet. « Während Hoffmann spricht, hat er beide Gläser nachgefüllt. »Aber bevor wir scheiden, möchte ich Ihnen noch einmal eine Geschichte erzählen – und Sie müssen nicht einmal den Wein dafür ausgeben!«

»Was für eine Geschichte?« Robert ist vom fröhlichen Redefluss Hoffmanns regelrecht benommen. Zusammengesunken sitzt er auf der Bank und hält sich an seinem Weinglas fest.

Hoffmann zwinkert ihm zu. »Diese Geschichte hat eine Vorgeschichte. Es war einmal ein junger Mann. Der hatte großen Kummer und verbrachte viele schlaflose Nächte, redete mit den Tieren, betete und leerte viele Flaschen. Er hatte einen Brief von seiner Schwester bekommen. Sie war vor Jahren in Opposition gegangen, in den Untergrund, wie man heute wohl zu sagen pflegt. Ich verstehe von all diesen Dingen nicht viel, das müssen Sie mir vergeben, aber soviel weiß ich doch zu sagen, dass es ein bewaffneter Kampf gegen die Obrigkeit und den Staat war und nichts mit Schanzen und Bataillonen zu tun hatte, wie ich es aus Napoleons Schlachten aus nächster Nähe kennengelernt habe. Kurzum, die Schwester musste das Land verlassen und ging nach Nordafrika, um sich in einem Wüstencamp an der Waffe ausbilden zu lassen. Sie mussten durch den Sand und unter Stacheldraht hindurchrobben, lernten den Häuserkampf und den Umgang mit Granaten und Maschinengewehren. Der junge Mann bewunderte seine Schwester, schrieb ihr Briefe und ließ ihr Geld zukommen. Die Schwester jedoch wollte nicht mehr nach Deutschland zurückkehren; ihr war der mörderische Kampf der Genossen fremd geworden, sie wollte lieber in einem Flüchtlingslager der PLO als Sozialarbeiterin wirken. Dann geschah das Unglück: Bei einer Reise nach Niger – die näheren Hintergründe waren dem jungen Mann nicht bekannt – erkrankte die Schwester schwer. Da die medizinische Versorgung vor Ort schwierig war, wurde sie in ein

Krankenhaus im nördlichen Togo gebracht, wo regelmäßig europäische Ärzte stationiert waren: Agou Nyogbo. Von dort aus schrieb sie ihrem Bruder und bat ihn um Hilfe. Der machte sich umgehend zusammen mit seinem Freund Max auf den Weg. Und hier beginnt die eigentliche Geschichte, die ich Ihnen erzählen will. Aber jetzt brauche ich erst einmal einen kräftigen Schluck.« Hoffmann greift nach der Flasche und gießt sich nach. Vom Wasser schleicht eine leichte Kühle den Hang zu ihnen herauf.

Robert zieht den Reißverschluss seiner Lederjacke zu und klappt das Revers nach oben. Was ist das eigentlich für eine abstruse Geschichte, die ihm Hoffmann erzählt? Und was hat sie mit ihm zu tun?

Hoffmann scheint seine Gedanken zu erraten. »Nur Geduld, mein Lieber, nur Geduld. Schenken Sie mir Ihr Wohlwollen und Ihr Vertrauen, das ich zu verdienen mich immer bestreben werde. Sie werden bald merken, dass das, was ich Ihnen berichte, Ihnen aufs Angenehmste erklären wird, was Ihnen die letzten Tage widerfahren ist.«

Robert nickt ergeben und lässt ihn gewähren. Sein Kopf brummt wie eine Dampfturbine, und der Alkohol tut sein Übriges.

»Die beiden jungen Männer, nennen wir sie Max und Little, fuhren zunächst nach Genua und schifften sich nach Tunis ein. Sie hatten sich bei einem Händler einen roten Peugeot 504 und einen laubfroschgrünen Audi 100 gekauft, kleines Geld für zwei Schrottkarren, die sie vor Ort verscherbeln konnten, um die Heimreise zu finanzieren. Doch zuerst mussten sie Bodenplatten und Federbeine schweißen und die Autos wüstentauglich machen. Die Kisten hatten nur noch wenige Tage TÜV und kamen schon auf den Felgen daher, deshalb hatten sie sie auch so günstig bekommen. Der Mann, der sie ihnen mit einem schmierigen Grinsen verkauft hatte, dachte wohl, ein paar Milchbubis übers Ohr gehauen zu haben, weil er ihnen immerhin noch etwas mehr als den reinen Materialwert aus den Taschen gezogen hatte. Dabei hatte der einfach keine Ahnung vom afrikanischen Transportwesen. Durch Tunesien kamen sie ohne Probleme, alles Teerstraßen, doch bereits im nördlichen Algerien mussten sie beim Audi ein Kugellager austauschen. Bis Tamanrasset, der größten Oase im Süden Algeriens, war die Straße ausgebaut; sie fuhren zügig durch das malerische Hoggargebirge mit seinen zerklüfteten Basaltfelsen. Sie kamen gut voran. Die nächste Etappe ging bis Inguezam, über vierhundert Kilometer Sandpiste, jetzt wurde es allmählich gefährlicher. Querfeldein durch das breite Tal, kaum Orientierung, nur alle fünf Kilometer ein etwa zwei Meter hoher Pfosten, mahnender Finger und Totenpfahl zugleich. Max wusste von Freunden, die sich in den Dünen verirrt hatten. Irgendwann war der Sprit alle gewesen, sie hatten die Autos stehen lassen müssen. Die Wasservorräte waren zur Neige gegangen. Dann hatten sie Tuaregs gefunden, die zufällig vorbeigekommen waren. Zwei Tage später wären sie tot gewesen. Deshalb war es auch sicherer, im Konvoi zu fahren. Jedes Jahr blieben in diesem Gebiet mehr als dreißig Menschen auf der Strecke.

Doch zurück zu Little und Max. Der Audi machte wieder Probleme. Durch den Vorderradantrieb war viel Sand in den Motor gekommen, der sich mit dem Öl verklebt und festgefressen hatte. Mitten auf der Piste blieben sie liegen. Das Tal war immerhin so flach, dass man von vorbeifahrenden Leuten meist schnell entdeckt wurde. Sie packten um, ließen den Audi stehen und fuhren mit dem Peugeot zum Grenzort, um die Formalitäten abzuklären. Inguezam war ein Barackenkaff, in dem fünf Soldaten Dienst schoben, wenn sie dazu Lust hatten. Als die beiden ankamen, hatten die Frontkämpfer gerade keine Lust und hielten Siesta. Das bedeutete stundenlanges Warten. Als sie endlich die Umstände ihrer Ausreise ansprechen konnten, funktionierte das nicht wie erhofft. Sie mussten den Audi nachverzollen, weil die Beamten annahmen, dass sie ihn in Algerien bereits verkauft hatten. Dieses spezielle Visum war zu teuer. Little wollte versuchen, den Audi abzuschleppen und so über die Grenze bringen zu lassen. Als er am Auto ankam, waren inzwischen alle vier Reifen von Einheimischen abmontiert und gestohlen worden. Little gab nicht auf und fuhr mit einem Lastwagen zurück nach Tamanrasset. Dort organisierte er vier neue Reifen und brachte sie auf der

Laderampe eines Sattelschleppers zurück zum Auto. Obwohl der Trucker sehr hilfsbereit war und alle Möglichkeiten erwog, der Sand war einfach für das Gewicht seines Mehrtonners zu weich. Little, der die ganze Fahrt über auf der Ladefläche in der prallen Hitze gestanden hatte, hatte einen Sonnenstich und war zu schwach, um die Reifen zum mehrere hundert Meter entfernt stehenden Auto zu tragen. Trotzdem lief er hin, um zumindest nach dem Zustand des Wagens zu sehen. Als er ankam, traf ihn fast der Schlag. Mittlerweile waren auch die zwei Autotüren ausgebaut und abtransportiert worden. Über zwanzig Leute warteten beim Truck und drängten auf die Weiterfahrt. Angesichts der ausweglosen Lage entschloss sich Little schweren Herzens, den Wagen in der Wüste zurückzulassen. Doch wie sollte er nun über die Grenze kommen? Ohne gültiges Ausreisevisum hatte er legal keine Chance. Und ohne einen Nachweis, was mit dem Audi passiert war, würde er kein Visum erhalten. Little und Max, die sich in Inguezam wieder trafen, heckten mehrere Pläne aus.

»Sollen wir die Soldaten mit Aspirin, Spielzeug und dem anderen Kleinkram bestechen, den wir dabei haben?« schlug Little vor.

»Das funktioniert zwar oft«, meinte Max, »aber in diesem Fall, wo die einen nicht geringen Verkaufserlös für den Audi vermuten, sicher nicht.«

Illegal über die unbefestigte Grenze zu gehen, musste nach längerem Überlegen auch verworfen werden. Sie errechneten den ungefähren Radius, den die Posten von ihrer Station einsehen können. Der Plan war zu gefährlich, weil Little gesundheitlich angeschlagen war und in seinem Zustand Gefahr lief, von einer Fata Morgana in die Irre geführt zu werden.

»Eigentlich bleibt uns nur, dass du zu den LKWs rüber gehst und einen von den Fahrern bittest, dich rüber zu schmuggeln.«

»Okay«, sagt Little, »machen wir es so. Der Wagen ist sowieso verloren. Und ich habe auch die Nase voll von den Sandflöhen.«

Little spazierte möglichst unauffällig hinüber zu dem großen Parkplatz, wo die Fahrer oft tagelang ausharren mussten, bis ihre Papiere fertig waren. Er gesellte sich zu einer Gruppe, die sich die

Zeit mit Würfelspielen vertrieb. Unter ihnen befand sich auch der nette Mann, der ihn schon mit den Reifen mitgenommen hatte. Little nahm ihn kurz beiseite und erklärte ihm, worum es ging. Er drückte ihm noch ein paar Scheine in die Hand, der Mann lächelte und nickte. Als ihm kurz danach seine Dokumente ausgehändigt wurden, stieg er ein und fuhr langsam los. Die Beifahrertür hatte er offen gelassen, Little spurtete und sprang auf. Der Fahrer gab Gas, und sie fuhren ins Niemandsland zwischen Algerien und Niger. Doch die Grenzer hatten den Trick bemerkt und nahmen die Verfolgung auf. Allerdings war ihr Jeep zu altersschwach, schon nach kurzer Zeit gaben sie auf. Jetzt galt es für Little, die nächste Hürde zu nehmen. Aufgrund der Flucht aus Algerien fehlte nun der Ausreisestempel. Aber er hatte vorgesorgt. Unter den Geschenken für die Kinder im Hospital befand sich auch ein Set mit Filzstiften und Radiergummis. Max hatte, während er auf Little gewartet hatte, den Stempel, den er bereits von den Grenzbeamten erhalten hatte, in den Pass von Max übertragen. Professionelle Arbeit, mit bloßem Auge war kein Unterschied erkennbar. Zudem sah Little mit seinem Bart, der sonnenverbrannten Haut, der Sonnenbrille und dem Tuch, das er um seinen Kopf gewickelt hatte, ohnehin wie ein Einheimischer aus. Neben dem Fahrer fiel er nicht auf, die Einreise nach Niger verlief ohne Schwierigkeiten. Der grüne Audi dürfte bis heute noch immer in der Wüste liegen. Beim Kilometerstein 132.

Endlich erreichten sie das kleine Dorf, das achtzig Kilometer nördlich von Lomé am Fuße der Berge liegt. Edith war von den französischen Ärzten notdürftig versorgt worden. Littles Peugeot, der die Wüsten Nordafrikas gemeistert hatte, war bis oben hin vollgestopft mit medizinischem Gerät und Medikamenten, die in Agou Nyogbo dringend gebraucht wurden. Antibiotika, Verbandsmaterial, sterile Spritzen, Tabletten, Vitaminpräparate, sogar einen klappbaren OP-Tisch hat er dabei, alles auf die Schnelle besorgt. Dafür hatte er das Geld benötigt, das er den Anlegern in seiner Stadt aus den Rippen geleiert hatte. Für die Versorgung seiner Schwester, aber auch für die anderen Kranken in der Station.

Das Krankenhaus war der einzige Steinbau des kleinen Dorfes, alle anderen wohnten in notdürftig zusammengeflickten Lehmhütten. Die Verpflegung der Kranken übernahmen die Angehörigen, die für die Dauer der Behandlungszeit in einem Schuppen nebenan hausten. Es war eine bäuerliche Gemeinschaft, die von der Selbstversorgung lebte und, neben einigen Ziegen und Hühnern, den Anbau von Mais und Maniok betrieb. Wenigstens gab es einen funktionierenden Brunnen, der genießbares Trinkwasser lieferte. Little und Max wurden vom ersten Tag an voll in die Arbeit im Spital eingebunden. Besonders die Kinder, die mit Infektionen, Malaria und Knochenbrüchen von ihren Eltern oft nach tagelangen Fußmärschen in die Station gebracht wurden, schlossen sie in ihr Herz.

Für ein paar Dollar hatten sie eine kleine Wellblechhütte etwas oberhalb des Krankenhauses bezogen. Hier war alles primitiv und ärmlich, aber sie richteten sich ein, so gut es eben ging. Seine Schwester fühlte sich mit Hilfe der neuen Medikamente bald besser, sie erholte sich zusehends und wollte nach Deutschland zurück.

Dann war es soweit, der Abschied nahte. Sie luden alle Dorfbewohner zu einer kleinen Party ein und spendierten die Getränke. Plötzlich tauchte die Musiktruppe des Dorfes auf, acht Trommler nahmen Aufstellung. Und dann kamen sie, fünfzig Frauen, in ihren besten Gewändern, tanzten und sangen für sie. Es war eine richtige Aufführung, inszeniert nach alten Regeln. Mit Wedeln in den Händen, sehr rhythmisch und kraftvoll, als Schlange alle hintereinander, dann wieder versetzt. Eine Darbietung ihnen zu Ehren, ein Tam Tam, als Dank für die Arzneien und die Hilfe auf der Station. Das war eine besonders schöne Art, Danke zu sagen. Agou Nyogbo würden alle drei nicht vergessen.

Sie kehrten mit dem Erlös des verkauften Peugeots und den Reserven, die Little mitgebracht hatte, nach Deutschland zurück. Doch seine Schwester tat sich schwer, in die Gesellschaft zurückzufinden. Little kümmerte sich liebevoll um sie, versorgte sie mit Geld und Lebensmitteln, aber immer wieder verschwand sie tagelang, ohne dass er wusste, wohin sie ging. Offenbar pflegte sie immer noch die alten Kontakte. Eines Tages blieb sie ganz weg. Erinnern Sie sich, lieber Robert, an die nächtliche Begegnung vor ein paar Tagen?« Hoffmann lächelt ihn an.

»Meinen Sie die Frau, die mich am liebsten totgeschlagen hätte?«

»Genau die. Sie haben sie nicht erkannt?«

»Nein, es war dunkel, und es ging alles auch furchtbar schnell.« Robert hält kurz inne. »Meinen Sie, das war Edith?«

Hoffmann wiegt den Kopf hin und her. »Vielleicht. Jedenfalls weiß man, dass sie den Weg zurück ins bürgerliche Leben nicht mehr gefunden hat. Little hat sie immer wieder gesucht, deshalb war er zwischendurch auch immer wieder verschwunden. Wenn er sie gefunden hatte, versuchte er mit allen Mitteln, sie zurückzuholen. Aber sie wollte nicht. Vielleicht konnte sie auch nicht.«

»Darum hat sie nach seinem Tod auch schnell seine Sachen abgeholt und ist seitdem nicht mehr aufgetaucht.« Robert nickt wie zur Bestätigung mit dem ganzen Oberkörper. Allmählich beginnt er die Zusammenhänge zu verstehen.

»Wie auch immer. So endet meine Geschichte. Vielleicht verstehen Sie jetzt ihren Freund etwas besser, weil sie seine Geschichte kennen.« Hoffmann hat den Rest des Weines auf die beiden Gläser verteilt. »Auf Little und Edith. Ad astra!« Er legt den Kopf in den Nacken und lässt genießerisch den Wein bis auf den letzten Tropfen in die Kehle laufen. »Ich verlasse jetzt die Stadt. Nach fünf Jahren. Ich gehe nach Dresden. Vielleicht sehen wir uns einmal wieder. Falls nicht, schauen Sie in die Sterne. Ich werde das auch tun, und dabei werden sich vielleicht unsere Gedanken kreuzen.« Hoffmann wirft sich den Beutel mit der leeren Flasche und den beiden Gläsern, die er vorsichtig wieder in das Tuch eingewickelt hat, über die Schulter. »Alles Gute, mein Lieber, und adieu!« Eine angedeutete Verbeugung und schon ist der kleine Mann schnellen Schrittes in der Dunkelheit entschwunden.

Robert schnauft schwer durch. Eine verrückte Geschichte. Es ist zu kalt, um länger sitzen zu bleiben und ihr nachzuhängen. Er steht auf und macht sich auf den Weg. Es wird eine Weile dauern, bis er nach Hause kommen wird.

Am nächsten Morgen klingeln ihn die Kinder aus dem Bett. »Papa, die Hasen haben Junge bekommen. Sie sind so süß. Wann kommst du endlich? Du musst sie dir anschauen.«

»Ich komme. Heute noch. Ich packe jetzt zusammen, gehe noch mal auf den Friedhof und dann fahre ich los. Ok? Ich freue mich auf euch.« Er kann sich kaum mehr an den gestrigen Abend erinnern. Er schmeißt die Sachen in den Koffer, löst eine Tablette auf und verlässt die Wohnung. In der Tiefgarage entscheidet er sich, den Bus zum Friedhof zu nehmen. Er hat noch zu viel Alkohol im Blut. Außerdem fährt er gerne Bus. Die Sonne scheint, die Menschen bewegen sich im Wochenendtrubel und kaufen sich Trösterchen für die Seele. Am zentralen Busbahnhof verliert er die Übersicht. Ein Rentner mit Gieskanne weist ihn ein. Er setzt sich in die letzte Reihe und hofft auf getönte Scheiben. Der Bus schleicht durch die engen Straßen, quietscht und bremst und blinkt und ist ziemlich leer. An einer Haltestelle kurz vor dem Friedhof steigt ein Mann ein. Lederjacke, Jeans, verspiegelte Sonnenbrille, Brando-Mütze. Er setzt sich zwei Reihen vor Robert hin. Der stiert aus dem Fenster und fragt sich, warum er jetzt eigentlich zum Friedhof fährt. Die Brando-Mütze kommt ihm irgendwie bekannt vor. Er verscheucht den Gedanken, weil ihm heute alles irgendwie bekannt vorkommt. Nachdem der Bus losruckelt und sich wieder in den Verkehr eingefädelt hat, steht der Mann auf und setzt sich direkt in die leere Reihe vor Robert. Dann dreht er sich um, greift in seine Jackentasche und hält ihm lässig eine graue Ausgabe von Camus' *Die Pest* vors Gesicht.

»Little?«

Der Mann lächelt und nimmt die Sonnenbrille ab.

Kraft · Alles Tarnung · Roman